suhrkamp taschenbuch 1587

Jonathan Carroll, geboren 1949, studierte an mehreren amerikanischen Universitäten Englische Literatur und »Creative Writing«. Heute unterrichtet er an der American International School in Wien. 1980 veröffentlichte er seinen Erstlingsroman *Das Land des Lachens* (st 1247, 1986); ebenfalls im Suhrkamp Verlag liegen vor *Laute Träume. Roman* (1988), *Die panische Hand. Erzählungen* (1989).

Dem Aussehen nach ist Joseph Lennox ein ganz gewöhnlicher junger Mann. Er ist in einem New Yorker Vorort aufgewachsen und bringt sich mehr recht als schlecht als Schriftsteller durch. Wie für seinen Autor, den seit mehr als einem Dutzend Jahren in Wien unterrichtenden Jonathan Carroll, hat Wien nicht nur eine spezielle Anziehungskraft, sondern ist für ihn auch Zufluchtsort von einer Jugendtragödie, der Joes dominierender älterer Bruder zum Opfer fiel, als sie an einer Eisenbahnlinie spielten.

In Wien schließt Joe schließlich Freundschaft mit dem recht eigenartigen Ehepaar India und Paul Tate, und die Beziehung nimmt sehr bald unverkennbar erotische Bezüge an. Doch die Vergangenheit droht Joseph Lennox einzuholen und zu verschlingen.

Wie dünn ist in diesem Roman, wie in den anderen des Autors, die Trennungslinie zwischen Alltagsrealität und dem Phantastischen, wie zerbrechlich das, was wir Wirklichkeit nennen, wie verwundbar die menschliche Persönlichkeit unter dem Ansturm unbegreiflicher Mächte. Ein sicheres Gefühl für Menschen und das Ambiente eines geographischen Ortes zeichnen das Buch aus.

Jonathan Carroll
Die Stimme unseres Schattens

Roman

Aus dem Amerikanischen von
Rudolf Hermstein

Phantastische Bibliothek
Band 222

Suhrkamp

Redaktion und Beratung: Franz Rottensteiner
Titel der Originalausgabe: *Voice of our Shadow*
Umschlagillustration: Beverly Carroll

suhrkamp taschenbuch 1587
Erstausgabe
Erste Auflage 1989
Copyright © Jonathan Carroll 1983
© der deutschen Übersetzung
Suhrkamp Verlag Frankfurt am Main 1989
Suhrkamp Taschenbuchverlag
Alle Rechte vorbehalten, insbesondere das
des öffentlichen Vortrags, der Übertragung
durch Rundfunk und Fernsehen
sowie der Übersetzung, auch einzelner Teile.
Satz: IBV Satz- und Datentechnik GmbH, Berlin
Druck: Ebner Ulm
Printed in Germany
Umschlag nach Entwürfen von
Willy Fleckhaus und Rolf Staudt

1 2 3 4 5 6 – 94 93 92 91 90 89

Die Stimme
unseres Schattens

ERSTER TEIL

I

Formori, Griechenland

Nachts träume ich hier oft von meinen Eltern. Es sind gute Träume, und ich wache glücklich und erfrischt auf, obwohl nichts Besonderes in ihnen passiert. Wir sitzen immer alle zusammen auf der sommerlichen Veranda, trinken Eistee und sehen zu, wie unser schottischer Terrier Jordan im Garten herumrennt. Wir unterhalten uns, aber die Worte sind blaß und unscharf, belanglos. Doch das stört uns nicht, wir sind alle sehr froh, dort zu sein, sogar mein Bruder Ross.

Ab und zu lacht Mutter oder wirft beim Reden die Arme hoch – eine ihrer vertrautesten Gesten. Mein Vater raucht eine Zigarette; er inhaliert immer so tief, daß ich ihn als Kind einmal fragte, ob der Rauch ihm in die Beine gehe.

Wie so viele Paare hatten meine Eltern völlig gegensätzliche Temperamente. Mutter verschlang alles, was das Leben ihr bot. Dad dagegen war klar und berechenbar und stets der ruhige Hintergrund für ihre Leidenschaften und Launen. Ich glaube, es war der große Schmerz seines Lebens, daß sie ihn zwar auf eine herzliche, kameradschaftliche Weise mochte, ihre ganze Liebe aber ihren beiden Söhnen galt. Ursprünglich hatte sie fünf Kinder haben wollen, aber sowohl bei meinem Bruder als auch bei mir war die Geburt so schwierig gewesen, daß der Arzt ihr sagte, ein drittes Kind wäre ein tödliches Risiko für sie. Sie hielt sich schadlos, indem sie die Liebe, die für fünf gereicht hätte, an uns beide verschwendete.

Dad war Tierarzt; er ist immer noch Tierarzt. Er hatte eine gutgehende Praxis in Manhattan gehabt, als sie heirateten, gab sie aber gleich nach der Geburt seines ersten Sohnes auf und zog aufs Land. Seine Kinder sollten einen Garten zum Spielen haben und zu jeder Tageszeit unbesorgt kommen und gehen können.

Wie es bei allem ihre Art war, stürzte meine Mutter sich auf das neue Haus und stellte es auf den Kopf. Neuer Anstrich innen und außen, neue Tapeten, die Parkettböden wurden abgeschliffen und versiegelt, undichte Stellen ausgebessert ... Als sie fertig war, hatte sie ein stabiles, freundliches Haus geschaffen, in dem es so viel

Platz, Licht, Wärme und Geborgenheit gab, daß es für uns nicht nur ein Haus, sondern ein Zuhause war.

Außerdem zog sie noch zwei kleine Jungen groß. Später sagte sie, diese beiden ersten Jahre in dem Haus seien ihre glücklichsten gewesen. Wo immer sie gerade war oder wo sie hinging, immer brauchte jemand sie oder fand sie etwas, worum sie sich kümmern mußte, und so war sie in ihrem Element. Mit einem kleinen Jungen auf dem Arm und einem zweiten am Rockzipfel telefonierte und kochte sie und zimmerte das Haus und unser neues Leben ganz nach ihren Vorstellungen. Es dauerte ein paar Jahre, aber als sie fertig war, funktionierte nicht nur alles, sondern das ganze Haus strahlte förmlich. Ross kam in die Schule, mir brachte sie das Lesen bei, und jede Mahlzeit, die sie auf den Tisch brachte, war neu und schmeckte.

Als sie das Gefühl hatte, daß für uns gesorgt war, ging sie hin und kaufte uns den Hund.

Mein Bruder Ross entwickelte sich rasch zu einem aufgeweckten, neugierigen Jungen, der es schon mit fünf Jahren faustdick hinter den Ohren hatte. Einer von denen, die ständig die schrecklichsten Sachen anstellen, denen aber immer wieder verziehen wird, weil alle meinen, die Missetat sei unbeabsichtigt oder besonders schlau gewesen.

Schon als Kleinkind machte er das ganze Haus unsicher und suchte überall nach neuen Sachen, die er untersuchen oder auseinandernehmen konnte. Die verschiedenen Baukästen, die er im Lauf der Jahre bekam, verloren immer schon bald ihren Reiz, weil er im Nu alles beherrschte. Ganz gegen den Willen meines Vaters kaufte ihm meine Mutter zu seinem sechsten Geburtstag ein Brenneisen. Eine Woche lang benutzte er es nach Vorschrift und schrieb seinen Namen auf jedes Stück Abfallholz, das er auftreiben konnte. Dann brannte er ROSS LENNOX in einen eichenen Sessel. Meine Mutter verdrosch ihn und warf das Brenneisen weg. So war sie – äußerst resolut und überzeugt, daß man Kinder, die gesund aufwachsen sollen, immer lieben müsse, was aber gelegentliche Hiebe nicht ausschloß, wenn sie notwendig waren und die Bälger sie verdient hatten. Keine Ausreden, keine Entschuldigungen – wenn man was ausgefressen hatte, gab's etwas hinter die Ohren. Fünf Minuten später umarmte sie einen wieder und hätte alles für einen getan. Ich muß das schon in sehr zartem Alter begriffen haben, denn ich bekam nur selten Prügel. Was man von Ross nicht sagen konnte; weiß Gott nicht. Ich erwähne die Episode, weil es das erste Mal war, daß die beiden richtig aneinander gerieten. Ross verbrannte den Sessel, Mutter verdrosch ihn und warf das Ding in den Müll. Als sie weg war, holte er es aus der Abfalltonne und brannte mit Bedacht Löcher in ihre teuren neuen Lederstiefel.

Sie entdeckte die Bescherung eine Stunde später, und zu meinem Entsetzen fragte sie mich, ob ich es gewesen sei. Ich! Ich war immer das Dummchen, das diesem Giganten vor Ehrfurcht zitternd zusah. Nein, ich hatte es nicht getan. Das wußte sie natürlich, aber sie wollte es von mir hören, bevor sie zur Tat schritt. Sie stürmte in Ross' Zimmer und fand ihn ruhig auf dem Bett sitzen und ein Comic-Heft lesen. Genauso ruhig trat sie an seine Kommode und nahm sein liebstes Modellflugzeug herunter. Sie zog den Brenner aus der Schürzentasche, schloß ihn an die Steckdose an und brannte vor seinen ungläubigen Augen Löcher mitten durch die beiden Tragflächen. Er heulte und schrie, das Zimmer stank fürchterlich und überall schwebten die dünnen schwarzen Rußfäden in der Luft, die entstehen, wenn Kunststoff verbrannt wird. Nach getaner Arbeit stellte sie das Flugzeug wieder auf die Kommode und ging würdevoll aus dem Zimmer, als Siegerin und – noch – Herrin.

Diesmal blieb sie noch Siegerin, aber im Lauf der Zeit wurde Ross immer raffinierter und vorsichtiger; ihr Zweikampf ging weiter, aber es war jetzt ein Kampf zwischen ebenbürtigen Gegnern.

Es stellte sich heraus, daß mein Bruder ihre Vitalität und ihren Lebenshunger geerbt hatte, aber anstatt wie sie alles zu begehren, stand ihm der Sinn nach bestimmten Leckerbissen in gewaltigen Portionen. Wenn das Leben ein einziges Festmahl war, wollte er nur die Pastete, die aber ganz für sich allein.

Und andere manipulieren? Es gab keinen, der ihn darin übertrumpft hätte. Ich war leicht zu übertölpeln, und deshalb kein reizvoller Gegner für ihn, aber den einen Sommer brachte er mich in der kurzen Zeitspanne von drei Monaten dazu, das Fenster im Arbeitszimmer meines Vaters einzuschlagen, einen faustgroßen Stein in einen Bienenstock zu werfen (während er im Haus blieb und zusah) und ihm mein Taschengeld dafür zu geben, daß er mich vor dem lieben Gott beschützte, der angeblich drauf und dran war, mich für die vielen Sünden meines sechsjährigen Lebens in die Hölle zu werfen. Mein Vater hatte eine alte Ausgabe von Dantes *Inferno* mit den Illustrationen von Doré, und Ross zeigte mir das

Buch eines Nachmittags, um mir vor Augen zu führen, was mir blühte, wenn ich ihm nicht weiter Schutzgelder zahlte. Die Bilder waren so grauenhaft und zugleich so fesselnd, daß ich von da an (ein paar Wochen lang, bis der Bann gebrochen war) das Buch aus freien Stücken immer wieder einmal herunternahm und mir schaudernd ansah, was mir da dank der Herzensgüte meines Bruders gerade noch erspart geblieben war.

Ich war gewiß sein leichtestes Opfer, aber er konnte sein Lasso auch über die meisten anderen werfen. Er wußte, wie er es anstellen mußte, damit meine Mutter ihm eine Entschuldigung für die Schule schrieb und mein Vater mit uns zu einem Spiel der Yankees oder in ein Autokino fuhr. Natürlich wurde er hin und wieder erwischt, und dann setzte es Hiebe oder eine andere Strafe, aber seine Bilanz (er nannte es seine »Gewinn- und Verlustrechnung«) war, verglichen mit der anderer Kinder, geradezu glänzend.

Neben ihm war ich der Erzengel Gabriel. Ich glaube, ich habe von dem Tag an, als ich laufen lernte, mein Bett selbst gemacht, und in meinen endlosen Abendgebeten bat ich Gott, alle zu segnen, die mir einfielen, einschließlich des Zirkus Barnum & Bailey.

Ich hatte einen Hamster in einem silberfarbenen Käfig, eine Lone-Ranger-Decke und College-Wimpel an den Wänden meines Zimmers. Meine Bleistifte waren immer gespitzt, meine Jungenbücher stets streng nach dem Alphabet geordnet. Was unter anderem zur Folge hatte, daß Ross mit Vorliebe in mein Zimmer gestürmt kam und sich mit ausgestreckten Armen wie ein Sturzbomber auf mein Bett warf. Ich kreischte dann jedesmal, und er kicherte hämisch. Aber es war für mich immer ein Fest, ihn bei mir im Zimmer zu haben, und deshalb jammerte ich nie zu laut. Einmal legte er mir eine halbe tote Katze mit einer Baseballmütze auf dem Kopf auf das Kopfkissen, und ich sagte es keiner Menschenseele. Ich redete mir ein, daß es unser beider Geheimnis war.

Sein Zimmer lag meinem gebenüber, war aber zehnmal so interessant, immer. Ich gebe es zu. Das reinste Tohuwabohu, von den Turnschuhen auf dem Schreibtisch bis zum Radio unter der Matratze. Er und meine Mutter führten Weltkriege wegen dieses Zimmers, aber sie konnte ihn noch so oft an den Haaren ziehen oder ihm drohen, es blieb die meiste Zeit so, wie es war. Das Erstaunlichste daran war die Mannigfaltigkeit der Schätze, die er zusammengetragen hatte.

College-Wimpel waren nichts für ihn. Er hatte irgendwo ein riesiges Plakat für den Film *Godzilla* ergattert, das die eine Wand mit Feuer, Blut und Blitzen überzog. An einer anderen Wand hing eine zerschlissene albanische Flagge, die mein Vater aus dem Krieg mitgebracht hatte. Im Regal hatte er eine komplette Sammlung der Zeitschrift *Famous Monsters*, einen räudig wirkenden ausgestopften Skunk, sämtliche Oz-Bücher und mehrere der alten, gußeisernen Sparbüchsen, die heute für teures Geld in Antiquitätenläden verkauft werden. Für sein Leben gern ging er auf die städtische Müllkippe, wo er dann stundenlang mit einer langen Eisenstange die Abfallhaufen durchwühlte und alles auf die Seite warf, was er mit nach Hause nehmen wollte. Unter anderem fand er dort eine Schnupftabaksdose aus Porzellan, eine Bahnhofsuhr ohne Zeiger und ein Buch über Papierpuppen, das 1873 erschienen war.

Ich erinnere mich an das alles, weil ich vor einiger Zeit einmal mitten in der Nacht aufwachte, nachdem ich einen dieser bemerkenswert klaren Träume gehabt hatte, in denen alles, was man erlebt, in so kaltem, reinem Licht erscheint, daß man sich nach dem Aufwachen in der wirklichen Welt fehl am Platz fühlt. Wie auch immer, mein Traum spielte in Ross' altem Zimmer, und als ich wach war, nahm ich Bleistift und Papier und machte eine Liste all der Dinge, die ich gesehen hatte.

Wenn das Zimmer eines Jungen ein unscharfes Bild von dem ist, was er später einmal werden wird, hätte Ross ein... ja, was werden müssen? Antiquitätenhändler? Exzentriker? Irgend etwas Unvorhersehbares, aber ganz Besonderes, würde ich sagen. Am deutlichsten ist mir noch in Erinnerung, wie ich immer auf seinem Bett lag (wenn er mich in sein Zimmer ließ – ich mußte anklopfen, bevor ich eintreten durfte) und den Blick über seine Regale und Wände und alles andere wandern ließ. Und mir dabei vorkam wie in einem anderen Land oder auf einem Planeten, der unendlich weit von unserem Haus, von meinem Leben entfernt war. Wenn ich dann zum hundertsten Mal alles gesehen hatte, schaute ich Ross an und war froh darüber, daß er, mochte er auch noch so fremdartig oder seltsam oder grausam sein, mein Bruder war, daß wir Haus und Namen gemeinsam hatten und in unseren Adern das gleiche Blut floß.

Sein Geschmack änderte sich, als er älter wurde, aber das bedeutete nur, daß seine Sachen noch verrückter wurden. Eine Zeitlang war er wild auf alte Schreibmaschinen. Einmal hatte er drei oder vier davon in tausend Einzelteilen auf seinem Schreibtisch liegen.

Er trat einem Verein von Sammlern alter Schreibmaschinen bei und schrieb und bekam monatelang Hunderte von Briefen. Man tauschte Ersatzteile, bekam und erteilte Ratschläge für Reparaturen... ab und zu meldete sich am Telefon eine seltsame, bemooste Stimme aus Perry, Oklahoma, oder Hickory, North Carolina, und verlangte nach ihm. Ross sprach mit diesen anderen Fanatikern mit der ruhigen Selbstsicherheit eines vierzigjährigen Handwerksmeisters.

Nach den Schreibmaschinen waren alte Papierdrachen an der Reihe, dann Shar-Pei-Hunde, und bald darauf Edgar Cayce und die Rosenkreuzer.

Das hört sich an, als sei er ein aufblühendes Wunderkind gewesen, und in gewisser Weise war er das auch, aber abgesehen von seinen Obsessionen war Ross ein mürrischer Eigenbrötler. Er sperrte andauernd die Tür zu seinem Zimmer zu und wurde deshalb von meinen Eltern verdächtigt, alle möglichen »Sachen« da drin zu treiben. Ich sagte ihnen immer wieder, daß er sie nur ärgern wolle, aber sie hörten nicht auf mich.

Zwei- bis dreimal die Woche hatte er aus den nichtigsten Anlässen Krach mit meiner Mtter. Er wußte, wie leicht man sie auf die Palme bringen konnte, und provozierte sie immer wieder ganz bewußt (mit vollem Mund sprechen, sich nicht die Schuhe abputzen...), aber das genügte ihm nicht. Wenn es ihm einfiel, reizte er sie bis aufs Blut und gab erst Ruhe, wenn sie vor ohnmächtiger Wut nicht mehr wußte, was sie tat.

Ich nehme an, es ist nichts Ungewöhnliches, daß die Mitglieder einer Familie in den sogenannten Entwicklungsjahren der Kinder einander an die Gurgel gehen, aber bei uns war es so, daß Mutter, während sie immer mehr Boden an Ross verlor, uns beiden immer weniger über den Weg traute. Ich war ein Feigling und machte mich aus dem Staub, sooft ich merkte, daß sie wieder einmal auf achtzig war, aber die Flucht gelang mir nicht immer. So bekam ich bei ihren Wutausbrüchen oft auch etwas ab, und dann konnte ich es nicht fassen, wie ungerecht die Welt war. Ich wußte, daß ich ein fröhlicher, normaler kleiner Junge war. Und ich wußte auch, daß mein Bruder alles andere als das war. Ich wußte, daß er meine Mutter zur Weißglut trieb, und ich begriff, warum sie sich so über ihn aufregte. Aber es wollte mir nicht in den Kopf, daß ich immer wieder in ihre oft brutalen Auseinandersetzungen hineingezogen wurde und Hiebe einstecken mußte oder angebrüllt oder sonstwie bestraft wurde, obwohl ich mir nichts hatte zuschulden kommen lassen.

Ob mich das fürs Leben gezeichnet und dazu geführt hat, daß ich alle Mütter hasse, denen ich seither begegnet bin? Überhaupt nicht. Ich war fassungslos und hatte Angst, wenn Ross sich so aufführte, aber zugleich hatte er in mir sein dankbarstes Publikum. Trotz der unverdienten Schläge, die ich gelegentlich bezog, hätte ich mein Leben am Rande des Hurricans gegen nichts auf der Welt eintauschen mögen.

Schon bald klaute Ross alles, was ihm unter die Augen kam. Er war ein Meisterdieb, was er vor allem seiner Unverfrorenheit verdankte. In Geschäften wurde er immer wieder zur Rede gestellt und gefragt, wohin er denn mit dieser Uhr (diesem Buch, diesem Feuerzeug...) wolle. Mit ebenso unschuldigem wie verständnislosem Blick sagte er dann, er wolle sie nur seiner Mutter da drüben zeigen. Unter Ross' strafendem Blick entschuldigte sich der Verkäufer dann regelmäßig dafür, ihn so barsch behandelt zu haben. Fünf Minuten später hatte Ross das Ding in der Tasche und war draußen auf der Straße.

Einmal hatte er am ersten Weihnachtsfeiertag eine Auseinandersetzung mit meiner Mutter und sagte ihr, er habe alle Geschenke für uns gestohlen. Sie ging in die Luft, aber mein ruhiger Vater – der zwar betrübt war, sich aber längst damit abgefunden hatte – fragte nur, aus welchen Geschäften er die Sachen hätte. Ross schwieg verstockt, und schon ging der Zirkus wieder los.

Fünf Tage später gingen meine Eltern auf eine Silvesterparty und vergatterten Ross dazu, auf mich aufzupassen. Sie waren noch keine zehn Minuten aus dem Haus, als er mich dazu überredete, mit geschlossenen Augen das Treppengeländer hinunterzurutschen. Ich war erst einen Meter weit gekommen, als ich einen gräßlichen brennenden Schmerz auf dem Handrücken spürte. Ich riß beide Arme hoch, um die Zigarette wegzuschlagen, mit der er mich gebrannt hatte. Ich verlor das Gleichgewicht, stürzte vornüber und landete auf dem Arm, der an zwei Stellen brach. Das einzige, was mir neben den Schmerzen in Erinnerung geblieben ist, ist Ross' Gesicht dicht vor mir, das mich immer wieder wortlos ermahnte, mein dreckiges kleines Maul zu halten.

War ich ein Dummkopf? Ja. Hätte ich Zeter und Mordio schreien sollen? Ja. Wollte ich von meinem Bruder nur ein ganz klein wenig geliebt werden? Ja.

2

Mit fünfzehn legte sich Ross ein neues Image zu und wurde ein Rocker. Lederjacke mit tausend Reißverschlüssen und Chromnieten, ein Springmesser mit beinernem Heft aus Italien, eine Tube fettiger Haarcreme in einem Regal im Badezimmer.

Er trieb sich mit einer Horde Schwachköpfe herum, die anstatt zu reden Marlboro rauchten und auf den Boden spuckten. Der Anführer der Bande war Bobby Hanley, der zwar klein und dünn war wie eine Autoantenne, aber als gemeiner Kerl galt. Es hieß, daß jeder, der sich mit ihm anlegte, nicht ganz richtig im Kopf sein mußte.

Ich sah Bobby Hanley zum ersten Mal bei einem High-School-Basketballspiel. Ich war elf, und weil ich noch in die Grundschule ging, wußte ich nicht, wer er war. Ich war mit Ross gekommen (den meine Eltern gezwungen hatten, mich mitzunehmen), aber er schüttelte mich ab, kaum daß wir drin waren. Ich sah mich verzweifelt nach jemandem um, neben den ich mich hätte setzen können, aber um mich herum waren lauter fremde Gesichter. Ich blieb schließlich am Haupteingang stehen. Ein paar Minuten nach Spielbeginn kam ein alter Hausmeister, von dem ich wußte, daß er Vince hieß, herein und stellte sich neben mich. Er hatte einen dieser langen hölzernen Besen in der Hand; jedesmal, wenn unsere Mannschaft einen Korb erzielte, stieß er ihn auf dem Boden auf. Wir kamen ins Gespräch, und ich fühlte mich allmählich nicht mehr so unbehaglich. Es war richtig angenehm, und ich stellte mir vor, wie phantastisch das sein würde, wenn ich erst einmal auf der High School war und immer mit meinen Freunden zu diesen Spielen gehen konnte.

Ein paar Minuten vor dem Ende der ersten Halbzeit flog die Tür auf und eine Gruppe von Schlägertypen kam hereinstolziert. Vince murmelte etwas über »kleine Scheißer«, und weil ich völlig ahnungslos war, nickte ich beifällig.

Sie gingen geradewegs bis an die Spielfeldgrenze und musterten von dort aus die Zuschauer, ohne sich im geringsten um das Spiel zu kümmern. Dann zog einer von ihnen eine Schachtel Zigaretten hervor und zündete sich eine an. Das Streichholz warf er auf den Boden. Vince ging zu ihm hin und sagte ihm, Rauchen sei in der Sporthalle verboten. Bobby Hanley sah ihn nicht einmal an. Statt dessen nahm er einen tiefen Zug und sagte: »Verpiß dich, Opa.«

Ich traute meinen Ohren nicht! Aber noch unfaßbarer war, daß Vince zwar etwas vor sich hinmurmelte, aber zum Eingang zurückkam.

Ein paar aus Hanleys Clique kicherten, aber keiner hatte den Mumm, sich ebenfalls eine anzustecken. Vince, der wieder neben mir stand, fluchte vor sich hin und umklammerte den Besenstiel. Ich wußte nicht, was ich tun sollte. Das konnte man diesem Kerl doch nicht durchgehen lassen? Was für eine seltsame Macht hatte er?

Die Halbzeit ging zu Ende, während Bobby seine Zigarette bis auf den braunen Filter rauchte. Er ließ die Kippe auf den Parkettboden fallen und trat sie mit dem Stiefelabsatz aus. Ich sah zu, wie die Stiefelspitze sich hin und her bewegte. Viel zu laut sagte ich: »So ein Saukerl.«

»He, Bobby, der Hosenscheißer da drüben hat dich Saukerl genannt.«

Ich erstarrte.

»Wer?«

»Der Zwerg da drüben an der Tür. Der mit dem orangefarbenen Pulli.«

»Saukerl, sagst du?«

Ich wagte nicht aufzuschauen. Ich hätte am liebsten die Augen zugemacht, aber ich tat es nicht. Ich sah, wie sich die untere Hälfte von Hanley aus der Gruppe löste und auf mich zukam. Er packte mich am Ohr und zog meinen Kopf bis an seinen Mund hoch.

»Hast du mich Saukerl genannt?«

»Laß den Jungen in Frieden, Hanley.«

»Du hältst dich da raus«, schnauzte Bobby den Hausmeister an, ohne mein Ohr loszulassen.

»Ich hab' dich was gefragt, du Scheißer. Bin ich ein Saukerl?«

»In der Sporthalle ist das Rauchen verboten. Au!«

»Wer sagt das, du Scheißer? Willst du's mir verbieten?«

Stille. Leute strömten an uns vorbei. Ich schämte mich und stand Todesängste aus. Ich hatte keinen Mumm. Keiner kannte mich, aber das machte es auch nicht besser. Wer ich auch war, ich war der letzte Dreck. Hanley riß mir langsam das Ohr ab. Ich hörte förmlich, wie da drinnen eins nach dem anderen kaputtging: Muskeln, die sich vom Knochen lösten, feine Häutchen und Haare wie die feinsten Spinnweben... Seine Freunde umstanden uns im Halbkreis und genossen die Szene.

»Hör mir gut zu, Scheißer.« Er machte einen Schritt vorwärts, stellte seinen Stiefelabsatz auf meinen Turnschuh und trat zu. Ich jaulte auf, während der Schmerz in mir hochstieg. Ich fing zu weinen an. »Jetzt heult er, der Scheißer. Warum heulst du denn?«

Wo war Vince? Wo war mein Vater? Mein Bruder? Mein Bruder – ha! Ich wußte, daß Ross sich krankgelacht hätte, wenn er zugesehen hätte.

»He, Bobby, Madeleine wartet auf dich.«

Ich sah ihn zum ersten Mal richtig an. Er war viel kleiner, als ich gedacht hatte. Wer war Madeleine? Würde er mich jetzt in Ruhe lassen?

»Paß auf, Scheißer. Laß dich hier nie wieder blicken, verstanden? Wenn ich dich noch einmal hier sehe, stech ich dir damit deine Glotzaugen aus.« Er holte einen Flaschenöffner aus der Hosentasche und preßte ihn mir an die Nase. Ich weiß noch, wie warm das Metall war. Ich nickte, und er gab mir einen Stoß. Ich schlug mit dem Hinterkopf auf einer Bank auf und kippte um. Als ich wieder aufschaute, war die ganze Mannschaft verschwunden.

Noch Monate danach huschte ich wie ein Schatten in der Schule umher. Wenn ich mich am Morgen in das Gebäude schlich, überprüfte ich jeden Gang, jedes Klassenzimmer, jede Toilette, bevor ich hinein- oder hinausging, für den Fall, daß er da war. Ich wußte zwar, daß er höchstwahrscheinlich nie in der Grundschule auftauchen würde, aber ich wollte das Schicksal nicht herausfordern.

Ich sagte keinem etwas davon, vor allem nicht Ross. In der Nacht träumte ich manchmal, daß ich wie verrückt eine weiche Gummistraße entlangrannte, verfolgt von einem riesigen tanzenden Flaschenöffner.

Aber es geschah nichts, und als dann Ross und Bobby sich zusammentaten, blitzte nur einen Moment lang Angst auf, als ich sie zum ersten Mal zusammen sah.

Die größte Demütigung aber war, daß Bobby, als er zum ersten Mal zu uns ins Haus kam, mich nicht einmal erkannte. Als Ross mich mit den Worten »Und das ist mein beschissener kleiner Bruder« vorstellte, lächelte Bobby bloß und sagte: »Wie geht's, alter Freund?«

Wie es mir *ging?* Ich hätte ihm am liebsten gesagt... nein, ich hätte am liebsten verlangt, daß er mich wiedererkannte. Mich, den kleinen Scheißer, der monatelang in Todesangst vor ihm gelebt hatte.

Aber ich tat es nicht. Später brachte ich einmal den Mut auf, ihn an diese erste Begegnung zu erinnern. Er schnippte mit den Fingern, als hätte er vergessen, sich die Schuhe zuzubinden. »Ach ja, irgendwie ist mir dein Gesicht gleich bekannt vorgekommen.« Das war alles.

Je länger er mit Ross zusammen war, um so mehr mochte ich ihn natürlich. Er war sehr lustig und hatte eine Art von Sensibilität, die ihn, wie meinen Bruder, in die Lage versetzte, jeden sofort zu durchschauen und seine Stärken und Schwächen zu erkennen. In neunzig Prozent der Fälle nutzte er diese Fähigkeit zu seinem eigenen Vorteil, aber ab und zu tat er etwas so unheimlich Nettes, daß es einen einfach umwarf.

Kurz vor meinem dreizehnten Geburtstag standen wir alle drei in einem Schreibwarenladen, und ich erwähnte, wie gern ich ein bestimmtes Modell des Flugzeugträgers *Forrestal* gehabt hätte, das in einem der Regale stand. Als der große Tag dann da war, erschien Bobby bei uns und überreichte mir das Modell, in Geschenkpapier verpackt. »Mann, hast du jemals versucht, so was Großes zu klauen? Das ist verdammt schwer!« Ich baute das Modell sorgfältiger zusammen als jedes andere und zeigte es ihm erst, nachdem ich es in stundenlanger Arbeit makellos geschliffen und angemalt hatte. Er nickte anerkennend und sagte zu Ross, daß ich auf dem Gebiet was los hätte. Ross schenkte mir zu diesem Geburtstag eine kleine Gummipuppe, eine Frau im Badeanzug, deren Brüste aus dem Anzug sprangen, wenn man ihr auf den Bauch drückte.

Ich glaube, Hanley mochte meinen Bruder deshalb, weil Ross so gescheit war. Die Schule war ein Kinderspiel für ihn, und oft mußte er Bobbys Hausaufgaben machen, obwohl der eine Klasse höher war als er.

Ich will damit nicht sagen, daß das der einzige Grund für ihre Freundschaft war. Wenn ihm danach war, konnte mein Bruder nicht nur die Liebenswürdigkeit selbst sein, sondern auch jeden zum Lachen bringen. Er war kein Clown, aber zu seinen vielen Begabungen gehörte auch ein untrügliches Gespür für die Vorlieben und Abneigungen anderer und eben die Fähigkeit, einen zum Lachen zu bringen. Da Hanley der unbestrittene König der High School war, sondierte Ross erst einmal das Gelände; dann beschloß er, der Hofnarr des älteren Jungen zu werden. Er war nicht so hart wie die anderen Mitglieder der Bande, aber er war verdammt schlau! Schon nach kurzer Zeit gab es Tausende von Typen, die Ross am liebsten windelweich geschlagen hätten, aber sie ließen die Finger von ihm, weil sie alle wußten, daß er unter Bobbys gefährlichen Fittichen sicher war.

Niemand kann wissen, was in einer anderen Umgebung mit ihnen passiert wäre. Bobby und Ross hatten beide etwas vom Elan eines Zauberers; sie besaßen die seltene Fähigkeit, Grausamkeit in rosa Taschentücher und Freundlichkeit in Nichts zu verwandeln.

Die beiden steckten immer häufiger zusammen, aber meine Eltern hatten nichts dagegen, weil Bobby ruhig und höflich war, wenn er bei uns zu Abend aß. Außerdem hatte er offenbar einen guten Einfluß auf Ross. Zu Hause war Ross nicht mehr halb so boshaft und egoistisch wie früher. Er riß sich zwar kein Bein aus, um einem zu helfen oder freundlich zu sein, aber es gab immerhin leise Anzeichen dafür, daß er in ein neues Stadium eingetreten und jetzt halbwegs in der richtigen Richtung unterwegs war.

In der Nacht, bevor Ross starb, schlief Bobby bei uns. Ross war in Hochstimmung, weil er ein paar Tage zuvor eine Schrotflinte zum Geburtstag bekommen hatte. Unser Vater war ein begeisterter Tontaubenschütze und hatte uns versprochen, uns in den Sport einzuweihen, wenn wir sechzehn waren.

Bobby hatte seine eigenen Gewehre, aber er mußte zugeben, daß dieses ein Prachtstück war. Sie erlaubten mir an diesem Abend, bei ihnen im Zimmer zu bleiben, sogar dann noch, als Ross die neuen Pornohefte hervorholte, die er im Candy Store geklaut hatte. Sie rauchten fast ein ganzes Päckchen Zigaretten und redeten stundenlang über die Mädchen an der Schule, verschiedene Autotypen und was Bobby einmal tun würde, wenn er mit der Schule fertig war. Ich schlief auf einem Polster, das man zu einer Matratze auseinanderfalten konnte. Auch das hatte Ross mich tun lassen. Mitten in der Nacht fuhr ich hoch, als ich etwas dickflüssig Zähes und Klebriges auf meinem Gesicht spürte. Sie standen beide an meinem Bett, und in dem schwachen Licht sah ich, wie Ross etwas aus einer Flasche auf mich herunterlaufen ließ. Ich machte den Mund auf, um zu protestieren, und schmeckte die konzentrierte Süße von Ahornsirup. Inzwischen war das Zeug auf meinem ganzen Körper. Mir blieb nichts anderes übrig, als aufzustehen und unter dem Gelächter der beiden aus dem Zimmer zu rennen. Ich wusch meine Schlafanzugjacke so gut es ging im Waschbecken aus, damit meine Mutter nichts merkte. Dann duschte ich lange in der Dunkelheit.

Als ich am Morgen aufwachte, fühlte ich mich fiebrig und unbehaglich. Das helle Licht der Morgensonne strömte durch die Fenster und hüllte mich wie eine zusätzliche, überflüssige Decke ein.

Nachdem ich mir die Zähne geputzt hatte, klopfte ich an Ross' Tür. Als keine Antwort kam, machte ich sie vorsichtig auf. Wir hatten beide hölzerne Stockbetten in unseren Zimmern. Ich sah Ross über den Rand des oberen Bettes hängen und eifrig auf Bobby einreden, der auf dem Rücken lag und die Hände unter dem Kopf verschränkt hatte.

»Was willst du denn, du Arschloch? Noch ein bißchen Sirup?«

Bobby verscheuchte eine Fliege von seiner Nase und gähnte. Der Streich von letzter Nacht war Vergangenheit, und jetzt war Zeit für etwas Neues.

»Weißt du was, Ross, wenn wir die Flinte heimlich aus dem Haus schaffen könnten, dann könnten wir zum Fluß runtergehen und ein paar Möwen abknallen. Ich kann die Scheißviecher nicht ausstehen.«

Unser Haus war knapp einen Kilometer von einem Fluß entfernt. Dorthin ging man, wenn man im Sommer nichts anderes vorhatte oder wenn es einem geglückt war, ein Mädchen zu überreden, mit einem zum »Schwimmen« zu gehen. Weil das Wasser verdreckt war, wurde nie was aus dem Schwimmen – kaum hatte man die Handtücher ausgebreitet, fing man an zu schmusen.

Um ans Wasser zu kommen, mußte man über die Eisenbahnschienen. Dabei war man ganz vorsichtig und stelzte mit lächerlich hohen Schritten über alles, was irgendwie verdächtig aussah: Irgendwo da unten war die *dritte Schiene*, die man nur zu berühren brauchte, um einen tödlichen elektrischen Schlag zu bekommen.

Bobby und Ross waren schon öfter mit Gewehren an der Bahnlinie gewesen. Ross war der einige aus der Clique, der sich »getraut« hatte, mit einer von Bobbys zahlreichen Flinten auf vorüberfahrende Viehwaggons zu schießen. Sie waren nie erwischt worden.

Meine Eltern waren an dem Vormittag einkaufen, und so war nichts dabei, die Flinte aus dem Haus zu schmuggeln. Ross schob sie wieder in den Karton, und der reichte als Tarnung. Sie erlaubten mir mitzukommen, wenn auch nur mit der Drohung, sie würden mich in siedendes Öl werfen, wenn ich auch nur ein Sterbenswörtchen verlauten ließe.

Als wir bei den Gleisen angelangt waren, verlangte Bobby von

Ross die Flinte – er wolle ein paar Probeschüsse abgeben. Ich merkte, daß Ross lieber selbst als erster geschossen hätte; ein gereizter, bösartiger Ausdruck huschte über sein Gesicht. Aber im nächsten Moment war er wieder verschwunden. Er gab Bobby die Flinte, zusammen mit einer Handvoll roter und messinggelber Patronen, die er in seiner Gesäßtasche verstaut hatte. Er behielt nur noch die leere Schachtel übrig; die warf er nach mir.

Die Sonne war heiß, und mein T-Shirt wurde mir lästig. Als ich es mir gerade über den Kopf zog, hörte ich den ersten Schuß knallen und unmittelbar darauf das Klirren von Glas.

»Ach du Scheiße, Bobby! Hast du das Stationshäuschen getroffen?« Ross' Stimme klang angstvoll. »Verdammt, woher soll ich das wissen, Mann.« Er lud nach und gab einen Schuß in eine andere Richtung ab. Ich hielt mir die Ohren zu und sah auf den Boden. Ich war schon starr vor Angst, und dabei hatte alles erst angefangen.

»Die Flinte ist super, Ross. Soviel kann ich jetzt schon sagen. Also los, Mann.«

Wir gingen hintereinander im Abstand von vier oder fünf Metern. Bobby, Ross, dann ich. Das ist sehr wichtig, wie man gleich sehen wird. Bobby hielt die Flinte mit dem Lauf nach unten. Ich sah sie aus dem Augenwinkel. Sie war mattblau, und die Eisenbahnschienen unter unseren Füßen glänzten silbern, als wir vorsichtig über sie hinwegstiegen. Die helle Sonne blendete mich, und ich kniff die Augen zusammen. Ich wünschte zu Gott, ich wäre zu Hause geblieben. Was würden die beiden noch anstellen? Was würde passieren, wenn sie auf irgendeine blödsinnige, gefährliche Idee kamen, beispielsweise darauf, auf den nächsten Güterzug zu warten und auf die Rinder zu schießen, die in den rot und braun gestrichenen Viehwagen zum Schlachthof transportiert wurden? Ich verabscheute die Flinte, ich verabscheute meine Angst, ich verabscheute meinen Bruder und seinen Freund. Aber das würden sie nie, nie erfahren.

Wir gingen im Gleichschritt, unsere Beine hoben und senkten sich im gleichen Rhythmus. Dann stolperte Ross über irgend etwas und fiel nach vorne. Ich hörte ein bösartiges Brummen wie von einem Außenbordmotor, während der Kies knirschend unter den Turnschuhen meines Bruders wegrutschte. Seine Schulter berührte die dritte Schiene, und sein Kopf verdrehte sich auf dem Hals. Es gab ein lautes Knistern, ein scharfes Zischen und einen Knall. Sein

Kopf drehte sich immer weiter und sein Gesicht verzerrte sich zu einem unnatürlich erstarrten Lächeln.

3

Warum lüge ich? Warum lasse ich jetzt schon einen Teil der Geschichte aus, der so wichtig ist? Was liegt jetzt noch daran? Also gut. Hier ist das Teil des Puzzles, das ich bis jetzt hinter dem Rükken versteckt habe.

Bobby hatte eine ältere Schwester namens Lee. Mit achtzehn war sie das tollste Mädchen, das man sich vorstellen kann. Zu der Zeit, als Ross und Bobby Freunde wurden, war sie schon ein paar Jahre aus der Schule, aber alle sprachen noch von ihr, weil sie so phantastisch war.

Sie war Captain der Cheerleaders gewesen und Mitglied des Pep Club und des Gourmet Club. Ich wußte das alles auswendig, weil Ross ein High-School-Jahrbuch aus dem Jahr besaß, in dem sie ihren Abschluß gemacht hatte, und wie so oft beim hübschesten Mädchen einer Schule hatte man den Eindruck, daß ihr Gesicht auf jeder zweiten Seite auftauchte: Lee beim Radschlagen, Lee als Ballkönigin, Lee übers ganze Gesicht strahlend, mit einem riesigen Bücherstapel auf den Armen. Wie oft hatte ich diese Bilder mit den Augen verschlungen? Hundertmal? Tausendmal? Es war nicht zu zählen.

Ich begriff erst später, daß ein Teil ihrer besonderen Ausstrahlung pure Sinnlichkeit war. Ich wußte nicht, ob sie »scharf« war, denn die einzigen Auskünfte darüber hatte ich von meinem Bruder, der sie angeblich schon x-mal gehabt hatte, aber auch noch von den harmlosesten dieser Bilder ging ein Sex-Aroma aus, das so kräftig war wie der Geruch von frischem Brot.

Ross' Geschenk zu meinem zwölften Geburtstag bestand darin, daß er mir beibrachte, wie man masturbiert. Zu dem Geschenk gehörte auch eine drei Monate alte Ausgabe des Männermagazins *Gent,* aber anfangs kam ich nur zum Höhepunkt, wenn ich an Frauen dachte, die ich kannte. Die Zeppelinbrüste und der sexbesessene Ausdruck dieser Pin-up-Girls machte mir mehr angst, als daß sie mich auf Touren gebracht hätten. Nein, was mir immer wieder den Verstand raubte, war ein Foto von Lee Hanley, auf dem sie bei einem Football-Spiel einen Luftsprung machte. Wenn man genau hinsah, entdeckte man auf dem Bild einen köstlichen Streifen ihres Höschens.

Ich muß allerdings sagen, daß ich mich in sie verliebt hatte, lange bevor ich lernte, mit mir selbst zu spielen, und deshalb kam ich mir richtig schlecht vor, als ich sie das erste Mal als Traumfrau mißbrauchte. Ich wußte, daß ich sie irgendwie im Stich ließ, auch wenn ich noch nie ein Wort mit ihr gewechselt hatte. Aber diese Schuldgefühle legten sich bald wieder, weil mein zwölf Jahre alter Penis seine Ansprüche rücksichtslos geltend machte, und so verschlang ich nach wie vor mit hungrigen Augen ihr Bild, während ich Hand an mich legte.

Manchmal ließ ich mich völlig hinreißen, verdrehte die Augen und stammelte immer wieder ihren Namen, während mein Körper explodierte. *Lee Hanley! Oh, Leeee!* Normalerweise wartete ich ab, bis außer mir keiner im Haus war, bevor ich mir einen von der Palme schüttelte, aber eines Nachmittags vergaß ich alle Vorsicht, und das erwies sich als verhängnisvoller Fehler.

Die Bermuda-Shorts bis zu den Knien heruntergezogen und das Schuljahrbuch bequem auf der Brust aufgestützt, hatte ich gerade angefangen, mein Lied von Lee zu singen, als plötzlich die Tür aufflog und Ross im Zimmer stand.

»Hab' ich dich *erwischt!* Lee Hanley, hm? Du nimmst Lee Hanley als Wichsvorlage? Na warte, wenn Bobby das hört! Der macht Hackfleisch aus dir. Überhaupt, was seh' ich denn da? Das ist *mein* Jahrbuch! Gib's her!« Er riß es mir aus der Hand und sah sich das Bild an. »Mann, wenn ich das Bobby sage, dann möchte ich nicht in deiner Haut stecken.« Er feixte triumphierend.

In diesem Augenblick begann für mich ein Martyrium, das über ein Jahr dauern sollte. Als ich am Abend dieses Tages meine Bettdecke zurückschlug, fand ich ein Foto, das mit Klebstreifen an meinem Kopfkissen befestigt war: ein verstümmelter Leichnam auf einem Schlachtfeld, auf den ein Soldat gleichgültig hinabsah. Mit blutroter Tinte war der Soldat als *Bobby* bezeichnet, und ich war die Leiche. Scherze dieser Art trieb Ross von da an immer wieder mit mir, aber die schrecklichsten Momente waren, wenn er beiläufig zu Bobby sagte: »Willst du wissen, was mein Bruder macht, Bobby? Du wirst es nicht glauben – dieses Ferkel!« Dann sah er mich hinterhältig grinsend an und machte eine schier endlose Pause, so daß ich mir wünschte, ich wäre entweder auf Sumatra oder tot, oder beides. Schließlich sagte er dann immer »Er bohrt in der Nase« oder etwas anderes, was genauso gemein und genauso wahr war, aber eine lächerliche Lappalie verglichen mit »dem einen«, und ich konnte wieder ruhiger atmen.

Es war ein ewiges Auf und Ab. Manchmal hoffte ich schon, er hätte es vergessen. Aber dann war es plötzlich wieder da, wie eine Fledermaus, die durchs Fenster flattert, ganz nahe, auch wenn seit dem letzten Mal Tage oder Wochen vergangen waren, und dann zappelte ich wieder hilflos an seiner Angel. Wenn wir allein waren, sagte er mir immer wieder, was für ein Fiesling ich doch sei, die *Schwester* eines Freundes als Wichsvorlage zu mißbrauchen. Er war so überzeugend wie ein erzürnter, unversöhnlicher Priester.

Ich litt Folterqualen, und wahrscheinlich war gerade dies der Grund, warum für mich nichts so sexy war wie die Vorstellung von Lee Hanleys Slip, die zu meiner einzigen Sex-Phantasie wurde. Ich masturbierte zu jeder Tageszeit; mein absoluter Höhepunkt war es vermutlich, als ich einmal kam, während ich bei einer Schulveranstaltung völlig reglos dasaß und zusah, wie ein Cherokee-Indianer Kriegstänze vorführte.

Ich war ein Trottel. Ich gab Ross mein Taschengeld, übernahm seine Aufgaben im Haus, brachte ihm auf einen Wink zu essen oder zu trinken. Einmal dämmerte mir sogar, daß das, was ich tat, eine Art Kompliment an Lee war, aber als ich das Ross klarzumachen versuchte, schloß er nur die Augen und wedelte mit der Hand, als sei ich ein lästiges Insekt, das verscheucht werden mußte.

An dem Tag, an dem er starb, geschah in Wirklichkeit folgendes: Als wir gemeinsam die Eisenbahngleise überquerten, wurde Ross plötzlich wütend auf Bobby, weil dieser ihm die Flinte weggenommen hatte. Zwischen den beiden Schienensträngen fragte er den Freund beiläufig, wie oft er sich einen runterhole.

»Weiß nicht. Wahrscheinlich jeden Tag. Das heißt, wenn ich keine Frau habe. Warum? Und du?«

Die Stimme meines Bruders wurde etwas lauter. »Ungefähr dasselbe. Denkst du dabei an jemand Bestimmtes?«

Meine Gesichtsmuskeln spannten sich, und ich bewegte mich fast nicht mehr.

»Na klar, was glaubst du denn? Denkst du, ich zähl' bis hundert? Was ist eigentlich mit dir los, Ross? Bist du unter die Perverser gegangen?«

»Nö, ich hab' nur nachgedacht. Weißt du, an wen Joe beim

Wichsen denkt?«

»Joey? Du machst es dir auch schon, Junge? Schäm dich! Weißt du, wie alt ich war, als ich damit angefangen habe? Ungefähr drei!« Er lachte.

Ich sah auf meine Fußspitzen. Ich wußte, was jetzt kommen mußte; Ross war drauf und dran, mein finsterstes Geheimnis zu verraten, und ich konnte nichts dagegen tun.

»Na los doch, spuck's aus. An wen denkst du, Joe? Suzanne Pleshette?«

Ehe Ross antworten konnte, schrillte beängstigend nahe die Pfeife einer Lokomotive. In diesem Augenblick tat ich etwas, was ich noch nie getan hatte. Ich schrie »Nein!« und stieß Ross, so fest ich konnte. Bei Gott, ich hatte solche Angst davor, was er sagen würde, daß ich völlig vergessen hatte, wo wir uns befanden.

»Ach du Scheiße, da kommt ein Zug!« Ohne sich nach uns umzublicken, lief Bobby auf die andere Seite der Gleise. Mein Bruder stürzte. Ich stand da und sah zu. Ja.

4

Ich hatte einen so schweren Schock, daß ich nichts sagen konnte. Noch Tage danach hatte ich Angst zu sprechen.

Für die anderen (einschließlich Bobby, der bezeugte, Ross müsse über das Pfeifen des Zuges erschrocken und gestolpert sein) war es glücklicherweise nur ein tragischer Unfall.

Meine Mutter war wie wahnsinnig. Noch eine Woche nach der Beerdigung stand sie am Fuß der Treppe und schrie zu meinem toten Bruder hinauf, er solle endlich aufstehen und in die Schule gehen. Sie kam in eine Klinik. Ich war so nervös, daß ich starke Beruhigungsmittel nehmen mußte; ich kam mir vor, als schwebte ich im Leeren.

Als die Entscheidung gefallen war, daß meine Mutter in der Klinik bleiben müsse, führte mein Vater mich eines Abends zum Essen aus. Wir rührten beide nichts an. Mittendrin schob er seinen Teller weg und nahm meine Hände.

»Joe, mein Sohn, jetzt werden wir eine Zeitlang allein sein, du und ich, und es liegen schwere Zeiten vor uns.«

Ich nickte und war zum ersten Mal kurz davor, ihm alles zu sagen, in allen Einzelheiten. Aber dann schaute er mich an, und ich sah große helle Tränen auf seinem Gesicht.

»Ich weine, Joe, wegen deines Bruders, und weil deine Mutter mir schon jetzt sehr fehlt. Mir ist, als wären mir Teile meines Körpers ausgerissen worden. Ich sage dir das, weil ich glaube, daß du mich verstehst, und weil du mir helfen mußt, stark zu sein. Ich helfe dir, und du hilfst mir, okay? Du bist der beste Sohn, den ein Mann sich wünschen könnte, und wir werden uns von nichts unterkriegen lassen. Von gar nichts! Ja?«

Ich sah Bobby nur noch zwei- oder dreimal, nachdem Ross gestorben war. Nach dem Ende des Schuljahres meldete er sich zu den Marineinfanteristen. Er verließ die Stadt Ende Juni, aber man hörte immer wieder einmal etwas von ihm. Offenbar erwies er sich als sehr guter Soldat. Er blieb vier Jahre dabei. Als er zurückkam, studierte ich im ersten Jahr am College.

In meinem ersten Studienjahr kam ich einmal für ein verlängertes Wochenende nach Hause. Am Samstag hatte ich einen bösen Streit mit meinem Vater darüber, wie ich mir »meine Zukunft« vorstellte. Ich verließ in höchster Erregung das Haus und ging in die nächstbeste Bar, um meine Angst in Bier zu ertränken.

Ungefähr beim dritten Glas setzte sich jemand neben mich an die Bar und tippte mir an den Ellbogen. Ich schaute auf den Fernseher und achtete nicht darauf. Aber der Neuankömmling berührte mich noch einmal, und ich drehte mich ärgerlich zu ihm um. Es war Bobby. Er trug das Haar sehr lang und hatte einen Fu-Man-Chu-Schnurrbart, dessen Spitzen bis unter sein kantiges Kinn herabhingen. Er lächelte und klopfte mir auf den Arm.

»Mein Gott, Bobby!«

»Na, wie geht's immer so, Joe College?«

Er lächelte immer noch, und ich bemerkte mit Erleichterung, daß er sturzbetrunken war.

»Was macht das College, Joe?«

»Alles bestens, Bobby. Aber wie geht's dir?«

»Gut, Mann. Alles prächtig.«

»Ja? Aber was machst du? Ich meine, was arbeitest du jetzt?«

»Hör zu, Joe, ich wollte mich schon lange mal mit dir unterhalten, weißt du. Wir hätten ja viel zu bereden, stimmt's?«

Sein Gesicht war hager und müde, und ich entdeckte an ihm eine Unsicherheit, die mir sagte, daß er in all den Jahren nicht viel zustande gebracht hatte. Er tat mir sehr leid, aber ich wußte, daß ich kaum etwas für ihn tun konnte. Er hatte mir die Hand auf die Schulter gelegt, und ich nahm sie, um ihn wissen zu lassen, daß er auf eine seltsame Weise immer noch eine wichtige Rolle in meinem Leben spielte. Ich habe bereits erwähnt, daß er schon immer sehr sensibel gewesen war. Mit der Berührung seiner Hand hatte ich irgend etwas ausgelöst. Er zog sie ruckartig zurück, und sein Blick änderte sich jäh. Auf einmal war der tückische, bösartige Bobby Hanley wieder da, der mir einen Flaschenöffner ins Gesicht gedrückt hatte. Wut flackerte in seinen Augen auf wie ein kleiner Vogel, der gegen eine Fensterscheibe fliegt. Ich zuckte zusammen und versuchte mit einem Lächeln die freundliche Stimmung wiederherzustellen.

»Ich muß dich was fragen, Mann. Warst du irgendwann mal am Grab deines Bruders? Na? Gehst du da manchmal hin und bringst Ross Blumen oder so was?«

»Ich...«

»Du miese Ratte! Ich wette, du hast es nicht gemacht, Mann! Ich bin andauernd da draußen, verstehst du? Der Junge war der beste Freund, den ich je hatte! Du bist sein eigener Bruder und rührst keinen Finger für ihn. Kein Wunder, daß er immer gesagt hat, mit dir wäre nichts los. Du Nulpe!« Er rutschte von dem Barhocker und grub in seiner Hosentasche nach Geld. Schließlich fischte er einen Dollarschein heraus, der zu einer kleinen grünen Kugel zusammengeknüllt war, und warf ihn auf die Theke. Das Bällchen rollte über die Platte und fiel auf der anderen Seite herunter. »Denkst du, ich weiß nicht Bescheid über dich, Joe? Denkst du, ich weiß nicht, wie du zu Ross gestanden hast? Ich will dir mal was sagen, Mann. Er war ein König, schreib dir das hinter die Ohren. Er war ein verdammter *König*. Aber du — mein Gott, du bist nichts als ein Haufen Dreck!«

Er ging aus der Bar, ohne sich noch einmal umzusehen. Ich wollte ihm nachgehen und ihm sagen, daß er sich irrte. Aber ich zögerte, weil ich mir erst noch zurechtlegen wollte, was ich sagen würde, wenn ich ihn einholte. Sagen? Ich hatte ihm nichts zu sagen; es *gab* nichts mehr zu sagen.

Einen Monat später schrieb ich eine Kurzgeschichte mit dem Titel »Hölzerne Pyjamas« für einen Kurs in schöpferischem Schreiben, den ich belegt hatte. Der Lehrer hatte uns immer wieder ermuntert, über unsere eigenen Erfahrungen und Erlebnisse zu schreiben.

Weil ich immer noch von der Begegnung mit Bobby durcheinander war, beschloß ich, den Rat zu befolgen und zu versuchen, wenigstens einige meiner Schuldmonster dadurch zu vertreiben, daß ich eine Geschichte über Bobby, Ross und ihre Clique schrieb.

Das Problem war, was ich schreiben sollte. Zunächst versuchte ich, die Zeit zu schildern, als sie planten, den Posten der American Legion zu überfallen und alle Waffen zu klauen, dann aber nicht mehr dazu kamen, weil das Gebäude abbrannte, einen Tag bevor sie ihr Unternehmen starten wollten. Ich sage, ich versuchte, das zu schildern, aber es kam nur Mist dabei heraus. Mir wurde klar, daß ich nicht wußte, wie ich mich meinem Bruder und seiner Welt nähern sollte. Er und alles, was er gewesen war, waren mir schon vor so langer Zeit in Fleisch und Blut übergegangen, daß ich jedesmal eine Niete zog, wenn ich bewußt darüber nachdachte, wer und was er gewesen war. Ich wußte, aus welchen Farben er sich zusammengesetzt hatte, aber da ich sie nicht zu trennen vermochte, vermischten sie sich alle zu einem großen weißen Fleck. Wie kann man jemandem die Farbe Weiß beschreiben, außer dadurch, daß man sagt, es seien alle Farben darin enthalten?

Ich probierte es mit einer Ich-Erzählerin – einem Mädchen, das von einem der Jungen gelinkt worden war. Das funktionierte nicht, und so versetzte ich mich in die Rolle des Vaters von einem der Bandenmitglieder. Absolut nichts. Als nächstes schrieb ich drei Blätter mit Geschichten von Ross und Bobby voll. Über manche davon mußte ich lachen, andere erregten in mir Schuldgefühle oder Trauer. Als ich einmal begonnen hatte, mich zu erinnern, ließ mich der Gedanke nicht mehr los, daß ich wenigstens einen Ausschnitt aus ihrer Welt zu Papier bringen müsse. Nichts sollte mich davon abhalten.

Es ist seltsam, aber zunächst kam ich überhaupt nicht auf die Idee, mir etwas auszudenken und meinen Bruder und seine Kumpane als Figuren in *meiner* Story zu verwenden. Ross hatte eine so wichtige Rolle in meinem Leben gespielt und so viele verrückte Sachen gemacht, daß ich gar nicht auf den Gedanken kam, ihn hinter einer Handlung oder Idee zurücktreten zu lassen, die meinem eigenen Kopf entsprungen war. Aber genau das passierte dann doch. Als ich eines Samstagabends über den Campus fuhr, sah ich ein paar Halbstarke, die sich in Schale geschmissen hatten und die Main Street entlangstolzierten.

Wie oft hatte ich zugesehen, wie mein Bruder sein langes Haar zu einem makellos glänzenden Wirbel gekämmt, literweise Kölnisch Wasser auf sich geschüttet und sich dann wohlgefällig im Badezimmerspiegel betrachtet hatte? »Sieht gut aus, Joe. Dein Bruder sieht guuut aus!«

Ich dachte eine Zeitlang darüber nach, setzte mich eines Nachmittags an die Schreibmaschine und begann die Kurzgeschichte mit eben diesen Worten, gerichtet an einen bewundernden kleinen Bruder, der auf dem Rand der Badewanne saß und zusah, wie er sich feinmachte, bevor er... Ich hatte keine Ahnung, wie es von da an weitergehen sollte.

Ich brauchte zwei Wochen, um die Geschichte zu schreiben. Sie handelte von einer Gruppe Teenager in einer Kleinstadt, die sich für eine große Party im Haus eines Mädchens herrichteten. Jeder von ihnen übernimmt für eine Weile die Rolle des Erzählers, und abwechselnd berichten sie von ihrem Leben und stellen Vermutungen darüber an, was diesen Abend passieren wird, wenn die Party bei Brenda in Schwung kommt.

Noch nie im Leben hatte ich so konzentriert an etwas gearbeitet. Es machte mir riesigen Spaß. Ich legte jede der einzelnen Geschichten so vorsichtig auf die vorhergehende, als gelte es, ein Kartenhaus zu bauen. Ich änderte unablässig die Reihenfolge, um die bestmögliche Wirkung zu erzielen, und trieb meinen Lehrer zur Verzweiflung, weil ich die Arbeit eine Woche zu spät ablieferte. Als ich fertig war, wußte ich jedoch, daß ich etwas Gutes, ja vielleicht sogar etwas ganz Besonderes geschrieben hatte. Ich war richtig stolz darauf.

Meinem Lehrer gefiel die Story auch, und er riet mir, sie einer Zeitschrift anzubieten. Ich tat es, und monatelang kursierte das Manuskript bei allen größeren und kleineren Zeitschriften. Schließlich wurde es von *Timepiece* – Auflage siebenhundert – angenommen. Das Honorar beschränkte sich auf zwei Belegexemplare, aber ich war überglücklich. Ich ließ mir das Titelbild der Ausgabe einrahmen und hängte es an die Wand über meinem Schreibtisch.

Drei Monate später rief mich ein Theaterproduzent aus New York an und fragte mich, ob ich bereit sei, ihm für zweitausend Dollar die Weltrechte an der Kurzgeschichte zu verkaufen. Ich war so verdattert, daß ich beinahe ja gesagt hätte, doch im letzten Moment fielen mir die Geschichten von Autoren ein, die von schlitzohrigen Verlegern oder Produzenten um ein Vermögen gebracht worden waren, und so bat ich ihn, in ein paar Tage noch einmal anzurufen. Aus einem Nachschlagewerk in der College-Bibliothek schrieb ich mir die Adressen und Telefonnummern von vier oder fünf literarischen Agentinnen und Agenten heraus. Der ersten erklärte ich meine Situation und fragte sie, was ich tun sollte. Am Schluß des Gesprächs war sie bereit, mich zu vertreten, und als der Mann aus New York wieder anrief, bat ich ihn, alles mit meiner Agentin abzumachen.

Es ist ja bekannt, was passiert, wenn man solchen Leuten eine Geschichte verkauft: Sie stellen sie auf den Kopf, nehmen sie auseinander, lassen die Hälfte weg und setzen den Rest neu zusammen. Wenn sie sie dann bis zur Unkenntlichkeit entstellt haben (sie selbst nennen das »aufpeppen«), stellen sie sie der Öffentlichkeit vor, und auf dem Programmzettel steht dann »Nach einer Kurzgeschichte von Joseph Lennox« oder etwas Ähnliches.

Der Regisseur des Stücks, ein hochgewachsener Mann mit leuchtend rotem Haar namens Phil Westberg rief mich an, unmittelbar nachdem er die Rechte erworben hatte, und fragte mich höflich, wie ich mir den Stoff als Theaterstück vorstellen würde. Ich hatte keine Ahnung und gab in meiner Verwirrung irgendwelche Gemeinplätze von mir, aber er wollte ohnehin nicht hören, was ich zu sagen hatte, denn er hatte sich schon alles zurechtgelegt. Er fing an, mir seinen Plan zu erläutern, und einmal nahm ich den Telefonhörer vom Ohr und sah ihn an, als ob es sich um eine Aubergine handelte. Er sprach von »Hölzerne Pyjamas«, aber es waren nicht mehr *meine* Pyjamas. Meine Kurzgeschichte begann in einem Badezimmer, das Stück auf der großen Party, womit die ersten viertausend Worte meiner Arbeit schon unter den Tisch gefallen waren. Die Hauptfigur im Stück war jemand, dem ich erst nachträglich eine Nebenrolle zugewiesen hatte. Aber Westberg wußte, was er wollte, und er wollte eben nicht viel von dem, was ich geschrieben hatte. Als ich das endlich kapiert hatte, schlich ich mich in die Nacht hinaus, um nie wieder etwas von »Phil« zu hören – bis er mir anderthalb Jahre später eine – eine einzige – Freikarte für die Uraufführung schickte.

Phil und seine Leute nahmen meine Kurzgeschichte als Grundlage für das ungeheuer erfolgreiche (und deprimierende) Stück *Die Stimme unseres Schattens*. Es handelt unter anderem von der Traurigkeit und den kleinen Träumen junger Leute, und es lief nicht nur zwei Jahre am Broadway, wo es mit dem Pulitzerpreis ausgezeichnet wurde, sondern wurde auch halbwegs anständig verfilmt. Ich bekam Gott sei Dank einen kleinen, aber lukrativen Anteil an den Einnahmen aus diesen Nebenrechten.

Der Rummel um das Stück begann in meinem letzten Jahr auf dem College. Ich fand ihn anfangs phantastisch, aber bald schon ging er mir auf die Nerven. Alle Welt war überzeugt, ich hätte das Ding geschrieben, und ich mußte immer wieder erklären, daß mein Beitrag dazu geradezu mikroskopisch klein gewesen war. Bei der Uraufführung saß ich im Parkett und starrte die jungen Schauspieler an, die Ross und Bobby und all die anderen Jungen und Mädchen spielten, die ich vor hundert Jahren so gut gekannt hatte. Ich mußte zusehen, wie sie verändert und entstellt wurden, und als ich aus dem Theater ging, hatte ich schreckliche Schuldgefühle wegen Ross' Tod. Aber trieb mich mein schlechtes Gewissen dazu, irgend jemandem zu verraten, was an jenem Tag tatsächlich geschehen war? Nein. Ein Schuldgefühl ist verformbar. Es ist wie eine Knetmasse – wenn man damit umzugehen weiß, kann man es ziehen und kneten und formen oder beliebig hierhin und dorthin schieben. Das ist eine Verallgemeinerung, ich weiß, aber ich machte es jedenfalls so; und als ich älter wurde, fiel es mir immer leichter, die Tatsache, daß ich meinen Bruder ermordet hatte, rationalisierend zu verdrängen. Es war ein Unfall gewesen. Ich hatte es nicht gewollt. Er war ein Ungeheuer gewesen und hatte es verdient. Wenn *er* an diesem Tag nicht das Thema Masturbation zur Sprache gebracht hätte... Das alles half mir, die nackte, grausige Tatsache von mir wegzuschieben, daß ich eigentlich erreicht hatte, was ich wollte.

Innerhalb weniger Monate hatte ich Geld wie Heu. Außerdem war ich erschöpft und erbittert durch die ewig gleichen gutgemeinten Fragen und den ewig gleichen, enttäuschten Gesichtsausdruck, wenn ich den Leuten sagte, nein, ich habe das *Stück* nicht geschrieben, wissen Sie...

Als ich erfuhr, daß meine Universität einen sechswöchigen Kurs in neuerer deutscher Literatur in Wien anbot, ergriff ich die Gelegenheit beim Schopf. Ich hatte Deutsch als Hauptfach gewählt, weil es eine schwierige Sprache ist, die ich irgendwann einmal sehr gut beherrschen wollte. Ich war überzeugt, daß ich nach ein paar Monaten mit Sachertorte, Ausflügen auf der blauen Donau und Robert Musil rein und von aller Schuld freigesprochen würde zurückkehren können. Ich richtete es so ein, daß meine sechs Wochen in Wien am Ende des Studienjahres lagen, so daß ich noch den ganzen Sommer würde dort bleiben können, falls mir die Stadt gefiel.

Ich liebte Wien vom ersten Augenblick an. Die Wiener sind wohlgenährt, gehorsam und in fast allem, was sie tun, nicht ganz auf der Höhe der Zeit. Aus diesem Grunde, oder vielleicht auch, weil die Stadt so exotisch ist, da sie so weit im Osten liegt – sie ist die letzte Hochburg des freien, dekadenten Westens, bevor man über die flachen grauen Ebenen nach Ungarn oder in die Tschechoslowakei fährt –, sind alle meine Erinnerungen an die Stadt in behäbiges Spätnachmittagslicht getaucht. Auch heute noch, nach allem, was geschehen ist, wünsche ich manchmal sehr, ich wäre wieder in Wien.

Es gibt dort Cafés, in denen man den ganzen Vormittag bei einer einzigen Tasse herrlichen Kaffees sitzen und ein Buch lesen kann, ohne daß einen irgend jemand stört. Kleine, muffige Kinos mit hölzernen Sitzen, wo zwei trist wirkende Modelle eine »Live«-Modenschau vorführen, bevor der Hauptfilm anfängt. Ich hatte ein Stammlokal, in dem der Kellner Hunden Wasser in einem weißen Porzellanschälchen brachte, auf dem der Name des Restaurants stand.

Wien ist auch von allen Städten, die ich kenne, die einzige, die ihre schönsten Seiten nur widerstrebend preisgibt. Paris springt einen an mit ozeanischen Boulevards, goldenen Croissants und Charme auf jedem Quadratmeter seiner Fläche. New York verschließt sich einem – absolut selbstsicher und gleichgültig. Es weiß, daß es, auch wenn es in seinen Straßen noch so viel Dreck und Verbrechen und Angst gibt, trotzdem der Mittelpunkt von allem ist. Es kann sein, wie es will, weil es weiß, daß man es immer brauchen wird.

Wien mögen die meisten Besucher (mich selbst eingeschlossen!) auf den ersten Blick, wegen der Oper oder der Ringstraße oder der Brueghels im Kunsthistorischen Museum, aber diese Dinge sind nur eine einzige großartige Tarnung. In dem ersten Sommer, den ich dort verbrachte, entdeckte ich, daß sich unter der schimmernden Anmut eine traurige, mißtrauische Stadt verbirgt, die ihre beste Zeit vor hundert, zweihundert Jahren hatte. Sie gilt heute in aller Welt als liebenswertes Kuriosum – eine Miß Havisham im Hochzeitskleid –, und die Wiener wissen das auch.

Für mich lief alles bestens. Ich lernte ein nettes Mädchen aus Tirol kennen, und wir hatten eine Liebelei, die uns müde, aber unversehrt zurückließ. Sie war Führerin für Stadtrundfahrten und kannte deshalb jeden Winkel der Stadt: das Jugendstil-Schwimmbecken oben beim Wienerwald, ein gemütliches Restaurant, in dem echtes tschechisches Budweiser-Bier serviert wurde, einen Gang durch den Ersten Bezirk, bei dem man sich ins fünfzehnte Jahrhundert zurückversetzt fühlte. Wir verlebten ein verregnetes Wochenende in Venedig und ein sonniges in Salzburg. Sie brachte mich Ende August zum Flughafen, und wir versprachen uns, daß wir einander schreiben würden. Ein paar Monate später schrieb sie mir tatsächlich, aber um mir mitzuteilen, daß sie einen netten Computer-Verkäufer aus Charlottesville, Virginia, heiraten werde, und falls ich jemals in ihre Gegend käme...

Mein Vater holte mich am Flughafen ab und sagte mir, kaum daß wir im Auto saßen, daß meine Mutter Leukämie hatte. Mir stand sofort das Bild von meinem letzten Besuch bei ihr vor Augen: ein weißes Krankenzimmer – weiße Vorhänge, Bettwäsche, Stühle. In der Mitte des Bettes schwebte über dieser Ewigkeit in Weiß ihr kleiner roter Kopf. Man hatte ihr das Haar kurzgeschoren, und sie machte nicht mehr die flinken, scharfen Bewegungen eines Kolibris. Weil sie fast ständig Beruhigungsmittel bekam, dauerte es oft Minuten, bis sie jemanden richtig erkannte.

»Mama? Ich bin's, Joe. Ich bin hier, Mama. *Joe.*«

»Joe? Joe. Joe! Joe und Ross! Wo sind meine beiden Jungen?«

Sie war enttäuscht, als wir ihr sagten, Ross sei nicht da. Sie nahm es hin, so wie sie jeden Löffel Suppe oder Rahmspinat von ihrem Teller hinnahm.

Ich fuhr direkt ins Krankenhaus. Die einzige auffällige Veränderung war die ausgeprägte Schmalheit ihres Gesichts. Ihre Züge und der unnatürliche Farbton ihrer Haut erinnerten mich an einen alten, mit violetter Tinte auf sehr dünnes graues Papier geschriebenen Brief. Sie fragte mich, wo ich gewesen sei; als ich ihr sagte, in Europa, blickte sie eine Zeitlang an die Wand, als wollte sie herausbekommen, wo Europa lag. Sie starb noch vor Weihnachten.

Nach der Beerdigung nahmen mein Vater und ich uns eine Woche frei und flogen in die Hitze, Buntheit und Frische der Jungferninseln. Wir saßen am Strand, schwammen und unternahmen lange, anstrengende Wanderungen in die Berge. Jeden Abend machte der Sonnenuntergang, daß wir uns traurig, leer und heroisch fühlten. Darin stimmten wir überein. Wir tranken dunklen Rum und unterhielten uns bis zwei oder drei Uhr früh. Ich sagte ihm, daß ich nach dem Examen wieder nach Europa gehen und dort leben wolle. Inzwischen waren zwei weitere Kurzgeschichten von mir erschienen, und ich fragte mich aufgeregt, ob ich vielleicht das Zeug zu einem richtigen Schriftsteller hätte. Heute weiß ich, es wäre ihm lieber gewesen, wenn ich noch eine Weile bei ihm geblieben wäre, aber er sagte, er halte es für eine gute Idee, wenn ich nach Europa ginge.

Mein letztes Semester am College stand ganz unter dem Zeichen eines Mädchens namens Olivia Lofting. Es war das erste Mal, daß ich ernsthaft verliebt war, und es gab eine Zeit, in der ich Olivia brauchte wie die Luft zum Atmen. Sie mochte mich, weil ich Geld und auf dem Campus ein gewisses Ansehen hatte, aber sie erinnerte mich immer wieder, daß ihr Herz einem Mann gehörte, der im Vorjahr Examen gemacht hatte und jetzt für eine begrenzte Zeit beim Militär war. Ich tat alles, um sie von ihm wegzulocken, aber sie blieb ihm treu, obwohl wir seit unserer dritten Verabredung miteinander schliefen.

Der Mai kam, und mit ihm Olivias Freund, der Heimaturlaub hatte. Ich sah die beiden eines Nachmittags im Student Center. Sie waren so offenkundig ineinander verliebt und so offenkundig müde von ihren Liebesnächten, daß ich geradewegs die nächste Toilette aufsuchte und eine Stunde lang mit dem Gesicht in den Händen dasaß.

Sie rief mich an, als er wieder weg war, aber ich hatte nicht die Kraft, sie noch einmal zu sehen. Merkwürdigerweise weckte meine Weigerung ihr Interesse, und in den wenigen Wochen bis zum Ende des Studienjahres führten wir ein endloses Telefongespräch nach dem anderen. Beim letzten Mal verlangte sie, wir sollten uns treffen. Ich fragte sie, ob sie eine Sadistin sei, und sie lachte fröhlich und meinte, sie müsse wohl eine sein. Ich brachte gerade noch die Willenskraft auf, nein zu sagen, aber wie bitter bereute ich es, als ich aufgelegt hatte und mir klar war, wie unnötig leer mein Bett in dieser Nacht sein würde.

Obwohl ich Wien ständig im Hinterkopf hatte, flog ich nach London und probierte den Sommer über verschiedene Städte aus – München, Kopenhagen, Madrid –, bis mir dann klar wurde, daß es für mich eigentlich nur eine Stadt gab.

Ironischerweise traf ich ein, als gerade die deutsche Fassung von

Die Stimme unseres Schattens am Theater in der Josefstadt Premiere hatte. Phil Westberg hatte – sicherlich mit bester Absicht – die Österreicher informiert, daß ich in Wien war, und gut einen Monat lang war ich ein prominenter Mann. Wiederum tat ich nichts anderes, als meinen Anteil an der ursprünglichen Inszenierung herunterzuspielen, nur diesmal auf deutsch.

Zum Glück fiel das Stück bei der Wiener Kritik durch und wurde nach einem Monat abgesetzt. Damit endete auch meine Berühmtheit, und von da an genoß ich wieder die angenehmste Anonymität. Das einzig Gute daran, daß das Stück sein verwirrendes Haupt in Wien erhoben hatte, war, daß ich eine Menge wichtiger Leute kennenlernte, die mir, ebenfalls in der Annahme, ich sei die treibende Kraft hinter dem Stück gewesen, Auftragsarbeiten zuschanzten, als sie hörten, daß ich mich in der Stadt niederlassen wollte. Die Honorare waren meist jämmerlich, aber ich knüpfte ständig neue Kontakte an. Als die *International Herald Tribune* eine Beilage über Österreich brachte, schmuggelte mich ein Freund durch die Hintertür ein, und sie druckten einen Artikel von mir über die Bregenzer Festspiele.

Etwa zu der Zeit, als ich mit meinen Artikeln Geld zu verdienen begann, heiratete mein Vater wieder, und ich fuhr zur Hochzeit nach Amerika. Ich war seit zwei Jahren zum erstenmal wieder zu Hause und überwältigt von der Schnellebigkeit und Intensität der Staaten. So viel Anregungen! So viel zu sehen und zu kaufen und zu tun! Ich genoß es zwei Wochen lang, aber dann kehrte ich eiligst nach Wien zurück, wo alles genauso war, wie ich es mochte – ruhig und behäbig und auf gemütliche Art langweilig.

Ich war vierundzwanzig und hatte irgendwo in einem entlegenen, stummen Teil meines Gehirns die Vorstellung, es sei an der Zeit, daß ich meinen weltbewegenden, gewaltigen Roman schrieb. Als ich aus Amerika zurück war, begann ich damit... und begann wieder... und wieder... bis ich all meine dünnen Anfänge verbraucht hatte. Das war nicht weiter schlimm, aber mir wurde allzu rasch klar, daß ich auch keine brauchbaren Ideen für die Mitte und das Ende hatte. So blieb mir nichts anderes übrig, als mich aus dem Wettbewerb um den Großen Amerikanischen Roman auszuklinken.

Ich bin überzeugt, jeder Schriftsteller wäre gern entweder Dichter oder Romancier, aber in meinem Fall war die Erkenntnis, daß ich nie ein neuer Hart Crane oder Tolstoi sein würde, nicht allzu schmerzlich. Es hätte zwei Jahre früher passieren können, aber ich wurde jetzt regelmäßig veröffentlicht, und es gab sogar ein paar Leute, die wußten, wer ich war. Nicht viele, aber ein paar.

Was mir nach zwei Jahren in Wien am meisten fehlte, war eine enge, dauerhafte Freundschaft. Eine Zeitlang glaubte ich, sie in Gestalt einer schicken Französin gefunden zu haben, die Übersetzerin bei der UNO war. Wir verstanden uns auf Anhieb, und ein paar Wochen waren wir unzertrennlich. Dann gingen wir miteinander ins Bett, und die Vertrautheit, die uns so leicht gefallen war, wurde ebenso leicht durch die dunklen Mysterien der Sexualität vertrieben. Wir waren eine Zeitlang ein Liebespaar, aber es war nicht zu übersehen, daß wir besser nur Freunde geblieben wären. Aber leider konnten wir nicht mehr zurück, nachdem wir einmal die Lichter abgedunkelt hatten. Sie ließ sich nach Genf versetzen, und ich war wieder fleißig... und einsam.

ZWEITER TEIL

I

India und Paul Tate waren Filmfans, und wir lernten uns in einem der wenigen Kinos der Stadt kennen, in denen amerikanische und englische Filme in der Originalsprache gezeigt wurden. Hitchcocks *Strangers on a Train* stand wieder einmal auf dem Programm, und ich hatte mich zu Hause gründlich darauf vorbereitet. Ich hatte Patricia Highsmiths Ripley-Bücher gelesen, bevor ich mich an den Roman gewagt hatte, nach dem der Film gedreht worden war. Dann las ich MacShanes Biographie von Raymond Chandler, in der die Entstehung dieses klassischen Films ausführlich beschrieben wird.

Die letzten Seiten der Biographie las ich, als ich schon im Vorraum des Kinos saß und auf den Beginn der Vorführung wartete. Irgendwelche Leute setzten sich neben mich, und ich merkte, daß sie englisch sprachen.

»Also komm, Paul, jetzt hab dich nicht so. Es war Raymond Chandler.«

»Nunnally Johnson.«

»Paul –«

»India, wer hatte neulich recht mit dem Lubitsch-Film? Na?«

»Schmier mir nicht andauernd diesen blöden Film aufs Butterbrot. Bloß weil du *einmal* im Leben recht gehabt hast. Und übrigens, wer hat *gestern* recht gehabt mit Fielder Cook als Regisseur von *A Big Hand for the Little Lady?*«

Normalerweise gehen einem solche Ehekräche auf die Nerven, aber bei den beiden hörte man am Tonfall, daß sie nicht im Ernst stritten; weit und breit kein Anzeichen für geheimen Groll oder gebleckte Zähne.

»Entschuldigung. Sprechen Sie Englisch?«

Ich wandte mich um, nickte und sah zum ersten Mal India Tate. Es war Sommer; sie hatte ein zitronengelbes T-Shirt und neue dunkelblaue Jeans an. Ihr Lächeln war herausfordernd.

Ich nickte, insgeheim erfreut, mit einer so attraktiven Frau sprechen zu können.

»Sehr gut. Wissen Sie zufällig, wer diesen Film geschrieben hat? Ich meine nicht den Roman, sondern das Drehbuch. Wir können uns darüber nicht einigen, mein Mann hier und ich.« Sie reckte wie eine Tramperin den Daumen in seine Richtung.

»Ja, ich hab' gerade in diesem Buch ein ganzes Kapitel darüber gelesen. Da steht, daß Chandler das Drehbuch geschrieben und Hitchcock Regie geführt hat, aber als der Film fertig war, konnten die beiden sich nicht mehr riechen.« Ich versuchte, es so zu formulieren, daß keiner von beiden sich als der Unterlegene fühlen mußte.

Es klappte nicht. Sie wandte sich ihrem Mann zu und streckte ihm für einen Sekundenbruchteil die Zunge heraus. Er lächelte und reichte mir über ihren Schoß hinweg die Hand. »Hören Sie nicht auf sie. Ich bin Paul Tate, und die Zunge hier ist meine Frau India.« Sein Händedruck war so, wie er sein sollte – kräftig und sehr bewußt.

»Angenehm. Ich bin Joseph Lennox.«

»Siehst du, Paul! Ich wußte, daß ich recht hatte! Ich wußte, daß Sie Joseph Lennox sind. Ich habe mal ein Bild von Ihnen in der Zeitschrift *Wiener* gesehen. Deswegen habe ich darauf bestanden, daß wir uns hierher setzten.«

»Zum ersten Mal in meinem Leben erkennt mich jemand!«

Ich verliebte mich auf der Stelle in sie. Es war schon halb um mich geschehen, als ich ihr Gesicht und das herrliche gelbe T-Shirt gesehen hatte. Und nun wußte sie auch noch, wer ich war...

»Joseph Lennox. Mein Gott, wir haben *Die Stimme unseres Schattens* zweimal am Broadway gesehen und dann noch einmal im Sommer oben in Massachusetts. Paul hat sogar den Sammelband mit ›Hölzerne Pyjamas‹ gekauft.«

Nervös und unglücklich darüber, daß das Erkennen auf das Stück zurückzuführen war, hantierte ich mit meiner Chandler-Biographie und ließ das Buch auf den Boden fallen. India und ich bückten uns gleichzeitig danach, und ich nahm einen schwachen Duft nach Zitrone und irgendeiner guten Seife wahr.

Die Platzanweiserin kam vorbei und sagte, wir könnten jetzt hineingehen. Im Aufstehen besprachen wir noch rasch, daß wir hinterher einen Kaffee trinken gehen würden. Sie gingen vor mir her und setzten sich in die erste Reihe. Wer ging denn freiwillig in die erste Reihe? Von dem Film bekam ich nicht viel mit, weil ich die meiste Zeit ihre Hinterköpfe betrachtete oder überlegte, wer diese interessanten Leute sein könnten.

»Ist es hier im Sommer immer so schwül, Joe? Ich komme mir vor, als ob mir ein riesiger Hund seinen Atem ins Gesicht bläst. Ich wollte, wir wären in der Wohnung meiner Mutter in New York.«

»India, immer wenn es Sommer ist, jammerst du über die Hitze.«

»Schon, Paul, aber dort ist es wenigstens *New Yorker* Hitze. Das ist ein Riesenunterschied.«

Mehr sagte sie nicht. Er sah mich an und verdrehte die Augen. Wir saßen an einem Tisch vor dem Café Landtmann. Eine rot-weiße Straßenbahn ratterte vorbei, und die bunt beleuchteten Springbrunnen auf der anderen Straßenseite im Rathauspark ließen ihre Fontänen in die dichte Nacht steigen.

»Um diese Jahreszeit wird es hier tatsächlich ziemlich heiß. Deswegen gehen die Wiener im August alle aufs Land.«

Sie sah mich an und schüttelte den Kopf. »Das ist doch bescheuert. Ich kenne mich hier überhaupt noch nicht aus, aber ist denn nicht der Tourismus die wichtigste Einnahmequelle Österreichs? Die meisten Touristen sind im August unterwegs, stimmt's? Also kommen sie nach Wien, und dann stellen sie fest, daß der ganze Laden wegen Urlaubs dichtgemacht hat. Dichter als irgendwas in Italien oder Frankreich, hab' ich recht, Paul?«

Wir waren seit einer halben Stunde da. Mir war schon aufgefallen, daß India die meiste Zeit redete, außer wenn sie Paul aufforderte, eine bestimmte Anekdote oder Geschichte zu erzählen. Aber sie hörten beide aufmerksam zu, wenn der andere etwas sagte. Ich war einen Moment lang eifersüchtig, als ich merkte, wie sehr sie sich füreinander interessierten.

Ein paar Tage später fragte ich Paul, der, wie sich herausstellte, in Abwesenheit seiner Frau aufs angenehmste redselig war, warum er in ihrer Gegenwart immer so wortkarg sei.

»Wahrscheinlich deshalb, weil sie so herrlich unkonventionell ist, Joe. Finden Sie das nicht auch? Ich meine, wir sind seit Jahren verheiratet, und trotzdem staune ich immer wieder über ihre skurrilen Einfälle! Ich warte immer schon gespannt darauf, was sie als nächstes vom Stapel lassen wird. Das war schon immer so.«

Als an jenem ersten Abend eine Gesprächspause eintrat und alles still war, fragte ich sie, wie sie sich kennengelernt hätten.

»Erzähl du's ihm, Paul. Ich will jetzt zusehen, wie diese Straßenbahn vorbeifährt.«

Wir sahen alle drei zu, wie sie vorbeifuhr. Nach ein paar Sekunden beugte Paul sich vor und legte seine großen Hände auf die Knie.

»Als ich in der Navy war, bin ich mal in Honolulu an Land gegangen und hab' mir ein absolut verrücktes Hawaiihemd gekauft. Es war das schrecklichste Kleidungsstück, das man je gesehen hat. Gelb mit blauen Kokospalmen und grünen Affen.«

»Lüg nicht so, Paul! Du warst jeder einzelnen struppigen kleinen Palme auf dem Hemd herzlich zugetan, das weißt du genau. Ich dachte, du würdest losheulen, als es endlich kaputtging.« Sie streckte die Hand über den Tisch aus und streichelte ihm mit den Fingerspitzen die Wange. Ich sah weg, verlegen und eifersüchtig auf ihre beiläufige Zärtlichkeit.

»Ja, wahrscheinlich hast du recht, aber es fällt mir schwer, das heute zuzugeben.«

»Ach ja? Jedenfalls hör auf mit dem Blödsinn, denn du hast phantastisch darin ausgesehen! Das stimmt wirklich, Joe. Er hat mitten in San Francisco an einer Straßenecke gestanden und auf eine Tram gewartet. Er sah aus wie eine Werbung für Bacardi. Ich bin zu ihm hingegangen und hab' ihm gesagt, er sei der einzige Mann, der in einem dieser dusseligen Hemden gut aussehe.«

»Du hast nicht gesagt, daß ich gut aussah, India – du hast gesagt, daß ich *zu* gut aussah. Und du hast es so gesagt, daß man meinen konnte, ich wäre einer von diesen Ekeltypen, die Science-fiction-Romane lesen und fünf Millionen Schlüssel am Gürtel hängen haben.«

»Ja, stimmt, aber das habe ich erst später gesagt – nachdem wir einen trinken waren.«

Paul wandte sich mir zu und nickte. »Das stimmt. Zuerst hat sie gesagt, ich sähe gut aus. Wir standen eine Weile vor der Ecke und sprachen über Hawaii. Sie war noch nie dort gewesen und wollte wissen, ob *Poi* wirklich wie Tapetenkleister schmeckt. Da habe ich sie schließlich gefragt, ob sie Lust hätte, mit mir irgendwo was zu trinken. Sie sagte ja, und das war's. Peng.«

»Was soll das heißen, ›und das war's‹? ›Das war's‹, nur daß wir uns dann zwei Jahre nicht gesehen haben. Von wegen ›peng‹!«

Paul quittierte ihre Richtigstellung mit einem Achselzucken. Es war ihm unwichtig. Keiner sagte etwas, und man hörte nur die Autos auf der Ringstraße.

»Es war nämlich so, Joe, ich habe ihm meine Adresse und Telefonnummer gegeben, wissen Sie. Aber er hat nie angerufen, diese

Ratte. Aber das war mir egal. Ich hab' ihn einfach abgeschrieben als irgend so einen kleinen Spinner in einem häßlichen Hawaiihemd und dachte nie mehr an ihn, bis er mich zwei Jahre später anrief, als ich in Los Angeles lebte.«

»Zwei *Jahre?* Wieso haben Sie zwei Jahre gewartet, Paul?« Ich hätte bei India Tate keine zwei Sekunden gewartet.

»Hmm. Ich fand sie ganz nett, aber so umwerfend auch wieder nicht.«

»Danke für die Blumen!«

»Nichts zu danken. Ich war noch bei der Navy, und mein Schiff lag über Thanksgiving im Hafen von San Francisco. Wir hatten zwei Tage Landurlaub. Ich dachte mir, es wäre lustig, sie anzurufen. Sie war nicht mehr in ihrer alten Bude, aber ihre frühere Mitbewohnerin gab mir ihre neue Adresse.«

Wenn das möglich ist, starrte India ihn wütend an und lächelte ihm gleichzeitig zu. »Ja, ich arbeitete bei den Walt-Disney-Studios. Ich machte da so aufregende Sachen wie Mickymaus-Ohren zeichnen. Hübsch, nicht? Ich langweilte mich, und als er anrief und mich fragte, ob ich die zwei Tage mit ihm verbringen wolle, sagte ich ja. Obwohl er ein Spinner war, der Hawaiihemden trug. Wir hatten viel Spaß miteinander, und bevor er wieder auf sein Schiff ging, bat er mich, ihn zu heiraten.«

»Einfach so?«

Sie nickten einträchtig. »Ja, und ich hab' auch einfach so ja gesagt. Meinen Sie, ich hätte für den Rest meines Lebens Donald Duck zeichnen wollen? Er lief wieder aus, und diesmal sah ich ihn zwei Monate nicht. Als er wieder da war, haben wir geheiratet.«

»Sie und Donald Duck?«

»Nein, ich und der Spinner da.« Sie zeigte wieder mit dem Daumen auf ihn. »Wir haben's in New York gemacht.«

»New York?«

»Ja. In Manhattan. Wir haben geheiratet, sind ins Four Seasons zum Essen und anschließend ins Kino gegangen.«

»*Dr. No*«, ließ Paul sich vernehmen.

Wir hatten noch einmal Kaffee bestellt, obwohl der Kellner uns durch sein Betragen zu verstehen gegeben hatte, daß es schon spät war und er uns loswerden wollte.

»Aber an was arbeiten *Sie* denn jetzt, Joe?«

»Ach, ich beschäftige mich schon eine ganze Weile mit einer bestimmten Idee. Es sollte so eine Art mündlich überlieferte Geschichte Wiens im Zweiten Weltkrieg werden. Es ist schon so viel über die Schlachten und das alles geschrieben worden, aber was mich interessiert, sind die Erlebnisse der anderen Menschen, die davon betroffen waren – vor allem die Frauen, und andere, die damals noch Kinder waren. Können Sie sich vorstellen, so etwas jahrelang mitmachen zu müssen? Die Schicksale dieser Menschen sind genauso unglaublich wie die der Männer an der Front. Sie können sich gar nicht vorstellen, was manche dieser Menschen durchgemacht haben.«

Ich erwärmte mich für mein Thema, weil das Projekt mich interessierte und ich nur ein paar Leuten davon erzählt hatte. Bis zu dem Augenblick war es nur ein Traum gewesen, etwas, was man »irgendwann mal machen« will, was aber nie Wirklichkeit wird.

»Ich will Ihnen ein Beispiel geben. Ich kenne eine Frau, die draußen im Neunzehnten Bezirk in einer Irrenanstalt arbeitet. Die Nazis befahlen ihren Vorgesetzten, die Anstalt zu räumen und die Irren alle wegzuschaffen. Diese Frau nun karrte sie alle aus der Stadt und zu einem alten Schloß an der tschechischen Grenze, wo sie wie durch ein Wunder den Krieg überlebten.«

India rutschte auf ihrem Stuhl herum und rieb sich die schlanken nackten Arme. Es war plötzlich kühl geworden, und es war schon sehr spät.

»Darf ich Sie etwas fragen, Joe?«

Ich dachte, sie würde etwas über das neue Buch wissen wollen, und wurde deshalb von ihrer Frage völlig überrumpelt.

»Was haben Sie eigentlich von *Die Stimme unseres Schattens* gehalten? Hat es Ihnen gefallen? Das Stück ist ja ganz anders als Ihre Kurzgeschichte, nicht wahr?«

»Ja, Sie haben recht. Um die Wahrheit zu sagen, ich hab' das Stück nie gemocht, obwohl ich es in New York mit der ursprünglichen Besetzung gesehen habe. Ich weiß, daß ich damit die Hand beiße, die mich füttert, aber es war alles so stark verzerrt. Es ist ein gutes Stück, aber es ist nicht meine Geschichte, wenn Sie verstehen, was ich meine.«

»Sind Sie mit solchen Typen aufgewachsen? Waren Sie selber ein Straßenjunge?«

»Nein. Ich war eine Memme. Ich wußte nicht mal, was eine Bande ist, bis es mir jemand sagte. Nein, mein Bruder war ein ziemlich harter Bursche, und sein bester Freund war ein richtiger jugendlicher Krimineller, aber ich verkroch mich meistens unterm Bett, wenn es hart auf hart ging.«

»Sie machen Witze.«

»Überhaupt nicht. Ich verabscheute Raufereien, weigerte mich zu rauchen oder mich zu betrinken... wenn ich Blut sah, würgte es mich.«

Sie lächelten, und ich lächelte mit. India nahm sich eine Zigarette – ohne Filter, wie ich bemerkte –, und Paul gab ihr Feuer.

»Wie ist denn Ihr Bruder so? Ist er immer noch ein harter Bursche, oder verkauft er inzwischen Versicherungen oder so was?«

»Ja, wissen Sie, mein Bruder ist tot.«

»Oh, das tut mir leid.« Sie ließ die Schultern hängen und sah weg.

»Schon gut, er kam ums Leben, als ich dreizehn war.«

»Dreizehn? Wirklich? Und wie alt war er?«

»Sechzehn. Er ist durch einen Stromschlag ums Leben gekommen.«

»Einen Stromschlag? Wie ist denn das passiert?«

»Er ist auf eine Stromschiene gefallen.«

»Mein Gott!«

»Ja. Ich war dabei. Ober, könnten wir bitte zahlen?«

2

Paul entpuppte sich als freundlich und geistreich und zerstreut. Er konnte stundenlang dem größten Langweiler zuhören und trotzdem noch fasziniert wirken. Wenn der andere ging, machte er meistens eine witzige oder sarkastische Bemerkung über ihn, aber falls er dann wiederkam, war er sofort wieder der interessierte, nachdenkliche Zuhörer und Vertraute.

Er war aus dem Mittleren Westen und hatte ein freundliches, immer etwas verwirrtes Gesicht, und wegen seiner Hängebacken hielt man ihn für viel älter als seine Frau. In Wirklichkeit waren die Tates genau gleich alt.

Er arbeitete bei einer der großen internationalen Organisationen in Wien. Er sprach nie darüber, was er da eigentlich machte, aber irgendwie hatte er mit Messen und Ausstellungen in kommunistischen Ländern zu tun. Ich fragte mich oft, ob er wie so viele andere »Geschäftsleute« in dieser Stadt ein Agent war. Als ich einmal nicht locker ließ, sagte er mir, sogar die Tschechen, Polen und Rumänen hätten Sachen, die sie in den Westen verkaufen wollten, und auf diesen Messen bekämen sie Gelegenheit, »ihr Zeug zu präsentieren«.

India Tate war ein Frauentyp, wie man ihn in Filmen aus den dreißiger und vierziger Jahren sieht, gespielt entweder von Joan Blondell oder von Ida Lupino: ein hübsches Gesicht, aber hübsch auf eine harte, strenge Art. Oberflächlich gesehen ist sie eine vernünftige junge Frau, die sich nicht unterkriegen läßt, die aber immer verletzlicher wird, je länger man sie kennt. Wie Paul war sie Anfang vierzig, aber man sah es beiden nicht an der Figur an, weil sie Gymnastik- und Fitneß-Freaks waren. Einmal zeigten sie mir Yoga-Übungen, die sie jeden Morgen eine Stunde lang zusammen machten. Ich probierte ein paar davon aus, konnte mich aber nicht einmal vom Boden hochdrücken. Es war klar, daß sie das unmöglich fanden, und ein paar Tage später legte Paul mir dann auch nahe, ich sollte regelmäßig trainieren, um wieder in Form zu kommen. Ich machte es eine Zeitlang, hörte aber auf, als es mir langweilig wurde.

Als sie erfuhren, daß sie von London nach Wien versetzt werden sollten, beschloß India, mit ihrer Lehrtätigkeit ein Jahr auszusetzen und Deutsch zu lernen. Wie Paul meinte, war sie in Fremdsprachen ein Naturtalent, und ein oder zwei Monate nach dem Beginn ihrer Kurse an der Universität Wien sagte er mir, sie sei bereits in der Lage, ihm die deutschen Nachrichten im Radio zu übersetzen. Ich wußte nicht, inwieweit das stimmte, weil sie grundsätzlich nur englisch sprach, wenn wir drei zusammen ausgingen. Einmal, als es gar nicht mehr zu umgehen war, stellte sie einem Eisenbahnschaffner sichtlich verlegen und stotternd eine Frage. Der Satz schien mir grammatikalisch richtig zu sein, aber die Aussprache klang sehr stark nach Oklahoma.

»India, warum sprichst du eigentlich nie deutsch?«

»Weil es sich schrecklich anhört.«

So war sie auch in vielen anderen Dingen. Es war nicht zu übersehen, wie begabt und intelligent sie war und daß es eine ganze Menge Sachen gab, auf denen sie ihr Leben hätte aufbauen können. Aber sie war eine Perfektionistin und wandte sich von allem ab, was ihr nach ihrer Meinung nicht hundertprozentig gelang.

Da waren zum Beispiel ihre Zeichnungen. Neben dem Deutschkurs hatte sie beschlossen, in ihrem »freien« Jahr etwas zu machen, was ihr schon seit Jahren vorgeschwebt hatte – sie wollte ihre Kindheit illustrieren. Als die beiden in London lebten, hatte sie an einer der internationalen Schulen dort Kunstunterricht gegeben. In ihrer Freizeit hatte sie über hundert vorläufige Skizzen angefertigt, aber ich konnte sie anfangs nicht dazu bewegen, sie mir zu zeigen. Als sie es dann doch tat, war ich vor Bewunderung sprachlos.

Der Schatten war eines der buckligen Art-Déco-Radios mit anheimelnden schwarzen Skalen und zahllosen exotischen Städtenamen, deren Sender man angeblich jederzeit einstellen konnte. Das Radio stand auf einem Tisch im hinteren Teil eines Raums, dicht unter dem oberen Rand der Zeichnung. Vom unteren Rand her ragten steif und puppenhaft drei Beinpaare dicht nebeneinander ins Bild – die Beine eines Mannes, die eines Kindes (schwarze Kunstlederschuhe und kurze weiße Söckchen) und die einer Frau (strumpflos und mit spitzen, hochhackigen Schuhen). Von diesen Menschen sah man sonst nichts, aber das Phantastischste, Unheimlichste an dem Werk war, daß die drei Beinpaare alle auf das Radio zeigten, so daß man den Eindruck hatte, daß die Fußsohlen auf das Radio wie in ein Fernsehgerät schauten. Als ich das India sagte, lachte sie. Sie meinte, so habe sie es noch nie gesehen, aber es sei plausibel. Alle ihre Zeichnungen enthielten solche teils naiven, teils unheimlichen Elemente.

Auf einem anderen Blatt sah man ein leeres graues Zimmer, das völlig kahl war, bis auf ein fliegendes Kissen in der Bildmitte. Die Hand, die es geworfen hatte, war in einer Ecke zu sehen, jedoch in einer erstarrten Offenheit, die nichts Menschliches mehr hatte und auf verstörende Weise die Hand als ein ganz anderes Objekt erscheinen ließ. Wie sie mir sagte, wollte sie die endgültige Version des Bildes *Kissenschlacht* nennen.

Sie hatte nur ein einziges ihrer Bilder in ihrer Wohnung aufgehängt. Es trug den Titel *Little Boy*. Es war ein Stilleben in zarten, stark verdünnten Wasserfarben. Auf einem Eichentisch lagen ein glänzender schwarzer Zylinder und ein Paar makellos weiße Handschuhe. Das war alles: brauner Holztisch, schwarzer Hut, weiße Handschuhe. *Little Boy*.

Als ich das erste Mal in ihrer Wohnung war, betrachtete ich das Bild eine Zeitlang und erkundigte mich dann höflich, was der Titel bedeuten sollte. Sie sahen sich an und fingen wie auf Befehl zu lachen an.

»Das ist eins, das keinen Bezug zu meiner Kindheit hat, Joe. Paul hat da so eine verrückte Nummer, die er manchmal vorführt…«

»Psst, India, du sagst kein Wort! Vielleicht stellen wir ihm die beiden mal vor, hm?«

Ihr Gesicht flammte auf wie eine Kerze. Der Vorschlag gefiel ihr. Sie lachten und lachten, aber keiner von beiden schien geneigt, mich ins Vertrauen zu ziehen. Später sagte sie, sie habe das Bild als Hochzeitsgeschenk für Paul gemalt. In der linken unteren Ecke entdeckte ich eine Inschrift: *An Mister von Missus – Zu haltende Versprechen.*

Mit viel Glück hatten sie eine riesige Wohnung im Neunten Bezirk gefunden, nicht weit vom Donaukanal. Aber sie waren nur selten dort. Beide sagten, sie hätten das Bedürfnis, möglichst viel aus dem Haus zu gehen. Deshalb waren sie fast nie da, wenn ich anrief.

»Ich versteh' nicht, warum ihr nie zu Hause seid, wo ihr eine so gemütliche, warme Wohnung habt.«

India sah Paul mit einem vertraulichen, verschwörerischen Lächeln an, das sich sofort verflüchtigte, als sie wieder zu mir hersah. »Wahrscheinlich haben wir Angst, daß sich da draußen irgend etwas Wichtiges tut und wir es versäumen, wenn wir zu Hause bleiben.«

Wir lernten uns in der ersten Juliwoche kennen, als sie erst gut einen Monat in Wien waren. Sie kannten die üblichen Sehenswürdigkeiten, aber ich schwang mich jetzt zu ihrem privaten Führer auf und zeigte ihnen alles von Wien, was ich in den Jahren, die ich schon dort lebte, kennengelernt (und aufgespart) hatte.

Diese verträumten, warmen Tage vergingen wie im Flug. Ich absolvierte mein Schreibpensum so früh wie möglich und traf mich dann zwei- oder dreimal die Woche irgendwo mit den Tates zum Mittagessen. Paul hatte Urlaub bis Ende Juli, und wir genossen diese Tage bedächtig und mit offenen Sinnen, als handelte es sich um ein Festessen, das nie zu Ende gehen sollte. Zumindest empfand ich es so, und manchmal spürte ich, daß auch sie glücklich waren.

Ich fühlte mich wie von einem sagenhaften Superbenzin angetrieben. Am Vormittag schrieb und recherchierte ich wie wild, am Nachmittag vergnügte ich mich mit den Tates, und am Abend ging ich mit dem Gefühl zu Bett, daß mein Leben niemals reicher und erfüllter sein konnte als jetzt. Ich hatte die Freunde gefunden, nach denen ich die ganze Zeit gesucht hatte.

An meinem fünfundzwanzigsten Geburtstag übertrafen sie sich selbst.

Ich saß am neunzehnten August an meinem Schreibtisch und arbeitete an einem Interview, das eine Schweizer Zeitschrift bei mir bestellt hatte. Es war mein Geburtstag, und weil ich Geburtstage schon immer zutiefst deprimierend fand, gab ich mir die größte Mühe, diese Arbeit fertig zu machen und mich möglichst wenig ablenken zu lassen. Ich hatte in einem Gasthaus in der Nähe früh zu Abend gegessen, und anstatt in ein Café zu gehen und eine Stunde zu lesen, wie es meine Gewohnheit war, rannte ich heim und schob die beschriebenen Blätter hektisch auf dem Schreibtisch herum, in dem vergeblichen Versuch zu vergessen, daß kein Mensch mir an meinem großen Tag auch nur zugenickt hatte.

Als es an der Tür klingelte, sah ich stirnrunzelnd auf den winzigen Stoß beschriebener Blätter. Ich hatte ein altes Sweatshirt und Blue Jeans an.

Ein alter Mann in einer abgewetzten, aber immer noch eleganten Chauffeursuniform stand mit der Mütze in der Hand im Flur. Er trug schwarze Lederhandschuhe, die sehr teuer aussahen. Er musterte mich von oben bis unten wie einen Kopfsalat von voriger Woche und sagte in feinstem Hochdeutsch, »der Wagen« sei vorgefahren und die Herrschaften warteten auf mich, ob ich bereit sei?

Ich lächelte und erkundigte mich, wovon die Rede sei.

»Sie *sind* doch Mr. Lennox?«

»Ja.«

»Dann soll ich Sie abholen, bitteschön.«

»Und, äh, wer schickt Sie?«

»Die Dame und der Herr im Wagen, der Herr. Ich nehme an, sie haben die Limousine gemietet.«

»Limousine?« Ich blinzelte mißtrauisch und schob ihn ein Stück zur Seite, um durch die Tür auf den Flur hinaussehen zu können. Paul spielte einem gern kleine Streiche, und ich war immer argwöhnisch, wenn er irgendwo die Finger drin hatte. Aber es stand niemand draußen. »Sie sind unten im Wagen?«

»Jawohl, der Herr.« Er seufzte und zupfte einen seiner Handschuhe straff.

Ich bat ihn um eine Beschreibung, und er beschrieb Paul und India Tate in Abendkleidung.

»Abendkleidung? So richtig formell? Smoking?«

»Jawohl, der Herr.«

»O Gott! Hören Sie, äh, sagen Sie ihnen bitte, ich bin in zehn Minuten unten. Zehn Minuten, ja?«

»Jawohl, in zehn Minuten.« Er warf mir einen letzten, müden Blick zu und entfernte sich.

Duschen ging nicht mehr. Den Smoking ganz hinten im Schrank vom Bügel gerissen. Ich hatte ihn seit Monaten nicht getragen, und er war völlig zerknittert. Na und? Sekundenlanges Fummeln an den Seidenknöpfen mit zitternden, glücklichen Händen. Was hatten die beiden vor? Wie phantastisch! Fabelhaft! Sie *wußten,* daß mein Geburtstag war. Sie hatten sich sogar ein paar Tage zuvor noch einmal vergewissert. Warum hatten sie eine Limousine gemietet? Ich gurgelte mit Mundwasser und spuckte es geräuschvoll ins Waschbecken, machte das Licht aus und eilte zur Tür. Im letzten Moment fiel mir ein, daß ich die Schlüssel mit einstecken mußte.

Ein silbergrauer Mercedes 450 stand majestätisch surrend vor dem Haus. Drinnen sah ich den Chauffeur (jetzt, ganz Diensteifer, mit der Mütze auf dem Kopf) im schwachen gelben Licht des Armaturenbretts. Ich trat näher, um auf den Rücksitz zu sehen, und da waren sie; sie hielten Champagnergläser in der Hand, und die Flasche stand in einem silbernen Eiskübel auf dem dunklen Teppich.

Die Fensterscheibe auf meiner Seite glitt herab, und Indias wunderbares Gesicht tauchte aus dem glimmenden Licht auf.

»Na, wie geht's, Geburtstagskind? Wie wär's mit einer Kutschfahrt?«

»Hi! Was macht ihr denn hier? Und wozu diese silberne Karosse?«

»Joe Lennox, stell bitte einmal in deinem schäbigen kleinen Leben keine dummen Fragen und komm rein, verdammt noch mal«, grollte Paul.

Als ich einstieg, rutschte India zur Seite, so daß ich mich zwischen die beiden setzen konnte. Paul reichte mir ein eiskaltes Glas Champagner und drückte mir kurz das Knie.

»Alles Gute zum Geburtstag, Joey! Wir haben heute abend große Dinge mit dir vor!«

»Und ob!« India stieß mit mir an und gab mir einen Kuß auf die Wange.

»Nämlich was?«

»Du lehnst dich erst mal zurück und wartest ab. Oder willst du uns den Spaß verderben?«

India wies den Fahrer an, zum ersten Ziel auf der Liste zu fahren.

Der Champagner reichte bis zur Endstation, die sich als Schloß Greifenstein erwies, ein riesiges, wunderbar abweisendes Schloß etwa eine halbe Stunde von Wien. Es steht auf einer Anhöhe über einer Donauschleife. Es gibt da oben ein erstklassiges Restaurant, und dort verzehrten wir mein Geburtstagsmahl. Als es vorüber war, mußte ich mich zusammennehmen, um nicht loszuheulen. Was für herrliche Menschen. Mein Leben lang hatte mir noch niemand eine solche Überraschung bereitet.

»Das... ist ein wunderschöner Abend für mich.«

»Joey, du bist unser *Junge*. Weißt du überhaupt, wieviel du uns geholfen hast, als wir hier neu waren? Undenkbar, daß wir dir heute abend eine Geburtstagsparty erspart hätten.«

India nahm meine Hand und hielt sie fest. »Aber jetzt reg dich nicht auf. Wir haben das von langer Hand geplant. Paul hatte die Idee, hierher zum Abendessen zu fahren, aber das ist noch gar nichts. Warte, bis du erst siehst, was ich —«

»Nein, India, sag ihm nichts! Wir fahren einfach hin.«

Sie waren schon aufgestanden, obwohl noch niemand gezahlt hatte.

»Was geht hier vor? Soll das heißen, es kommt noch mehr?«

»Genau, Kumpel. Das hier war nur der erste Gang. Also los — unser großer Silberpfeil wartet.«

Das »Mehr« entpuppte sich als drei Portionen Schokoladeneis bei McDonalds in der Mariahilfer Straße, wobei der Mercedes draußen auf uns wartete. India kaufte auch dem Fahrer ein Eis. Als nächstes gab's eine gemütliche Kaffeerunde im Café Museum gegenüber der Oper und dann nebeneinanderliegende Zimmer für die Nacht im Hotel Imperial an der Ringstraße. Falls Sie noch nicht in Wien waren, das Imperial ist die Herberge, in der Leute wie Henry Kissinger absteigen, wenn sie zu einer Konferenz in der Stadt sind. Die Zimmerpreise sind dementsprechend.

Als wir sie bezogen hatten (und der Page uns der Reihe nach mit einem pikierten Blick bedacht hatte, weil wir kein Gepäck hatten), machte Paul die Tür auf und kam mit einem Monopoly-Spiel, das er angeblich eigens für diesen Anlaß erstanden hatte, in mein Zimmer stolziert. Den Rest der Nacht verbrachten wir damit, auf dem Fußboden Monopoly zu spielen und eine phantastische Sachertorte zu essen, die wir beim Zimmerservice bestellt hatten. Um vier Uhr morgens sagte Paul, er müsse am Tag arbeiten und wenigstens noch eine Mütze voll Schlaf kriegen.

Wir waren alle drei reichlich zerknittert, aufgekratzt und übermütig vom vielen Lachen und Herumalbern. Als sie sich in ihr Zimmer zurückzogen, umarmte ich die beiden mit einer Kraft, die ihnen klarmachen sollte, wieviel mir diese Nacht und ihre Freundschaft bedeuteten.

3

»Wie war eigentlich dein Bruder? So wie du?«

India und ich saßen auf einer Bank im Stadtpark und warteten auf Paul. Das Laub hatte sich gerade zu verfärben begonnen, und der scharfe, rauchige Geruch des Herbstes war in der Luft.

»Nein, wir waren völlig verschieden.«

»In welcher Hinsicht?« Sie hatte eine braune Papiertüte mit heißen Maroni auf dem Schoß und zog jeder Kastanie sorgfältig die Haut ab. Es machte mir Spaß, ihr dabei zuzusehen. Die Kastanien-Chirurgin.

»Er war intelligent und zurückhaltend und hinterlistig. Er hätte der beste Diplomat der Welt werden können, wenn er nicht so aufbrausend gewesen wäre.« Eine Taube kam angetrippelt und pickte vor unseren Füßen eine Zigarettenkippe auf.

»Wie hast du dich gefühlt, nachdem er gestorben war?«

Ich fragte mich, ob wir uns jemals so nahe stehen würden, daß ich ihr die Wahrheit erzählen konnte. Und ich fragte mich, ob ich überhaupt jemandem die Wahrheit erzählen wollte. Was wäre damit gewonnen? Wäre damit wirklich etwas besser geworden? Hätte ich mich nicht mehr so schuldig gefühlt, wenn jemand anders mit mir zusammen die Wahrheit getragen hätte? Ich musterte India und beschloß, einen Teil der Wahrheit an ihr zu testen.

»Soll ich dir was sagen? Ich fühlte mich schlechter, als meine Mutter in eine Nervenheilanstalt eingewiesen wurde. Mein Bruder Ross war *böse*, India. Als er starb, hatte er mir schon so viel angetan, daß ich mir wie ein Punchingball vorkam. Manchmal glaube ich, es war ihm völlig egal, ob ich sein Bruder war oder nicht. Er war einfach grausam oder sadistisch oder wie immer man es nennen will. Im tiefsten Herzen war ich froh, daß mich niemand mehr schlagen würde.«

»Was ist daran so schlimm? Ich finde das richtig.« Sie bot mir eine dicke Kastanie an.

»Wie meinst du das?« »Ich meine es so, wie ich es gesagt habe – ich finde es richtig. Joe, Kinder sind kleine Ungeheuer, auch wenn man noch so oft zu hören bekommt, wie nett und reizend sie angeblich sind. Sie sind habgierig und egoistisch und verstehen nichts außer ihren eigenen Bedürfnissen. Du hast nicht um deinen Bruder getrauert, weil du wußtest, daß er dich jetzt nicht mehr schlagen konnte. Das ist absolut vernünftig. Wo liegt das Problem? Warst du ein Masochist?«

»Nein, aber es klingt so, als wäre ich einfach schrecklich gewesen.« Ich war fast ein bißchen gekränkt.

»He, versteh mich nicht falsch – du *warst* schrecklich. Wir waren alle schrecklich, als wir klein waren. Hast du jemals gesehen, wie bösartig und brutal Kinder zueinander sind? Ich meine nicht nur im Sandkasten, wo sie sich gegenseitig ihre Autos über den Schädel dreschen! Auch Teenager... Mann, du solltest die mal eine Zeitlang unterrichten, wenn du wissen willst, was Gemeinheit ist. Es gibt nichts auf der Welt, was so mies und bösartig und egozentrisch ist wie ein Fünfzehnjähriger. Nein, Joey, mach dir deswegen keine Gedanken. Die Leute werden erst halbwegs menschlich, wenn sie zweiundzwanzig sind oder so, und das ist dann erst der Anfang. Lach nicht, ich meine es völlig ernst.«

»Gut, aber ich bin erst fünfundzwanzig!«

»Und wer hat gesagt, daß du menschlich bist?« Sie aß die letzte Kastanie und warf die Schale nach mir.

Ein Lektor, der sich für meine Idee mit dem Kriegsbuch interessierte, kam zur Buchmesse nach Frankfurt und fragte mich, ob ich auch hinkommen könne, um mit ihm darüber zu sprechen. Ich sagte sofort zu, weil das ein guter Vorwand war, eine Fahrt mit der Eisenbahn zu machen (eine meiner Lieblingsbeschäftigungen) und ein paar Verlagsleute aus New York zu treffen. Ich erzählte Paul nur deshalb von der Reise, weil wir eines Tages beim Mittagessen auf das Thema Eisenbahnfahrten zu sprechen kamen. Gemeinsam schwelgten wir in Erinnerungen an die schönsten Eisenbahnfahrten, die wir gemacht hatten, mit dem *Superchief*, dem

Transalpin, dem *Train Bleu* von Paris an die Riviera...

Das war Anfang Oktober, als die Tates mit einem einmonatigen Abenteuerfilm-Festival in der Albertina beschäftigt waren. Ich wußte, daß am Abend meiner Abfahrt zwei Spielfilme gezeigt wurden – *Der unsichtbare Dritte* und *39 Stufen.* Am Spätnachmittag gingen wir zusammen auf einen Kaffee ins Landtmann und verabredeten, daß wir uns treffen würden, sobald ich wieder zurück war. Schön, also bis dann. Als wir uns trennten, blieb ich stehen, drehte mich um und sah zu, wie sie weggingen. India redete angeregt auf Paul ein, als ob sie ihn nach einer langen Trennung gerade erst wiedergesehen und ihm alles mögliche zu erzählen hätte. Ich lächelte und dachte daran, wie schnell unsere Beziehung sich entwickelt hatte. Und ich lächelte noch mehr, als ich daran dachte, wie schön es war, nicht nur nach Wien, sondern auch zu den beiden zurückkehren zu können.

Ich habe mich auf einem Flughafen oder einem Bahnhof noch nie einsam gefühlt. Die Geräusche und Gerüche der Reisenden, der Staub, die stählernen Kolosse; Menschen, die in alle Richtungen durcheinanderwimmeln; Ankommende und Abfahrende, in den Adern Erwartungen anstelle von Blut. Immer, wenn ich irgendwohin fahre, versuche ich, mindestens eine Stunde vor Abfahrt auf dem Bahnhof zu sein, um mich irgendwo hinsetzen und das Getriebe beobachten zu können. Natürlich kann man auch sonst jederzeit auf einen Bahnhof gehen und sich hinsetzen und es genießen, aber es ist besser, wenn man irgendwohin unterwegs ist oder jemanden abholt.

Der ursprüngliche Wiener Westbahnhof wurde im Krieg zerstört, und das Bauwerk, das an seine Stelle trat, ist einer dieser charakterlosen modernen Kästen. Was einen dann noch mit ihm versöhnt, ist die Tatsache, daß das Bauwerk etwa zu achtzig Prozent aus Glas besteht – es hat überall Fester – und man, gleichgültig, wo man sich befindet, stets einen herrlichen Ausblick auf diesen Teil der Stadt hat. Wunderbar ist es dort am Nachmittag, wenn die Sonne durch die vielen Fenster scheint und alles vergoldet. Bei Nacht muß man die breite Mitteltreppe hinaufsteigen und sich, wenn man oben angelangt ist, rasch umdrehen: Das Café Westend auf der anderen Straßenseite ist hell erleuchtet und voller Menschen, Straßenbahnen fahren in alle Richtungen, und die Neonreklamen an den Gebäuden lockern die Nacht mit Wörtern und Slogans auf, die einen daran erinnern, daß man sich in einem fremden Land befindet. Eine Autoversicherung heißt hier *Inter-unfall Versicherung,* an Automarken gibt es vor allem Puch und Lada und Mercedes. Auch Coca-Cola ist vertreten, hier allerdings mit dem Slogan *Coke macht mehr draus.*

Ich trank eine Tasse Kaffee an einem Stehimbiß und trat dann die Wanderschaft über den endlosen Bahnsteig an, bis zu dem Schlafwagen mit meinem reservierten Abteil. Die Lichter in dem Zug waren noch aus, als ich die Sperre passierte, aber plötzlich gingen sie alle auf einmal an; Straßenlampen am Ende der Dämmerung. Ein Arbeiter und ein Gepäckträger, in verschiedene Schattierungen von Blau gekleidet, lehnten an einem eisernen Stützpfeiler, unterhielten sich und rauchten. Da wir weit und breit die einzigen Menschen waren, gingen lange, taxierende Blicke hin und her. Bis kurz vor der Abfahrtszeit war das ihr Revier – was hatte ich so früh hier verloren? Der Gepäckträger sah auf die Uhr, runzelte die Stirn und schnipste seine Zigarette weg. Die beiden Männer trennten sich wortlos, und der Arbeiter ging auf die andere Seite des Bahnsteigs und kletterte in einen verdunkelten Wagen erster Klasse, dessen weißes Schild mit schwarzer Schrift verriet, daß er irgendwann spät in der Nacht nach Ostende und weiter nach London fahren würde.

Weit vorne fuhr eine einsame schwarze Lokomotive klackend durchs Schienengewirr davon und geriet außer Sicht. Ich packte meinen Koffer und achtete im Weitergehen auf die Täfelchen mit den Wagennummern. Ich wollte in mein Abteil. Ich wollte mich ans Fenster setzen, das riesige Sandwich essen, das ich mir als Abendessen von zu Hause mitgebracht hatte, und zusehen, wie die anderen Reisenden eintrafen.

Ein Abteil in meinem Wagen war noch dunkel. Während ich die eisernen Stufen hinaufstieg, schloß ich mit mir selbst eine Wette ab, daß es mein Abteil sein würde. Sicher war die Beleuchtung kaputt, und wenn ich vor dem Einschlafen noch etwas lesen wollte, würde ich zehn Wagen nach hinten gehen müssen, um einen freien Platz zu finden. Auf dem Gang brannte das Licht, aber das dunkle Abteil hatte tatsächlich meine Nummer an der Tür. Die blauen Vorhänge waren vor beide Fenster gezogen. Das Allerheiligste. Ich packte den Türgriff und zog an, aber die Tür ließ sich nicht öffnen. Ich stellte den Koffer ab und zog mit beiden Händen. Wieder nichts. Ich sah in beide Richtungen den Gang entlang, aber es war niemand da, der mir helfen konnte. Ich fluchte, packte das verdammte Ding wieder und zerrte aus Leibeskräften. Nicht einen Millimeter. Ich gab der Tür einen Tritt.

In diesem Moment glitten die Vorhänge zur Seite. Erschrocken prallte ich zurück. Leise erklang ein Thema aus *Scheherazade*. Ein Streichholz flammte in dem Abteil auf. Es bewegte sich langsam hin und her und blieb dann stehen. Es verlosch, und an seiner Stelle ging eine mattgelbe Taschenlampe an.

Draußen hörte ich das Rumpeln von Eisenbahnwagen, die zusammengekuppelt wurden. Das zitronengelbe Licht leuchtete weiter, unbeweglich; dann glitt es über eine weiß behandschuhte Hand, die einen schwarzen Zylinder hielt. Eine zweite weiße Hand umfaßte von der anderen Seite her die glänzende Krempe, und einen Moment lang bewegte sich der Hut im Takt zu der schwülen Musik.

»Vorhang auf!« Das Licht ging an, und India Tate stand mit einer Flasche Champagner vor mir. Hinter ihr stand Paul, den Zylinder schelmisch schräg auf dem Kopf, und machte mit seinen weißen Clownshandschuhen eine zweite Flasche auf. Ich mußte an das Bild in ihrer Wohnung denken. Das also war Little Boy.

»Mein Gott, ihr seid es!«

Die Tür ging auf, und India zog mich in das kleine warme Abteil.

»Wo sind die Becher, Paul?«

»Was macht ihr denn hier? Was ist mit euren Filmen?«

»Sei still und nimm dein Glas. Oder willst du nichts von deinem Abschiedssekt abhaben?«

Ich wollte, und sie goß mir den Becher so voll, daß der Sekt überschäumte und auf den schmutzigen Boden tropfte.

»Ich hoffe, das Zeug schmeckt dir, Joey. Ich glaube, es ist aus Albanien.« Paul hatte immer noch die Handschuhe an, als er India seinen Becher zum Nachfüllen hinhielt.

»Ich verstehe gar nichts mehr. Wolltet ihr euch nicht den *Unbekannten Dritten* ansehen?«

»Doch, aber wir fanden, daß wir dich standesgemäß verabschieden müßten. Also reg dich ab und trink aus. Ob du's glaubst oder nicht, Lennox, wir mögen dich mehr als Cary Grant.«

»Quatsch.«

»Du hast völlig recht – *fast* so wie Cary Grant. Ich möchte jetzt einen Toast auf uns drei ausbringen. Kampfgefährten.« Ein Mann ging hinter mir durch den schmalen Gang. India hielt ihm ihren Becher entgegen und sagte: »Prosit, Kollege!« Er ging weiter. »Um auf meine Ausführungen von vorhin zurückzukommen, ich möchte vorschlagen, daß wir alle auf ein wahrhaft wundervolles Leben trinken.«

Paul wiederholte ihre Worte und nickte zustimmend. Sie wandten sich mir zu und hielten ihre Becher zum Anstoßen hoch. Ich war überwältigt.

Manchmal ist die Post in Österreich sehr langsam; ein Brief von einem Ende Wiens ans andere kann drei Tage brauchen. Ich wunderte mich nicht, als ich von den Tates eine Postkarte aus Drosendorf im Waldviertel bekam, eine Woche, nachdem ich aus Frankfurt zurück war. Bei unserer Party im Zug hatten sie die Stadt erwähnt und angekündigt, daß sie ein paar Tage zur Erholung hinfahren wollten.

Die Karte war in Indias außergewöhnlich sauberer, fast zu enger, hoher Handschrift geschrieben. Immer, wenn mein Blick darauf fiel, erinnerte sie mich an Frederic Rolfe's Handschrift in A. J. A. Symons faszinierender Biographie *The Quest of Corvo*. Rolfe, der sich selbst Baron Corvo nannte und *Hadrian VII.* geschrieben hat, war ein höchst sonderbarer Zeitgenosse. Sobald ich India gut genug kannte, um sie auch einmal aufzuziehen, brachte ich ihr das Buch mit und schlug sofort die betreffende Seite auf, um ihr die erstaunlich ähnliche Handschrift zu zeigen. Sie war von dem Vergleich nicht begeistert, doch Paul meinte, ich hätte sie ertappt.

Lieber Joey.
Die haben hier eine große Kirche mitten in der Stadt. Die große Attraktion in der großen Kirche ist das Skelett einer Frau in einem prächtigen Gewand, anscheinend einem Hochzeitskleid. Sie ist hinter Glas und trägt ein Bukett toter Blumen.

Sei umärmelt,
Mr. & Mrs. Little Boy

Die Postkarte war nur deshalb interessant, weil eigentlich keiner von beiden gerne über irgend etwas sprach, was mit dem Tod zu tun hatte. Einige Wochen davor war in Pauls Büro ein Mann mit einer Gehirnblutung tot an seinem Schreibtisch zusammengebrochen. Paul war dadurch offenbar so verstört, daß er sich für den Rest des Tages freinehmen mußte. Er erzählte uns, er sei im Park spazieren gegangen, hätte aber so weiche Knie gehabt, daß er sich nach ein paar Minuten auf eine Bank setzen mußte.

Als ich ihn einmal fragte, ob er sich denn vorstellen könne, daß er altern und sterben würde, sagte er nein. Er meinte, er stelle sich statt dessen einen alten Mann mit grauem Haar und Runzeln vor, der Paul Tate heißen, aber nicht er sein würde.

»Wie meinst du das? Daß ein anderer in deinem Körper stecken wird?«

»Ja. Sieh mich nicht an, als ob ich nicht ganz richtig im Kopf wäre. Es ist wie Schichtarbeit in einer Fabrik, verstehst du? Ich arbeite in einer der Mittelschichten – in der von fünfunddreißig bis fünfundvierzig, kapiert? Dann übernimmt ein anderer Mann meinen Körper. Der wird alles über das Alter, über Arthritis und solche Sachen wissen und sich deshalb nichts draus machen.«

»Der hat dann die Altersschicht, ja?«

»Genau! Er meldet sich für die Schicht von Mitternacht bis sieben Uhr. Das ist doch ganz vernünftig, Joey, also lach nicht. Ist dir noch nie klargeworden, wie viele verschiedene Wesen man im Lauf seines Lebens ist? Wie alle Hoffnungen und Meinungen, wie einfach alles sich alle sechs oder sieben Jahre ändert? Es heißt doch, daß sich im Lauf von ein paar Jahren alle Zellen in unserem Körper erneuern? Das ist genau dasselbe. Weißt du was, es gab eine Zeit, da haben India und ich uns nichts sehnlicher gewünscht als ein Häuschen an der Küste von Maine mit möglichst viel Land um uns herum. Wir wollten Hunde züchten! Kannst du dir das vorstellen? Heute macht mich schon der bloße Gedanke an so ein seßhaftes Leben kribbelig. Wer wollte behaupten, daß die Typen, die damals in unseren Körpern waren und sich so ein Häuschen wünschten, nicht inzwischen durch ganz andere Menschen ersetzt worden sind, die gerne reisen und neue Eindrücke sammeln? Jetzt übertrag das mal auf den Menschen, der du in verschiedenen Stadien deines Lebens warst: Die erste Mannschaft arbeitet vom ersten bis zum siebten Jahr. Dann kommt die Gruppe, die dich durch die Pubertät und den ganzen Mist bringt. Joe, du willst mir doch nicht sagen, daß du noch derselbe Joe Lennox bist wie damals, als dein Bruder starb?«

Ich schüttelte heftig den Kopf. Wenn er wüßte...

»Nein, natürlich nicht. Ich hoffe zu Gott, daß ich dieses Ich weit hinter mir gelassen habe.«

»Na schön, das paßt ja zu dem, was ich sage. Die Klein-Joe-

Schicht hat sich schon vor einer Weile abgemeldet, und jetzt machen andere weiter.«

Ich sah ihn prüfend an, um festzustellen, ob er es ernst meinte. Er lächelte nicht, und seine Hände waren ungewöhnlich ruhig.

Der Gedanke faszinierte mich. Wenn doch nur der Joe Lennox, der seinen Bruder getötet hatte, tatsächlich verschwunden wäre. Dann wäre ich aus dem Schneider gewesen. Ich wäre ein ganz neuer Mensch gewesen, der überhaupt nichts mit jenem Tag zu tun gehabt hätte...

»Hör mal, du brauchst nur meine Frau anzusehen, um den Beweis für meine Theorie zu bekommen. Sie *verabscheut* es, ans Sterben zu denken. Sie gibt es nicht einmal zu, wenn sie krank ist. Aber weißt du was? Sie liest für ihr Leben gern über Krankheiten, besonders über ganz seltene, tödlich verlaufende wie Lupus oder Progerie. Und ihre Lieblingsfilme sind Horrorschinken. Je blutrünstiger, um so besser. Gib ihr einen Roman von Peter Straub, und sie ist im siebten Himmel. Niemand kann mir weismachen, daß da noch dieselbe Mannschaft in ihr arbeitet. Es sei denn, sie wären allesamt Schizos.«

Ich kicherte. »Du meinst also, da stecken die verschiedensten Typen in uns drin, die all die verschiedenen Sachen machen? Wie bei einer Fußballmannschaft? Der eine schlägt einen Paß, der andere blockt ab...«

»Ja, zweifellos, Joe. Absolut.«

Eine Zeitlang sagte keiner von uns beiden etwas, dann nickte ich langsam. »Vielleicht hast du recht. Ich glaube, meine Mutter war so.«

»Wie meinst du das?«

»Sie hat sich andauernd geändert. Was ihre Stimmungen anging, war sie das reinste Chamäleon.«

»Und du bist überhaupt nicht so?«

»Nein, kein bißchen. Ich war nie besonders gefühlsbetont oder extravagant. Mein Vater übrigens auch nicht.«

Er blinzelte und lächelte diabolisch. »Du hast nie etwas Außergewöhnliches gemacht? Nie die Ordnung des Universums gestört?«

Der Moment erstarrte wie ein Filmstreifen in einem kaputten Projektor; fast hätte er begonnen, von der Mitte nach außen zu verbrennen. Paul Tate konnte nichts davon wissen, was Ross zugestoßen war, aber ich hatte plötzlich das Gefühl, daß er doch etwas wußte, und ich bekam es mit der Angst zu tun.

»Na ja, sicher, äh, ich, schon, natürlich hab' ich mich manchmal seltsam verhalten, aber —«

»Jetzt bist du doch ein bißchen unsicher geworden, Joey. Für mich hört sich das an, als ob du ein paar Leichen im Keller hättest.« Er sah mich lauernd an, sichtlich erfreut, es bemerkt zu haben.

»Jetzt mach dir aber keine allzu großen Hoffnungen, Paul. Ich bin nicht Attila der Hunnenkönig!«

»Zu schade. Hast du jemals den *Dorian Gray* gelesen? Hör mal: ›Der einzige Weg, eine Versuchung loszuwerden, ist, ihr nachzugeben.‹ Amen, Bruder. Ich wette mit dir, Attila der Hunnenkönig ist als glücklicher Mann gestorben.«

»Also komm, Paul —«

»Spiel nicht das Unschuldslamm, Joe. Du weißt genau, was ich meine. Es gibt auf der ganzen Welt niemanden, der nicht eine durch und durch schwarze Seele hätte. Warum reißt du die verdammte Fassade nicht einfach ein und gibst es zu?«

»Weil ich glaube, daß es besser ist, sich davon zu entfernen! Um zu anderen Dingen zu kommen! Und zu hoffen, daß wir es das nächste Mal besser machen, falls es ein nächstes Mal gibt.« Ich regte mich zu sehr auf und mußte achtgeben, daß ich nicht laut wurde.

»Joe, du bist, was du getan hast. Du bist, was du tust. Klar, wir versuchen alle, es besser zu machen, aber so einfach ist das nicht, weißt du. Vielleicht wäre es besser, dem, was wir getan haben, fest ins Auge zu blicken und anzufangen, uns damit auseinanderzusetzen. Vielleicht sollten wir nicht ständig in die Zukunft blicken und verdrängen, was wir gestern oder heute getan haben, sondern mit unseren früheren Taten ins reine —« Er brach mitten im Satz ab und sah mich seltsam an. Sein Gesicht war blutleer, aber was mir vor allem auffiel, war eine schreckliche Art von Stille in seinen Augen und auf seinen Lippen. Es war nur ein Anflug, aber sein Gesicht wirkte hinterher hager und verschwommen, als sei etwas Wichtiges aus ihm verschwunden und hätte eine Leere hinterlassen.

Ironischerweise fing ich in dieser Nacht an, von Ross zu träumen, kaum daß ich eingeschlafen war. Soweit ich mich erinnere, geschah eigentlich nichts Besonderes, und trotzdem erschrak ich so, daß ich wach wurde; danach konnte ich lange nicht mehr einschlafen. Ich starrte im Dunkeln zur Decke hinauf und dachte daran, wie er mich mit Sirup übergossen hatte. Wie kann man mit seinen früheren Taten ins reine kommen, wenn man nicht weiß, ob sie gut oder schlecht waren?

»Wer ist denn das?«

»Wir beide, Dummerchen! Siehst du das nicht?«

Ich beugte mich vor und betrachtete das Bild auf der Leinwand genauer. Die beiden hielten sich am Beckenrand eines Swimmingpools fest; das Haar lag ihnen klitschnaß am Kopf an. Sie wirkten jung und erschöpft. Und keiner von beiden ähnelte Paul oder India. India stellte mir die Puffmaisschüssel in den Schoß. Sie war fast leer. Wir hatten den ganzen Abend Puffmais geröstet.

»Langweilst du dich, Joey? Ich zum Beispiel finde Diavorträge anderer Leute schrecklich. Das ist ungefähr so interessant, wie jemand anderem in den Mund zu schauen.«

»Nein! Ich schau' mir sehr gern Dias und Schmalfilme an. Man erfährt daraus etwas über den Teil im Leben anderer, den man nicht mitgekriegt hat.«

»Joe Lennox, Karrierediplomat.«

Paul drückte auf den Knopf, und eine Aufnahme von India erschien. Sie mußte unmittelbar nach der letzten entstanden sein, weil sie noch den gleichen Badeanzug trug und ihr Haar immer noch naß war. Sie strahlte übers ganze Gesicht, und diesmal war ihr Liebreiz nicht zu verkennen. Sie mußte auf dem Bild fünf Jahre jünger gewesen sein, aber sie war schon dieselbe anziehende Frau.

»Auf dem nächsten ist mein Vater. Der einzige Mensch, den er leiden konnte, abgesehen von meiner Mutter, war Paul.«

»Hör auf, India.«

»Sei still. Das ist kein großes Kompliment. *Mich* hat er zum Beispiel nicht gemocht, und ich bin seine einzige Tochter. Er fand, ich sei eingebildet, womit er recht hatte, aber was soll's? Das nächste Bild, Professor.«

»Wann war das, India? Bin ich da nach Marokko gefahren?«

»Weiß ich nicht mehr. Aber die Aufnahme ist toll. Ich hab' alles über dieses Bild vergessen, Paul. Du siehst gut aus. Der perfekte *Auslandskorrespondent.*« Sie streckte den Arm nach hinten aus und streichelte ihm das Knie. Ich sah, wie er im Dunkeln ihre Hand nahm und festhielt. Wie ich sie um ihre Liebe beneidete.

Das nächste Dia kam, und ich blinzelte verblüfft. India und ich standen sehr nahe beieinander, sie hatte sich bei mir eingehakt, und wir schauten beide interessiert zum Riesenrad im Prater hinauf.

»Ich und meine Spionkamera!« Paul griff in die Schüssel und nahm sich eine Handvoll Puffmais. »Ich wette, keiner von euch hat gewußt, daß ich dieses Bild gemacht habe!«

»Nein, nein, du hast es mir nur ungefähr zwölfmal gezeigt, nachdem du es zurückbekommen hattest! Nächstes Dia.«

»Könnte ich einen Abzug davon haben, Paul?«

»Klar, Joey, kein Problem.«

Mir ging der schmerzliche Gedanke durch den Kopf, daß eines Tages, irgendwo weit weg, die Tates dieselben Dias anderen Leuten vorführen und irgend jemand sich gelangweilt erkundigen würde, wer denn der Typ neben India sei. Ich weiß, die Buddhisten sagen, daß alle vergänglichen Wesen leiden, und es hat Zeiten gegeben, in denen mich das überhaupt nicht beunruhigt hat. Aber wenn es um Paul und India ging, fragte ich mich ernstlich, was ich ohne sie anfangen würde. Ich wußte, daß mein Leben wie gewohnt weitergehen würde, aber ich fühlte mich an Herzkranke erinnert, die kein Salz mehr an ihr Essen tun dürfen. Nach einer Zeit kommen solche Leute unweigerlich zu einem und behaupten, sie hätten das Salz ganz aufgegeben und vermißten es nicht. Na und? Man überlebt so manches; der Zweck des Lebens ist es aber, nicht nur zu überleben, sondern nebenbei auch ein bißchen Spaß zu haben. Ich könnte auch ohne Salz »leben«, aber ich wäre nicht glücklich. Jedesmal, wenn ich ein Steak auf dem Teller hätte, würde ich mir sagen, wieviel besser es schmecken würde, wenn ich es nur ein bißchen salzen könnte. Genauso ging es mir mit den Tates: Mein Leben würde auch ohne sie weitergehen, aber sie verbrachten die Tage so unbeschwert und heiter, daß man sich einfach mitreißen ließ. Alles wurde dadurch reicher und voller.

Nach den Erfahrungen, die ich gemacht hatte, war ich hin und her gerissen zwischen Mißtrauen gegenüber der Liebe und Sehnsucht nach ihr. In der kurzen Zeit, seit ich sie kannte, hatten die Tates, ohne es zu wissen, die Mauern meines Herzens erstürmt und mich dazu gebracht, die rote Flagge der Liebe so hoch zu hissen, wie es nur ging. Wenn ich mich fragte, ob ich sie einzeln oder nur als Paul und India, India und Paul liebte, wußte ich die Antwort nicht. Es war mir auch gleich, denn es spielte keine Rolle. Ich liebte sie, und das war mir genug.

4

Eines Tages rief Paul unverhofft an und eröffnete mir, er müsse für zwei Wochen auf Geschäftsreise nach Ungarn und Polen. Das passe ihm überhaupt nicht in den Kram, aber es sei nun mal notwendig, und damit basta.

»Joey, der springende Punkt ist, daß ich mich nach Möglichkeit um diese verdammten Reisen drücke, weil India manchmal nervös und depressiv wird, wenn ich länger als ein paar Tage weg bin. Du weißt, was ich meine? Es passiert nicht immer, aber ab und zu einmal wird sie, na ja, eben unruhig...« Seine Stimme versickerte im Telefon, und ein paar Sekunden war nichts mehr zu hören.

»Kein Problem, Paul. Wir werden viel zusammen unternehmen. Du brauchst dir keine Sorgen zu machen. Was hast du eigentlich erwartet, daß ich sie im Stich lasse?«

Er seufzte, und seine Stimme nahm plötzlich wieder ihren normalen Klang an – scharf und kräftig. »Joey, das ist schön von dir. Bist ein guter Junge. Ich weiß überhaupt nicht, warum ich mir überhaupt Sorgen gemacht habe. Ich wußte, daß du dich um sie kümmern würdest.«

»He, jetzt reicht's aber, *vuoi un pugno?*«

»Was?«

»Das ist Italienisch und bedeutet soviel wie ›Willst du eins auf die Nase haben?‹ Für welche Sorte Freund hältst du mich eigentlich?«

»Ich weiß, ich bin doof. Aber paß wirklich gut auf sie auf, Joey. Sie ist mein ein und alles.«

Als ich aufgelegt hatte, ließ ich die Hand noch auf dem Hörer liegen. Er mußte noch am selben Nachmittag abreisen, und ich hatte plötzlich eine Verabredung zum Abendessen. Ich überlegte, was ich anziehen sollte. Meine funkelnagelneuen, sündhaft teuren Gianni-Versace-Hosen. Für India Tate nur das Beste.

Beim Anziehen ging mir durch den Kopf, daß uns die Leute, überall wo wir hinkamen, für ein Paar halten würden. India und Joe. Sie trug einen Ehering, und wenn ihn jemand sah, würde er natürlich annehmen, ich hätte ihn ihr geschenkt. India und Joseph Lennox. Ich mußte lächeln und betrachtete mich im Spiegel. Ich fing an, eine alte Melodie von James Taylor zu summen.

India trug Tweedhosen von der Farbe goldener Herbstblätter und einen kastanienroten Rollkragenpulli. Sie hängte sich ständig bei mir ein und war amüsant und elegant und besser denn je. Von Anfang an sprach sie fast nie über Paul, und nach einer Weile tat ich es auch nicht mehr.

Wir beschlossen unseren ersten Abend in einer Imbißstube in der Nähe von Grinzing, wo eine Horde als Punks hergerichteter Motorradfahrer uns am laufenden Band bitterböse Blicke zuwarf, weil wir lachten und uns amüsierten. Wir sahen keinen Grund, unsere Freude zu verbergen. Einer der Punks – er hatte einen kahlrasierten Schädel und eine dunkle Sicherheitsnadel im Ohrläppchen – sah mich voller Abscheu oder Neid an – ich wußte nicht, welches von beidem es war. Wie konnte ein so spießiger Typ wie ich so viel Spaß haben? Das war falsch, ungerecht. Nach einer Weile stolzierte die Gang hinaus. Im Gehen kämmten sich die Mädchen alle die Haare, und die Jungen stülpten sich langsam und liebevoll riesige Aquariumshelme über die Köpfe.

Später standen wir an einer Straßenecke gegenüber dem Café und warteten in der Herbstkälte auf eine Tram, die uns in die Innenstadt bringen würde. Ich fror im Nu wie ein Schneider. Kreislaufstörungen. Als sie sah, wie ich bibberte, rieb mir India durch den Mantel die Arme. Es war eine vertrauliche, ja intime Geste, und ich fragte mich, ob sie das auch getan hätte, wenn Paul dabeigewesen wäre. Was für ein lächerlicher, kleinlicher Gedanke. Er war beleidigend für India und für Paul. Ich schämte mich.

Zum Glück fing sie zu singen an, und nach einer Weile hatte ich mein schlechtes Gewissen überwunden und fiel ein. Wir sangen »Love is a Simple Thing« und »Summertime« und »Penny Candy«. Ich wurde immer mutiger und stimmte »Under the Boardwalk« an, aber sie meinte, das kenne sie nicht. »Under the Boardwalk« nicht kennen? Sie sah mich an, lächelte und zuckte die Achseln. Ich sagte ihr, das sei einer der ganz berühmten Evergreens, aber sie zuckte wieder nur mit den Schultern und versuchte, mit ihrem warmen Atem einen Rauchring zu blasen. Ich sagte ihr, sie müsse dieses Lied unbedingt in ihrem Repertoire haben und ich würde uns am nächsten Abend ein Essen kochen und ihr alle meine alten Drifters-Platten vorspielen. Sie meinte, das höre sich gut an. Im Eifer des Gefechts merkte ich zunächst gar nicht, was ich getan hatte. Ich hatte sie allein in meine Wohnung eingeladen. Allein. Als mir das klar wurde, schien mir die Nacht auf einen Schlag um zehn Grad kälter. Als sie sich abwandte, um zu schauen, ob die Straßenbahn schon käme, ließ ich meine Zähne klappern. *Alleine*. Ich vergrub meine Hände in den Manteltaschen und fühlte mich so angespannt wie ein Gummiring, der einen Stapel von tausend Spielkarten zusammenhält.

Warum hatte ich solche Angst davor, sie alleine in meiner Wohnung zu haben? Es geschah nichts am nächsten Abend. Wir aßen Spaghetti Carbonara, tranken Chianti und hörten Platten aus der Joseph Lennox Golden Oldies Hitparade. Alles war absolut anständig und ehrenwert, und ich war hinterher ein bißchen traurig. Seit meine Beziehung zu den beiden sich vertieft hatte, war mein ursprüngliches Verlangen nach India schwächer geworden, aber nachdem sie an diesem Abend gegangen war, sah ich meine Hände an und wußte, daß ich sofort mit ihr geschlafen hätte, wenn sich die richtige Situation ergeben hätte. Bei diesem Gedanken kam ich mir wie der letzte Schuft und Verräter vor, aber mein Gott, wer hätte zu einer India Tate nein gesagt? Eunuchen, Verrückte, Heilige. Ich war nichts von alledem.

Am nächsten Tag sahen wir uns nicht, telefonierten allerdings lange miteinander. Sie wollte mit ein paar Freunden in die Oper gehen und sagte mir immer wieder, wie begeistert sie von Mahlers *Die drei Pintos* sei. Bevor wir auflegten, hätte ich ihr gern gesagt, wie enttäuscht ich war, daß wir uns an dem Tag nicht sehen würden, aber ich ließ es bleiben.

Am nächsten Tag geschah etwas, was sehr merkwürdig und beinahe noch intimer war als Sex. *Wie* es dazu kam, ist so ungeheuer lächerlich, daß ich mich geniere, es zu erzählen. India sagte später, es sei wie eine große Szene aus einem schlechten Film gewesen, aber ich war trotzdem der Meinung, daß es Schmalz der schlimmsten Sorte war.

Es war Samstag abend; sie kochte in ihrer Wohnung ein Abendessen für uns beide. Während sie sich schneidend und hackend und klappernd in der Küche zu schaffen machte, fing ich zu singen an. Sie fiel ein, und wir sangen im Duett »Camelot«, »Yesterday« und »Guess Who I Saw Today, My Dear?« So weit, so gut. Sie war immer noch am Schneiden und Hacken; ich hatte die Hände hinter dem Kopf verschränkt, sah an die Decke und war wunschlos glücklich. Als wir »He Loves and She Loves« gesungen hatten, wartete ich ein paar Sekunden, ob sie von sich aus ein Lied anstimmen würde. Als sie es nicht tat, sang ich die ersten Takte von »Once Upon a Time«. Wie ich ausgerechnet auf dieses Lied kam, weiß ich bis heute nicht, denn normalerweise fällt es mir nur ein, wenn ich deprimiert oder traurig bin. Sie hatte eine hübsche hohe Stimme, die mich an Hellblau erinnerte. Außerdem konnte sie wunderschön die zweite Stimme singen. Dadurch kam ich mir hundertmal musikalischer vor, als ich tatsächlich bin, jedenfalls solange ich richtig sang.

Wir schafften die ersten drei Viertel des Songs, aber dann drohte das Ende. Für alle, die diese Melodie nicht kennen, sollte ich erwähnen, daß das Ende sehr traurig ist; ich höre immer schon vorher auf. Auch diesmal zögerte ich an derselben Stelle, aber weil India bei mir war, beschloß ich, wenigstens leise bis zum Ende zu singen. Es nützte nichts, denn auch sie brach ab, und so hingen wir im Leeren und wußten nicht, wie es weitergehen sollte. Ganz plötzlich war ich traurig und voller müder Echos, und meine Augen füllten sich mit Tränen. Ich wußte, ich würde zu heulen anfangen, wenn ich mir nicht ganz rasch etwas einfallen ließ. Hier saß ich in der warmen Küche meiner Freundin, für ein paar Stunden der Mann in ihrem Haus. Das war etwas, was ich mir seit Jahren gewünscht, aber nie gefunden hatte. Es hatte Frauen gegeben – Rehe und Mäuschen und Löwinnen. Es hatte Augenblicke gegeben, in denen ich mir sicher war – aber sie nicht. Oder sie waren überzeugt gewesen, ich aber nicht... und es war nie einfach oder gut gewesen. Die triste Wahrheit war, daß ich in der Mitte meiner Zwanziger in Wien allein war – mutterseelenallein – und, was das Schlimmste war, daß ich mich allmählich daran gewöhnte.

Ich hielt den Blick auf die Decke geheftet, während die schwarze Stille ihr Horn tönen ließ, aber ich wußte, daß ich India Tate bald wieder ins Gesicht sehen mußte. Ich wappnete mich, blinzelte drei- oder viermal wegen der Tränen und senkte langsam meinen zaghaften Blick. Sie lehnte an einem Unterschrank und hatte beide Hände in den Hosentaschen. Sie kämpfte nicht dagegen an, und obwohl sie weinte, sah sie mich mit ernstem, liebevollem Blick an.

Sie kam herüber und setzte sich auf mein Knie. Sie legte mir ihre langen Arme um den Hals und drückte mich. Als ich die Umarmung ängstlich zögernd erwiderte, sprach sie an meinem Hals.

»Manchmal werde ich mittendrin so furchtbar traurig.«

Ich nickte und fing an, uns auf dem Stuhl hin und her zu wiegen. Ein Vater und sein verängstigtes Kind.

»Oh, Joe, ich kriege manchmal solche Angst.«

»Wovor? Möchtest du darüber sprechen?«

»Vor nichts. Vor allem. Vor dem Altwerden. Weil ich nichts

weiß. Weil ich nie auf dem Titel von *Time* bin.«

Ich mußte lachen und drückte sie noch fester. Ich verstand sie sehr gut.

»Die Bohnen brennen an.«

»Ich weiß. Ist mir gleich. Umarme mich weiter. Das ist besser als Bohnen.«

»Sollen wir ausgehen und Hamburger essen?«

Sie lehnte sich zurück und lächelte mich an. Ihr Gesicht war voller Tränen. Sie schniefte und rieb sich die Nase. »Hättest du Lust?«

»Ja, Schätzchen, und du kannst auch einen Milchshake haben, wenn du möchtest.«

»Joey, du brichst mir das Herz. Du bist ein netter Kerl.«

»Das hast du mir auch schon mal angetan, also sind wir jetzt quitt.«

»Was?« Sie ließ mich los und stand auf.

»Mir das Herz gebrochen.« Ich küßte sie auf den Scheitel und roch wieder den feinen, reinen India-Geruch.

Am nächsten Morgen frühstückten wir in einer Messing- und Marmorkonditorei in der Porzellangasse, nicht weit von ihrem Haus. Weil es so ein schöner, klarer Tag war, beschlossen wir dann, mit dem Auto donauaufwärts zu fahren und Rast zu machen, wenn es uns irgendwo gefiel. Wir waren beide unternehmungslustig und in der Stimmung für eine längere Wanderung. Wir fanden eine Stelle bei Tulln, einen Fahrweg, der parallel zum Fluß verlief und sich immer wieder durch einen Wald schlängelte. Sie hielt mich die ganze Zeit bei der Hand, und wir gingen und rannten und winkten der Mannschaft eines rumänischen Frachters zu, der sich stromauf quälte. Als jemand an Bord uns sah und das Horn ertönen ließ, sahen wir uns verwundert an, als hätten wir ein Zauberkunststück vollbracht. Es war ein Tag, der in der Erinnerung fast ein wenig billig wirkt wegen seiner vielen Klischees, der aber, wenn man ihn erlebt, eine Unschuld und Klarheit besitzt, wie man sie in seinen nüchtern-vernünftigen Zeiten niemals erreicht.

Wir fuhren unter einem violett- und orangefarbenen Sonnenuntergang in die Stadt zurück und aßen früh zu Abend in einem griechischen Lokal an der Universität. Das Essen war schrecklich, aber wir verstanden uns um so besser.

So vergingen die zwei Wochen, die Paul nicht da war. Ich kam überhaupt nicht zum Arbeiten, weil wir ständig zusammen waren. Wir kochten und machten lange Spaziergänge in entlegenen Stadtvierteln, in die sich sonst kein Mensch verirrte, schon gar kein Tourist. Daß wir wahrscheinlich die einzigen Menschen waren, die dort jemals Sehenswürdigkeiten entdeckten, verschaffte uns tiefe Genugtuung. Wir sahen uns zwei Filme auf deutsch an und gingen an einem Abend spontan ins Konzerthaus und hörten Alfred Brendel Brahms spielen.

An einem anderen Abend beschlossen wir, uns einmal im Wiener Nachtleben umzusehen. Wir müssen in zwanzig verschiedenen Lokalen gewesen sein, dreißig Tassen Kaffee, zehn Glas Wein und hier und da eine Coca-Cola getrunken haben. Um zwei Uhr morgens waren wir im Café Hawelka und sahen uns all die schrägen Vögel an, als India sich plötzlich mir zuwandte und sagte: »Joey, du bist der interessanteste Mann, den ich nach Paul kennengelernt habe. Warum kann ich nicht mit euch beiden verheiratet sein?«

Paul sollte am Samstag abend wiederkommen; wir hatten vor, ihn am Bahnhof abzuholen. Ich wollte es ihr nicht sagen, aber zum ersten Mal, seit ich Paul kannte, freute ich mich gar nicht so sehr darauf, ihn wiederzusehen. Man mag es Gier oder Besitzstreben nennen oder was auch immer, aber ich hatte mich so daran gewöhnt, India am Arm durch die Stadt zu führen, und ich wußte, daß es mir verdammt schwerfallen würde, von nun an darauf zu verzichten.

»Hallo, Kinder!« Wir sahen ihn im Sturmschritt den Bahnsteig entlang auf uns zukommen, mit Koffern und Päckchen beladen, ein strahlendes Lächeln auf dem Gesicht. Er umarmte India und dann mich. Er hatte tausend Geschichten über »die Kommunisten« auf Lager und bestand darauf, daß wir in ein Café gingen, damit er zum ersten Mal seit zwei Wochen wieder einen anständigen Kaffee bekäme. Er ließ mich einen seiner Koffer tragen, der mir federleicht vorkam. Ich wußte nicht, ob er leer war oder ob es daran lag, daß Adrenalin in Massen durch meinen Körper gepumpt wurde. Ich wußte überhaupt nicht mehr, wie ich mich fühlte. India ging zwischen uns und hielt uns beide am Arm. Sie war hemmungslos glücklich.

»So ein Schuft.«
    »Sachte, India.«

»Nein! Dieser elende Schuft. Wie findest du das? Er hat mich tatsächlich gefragt.«

»Was hat er denn genau gesagt?«

»Er hat mich *gefragt,* ob wir miteinander geschlafen haben.«

In meinem Bauch schlug Big Ben. Teils weil ich gekränkt war, teils deshalb, weil Paul mit einer einzigen Frage den Finger auf die Wunde gelegt hatte. Hatte ich mir gewünscht, mit India zu schlafen? Wollte ich immer noch mit India schlafen, meiner besten Freundin, die mit meinem besten Freund verheiratet war? Ja.

»Und was hast du gesagt?«

»Was soll ich denn gesagt haben? Nein! Das hat er noch nie gemacht.« Sie kochte. Noch ein paar Grad mehr, und es wäre Rauch aus ihren Ohren gekommen.

»India?«

»Ja?«

»Ach, laß nur.«

»Was ist? Raus damit. Ich kann das nicht leiden. Sag's mir sofort.«

»Es ist nichts.«

»Joe, wenn du's mir nicht sagst, bring' ich dich um!«

»Ich hätte es gewollt.«

»Was?«

»Mit dir ins Bett gehen.«

»Mhm.«

»Ich hab' dir ja gesagt, du sollst es vergessen.«

»Deswegen hab' ich nicht ›mhm‹ gemacht.« Sie legte die Hände aufeinander und drückte sie sich fest an den Magen. »An dem Abend, an dem wir miteinander in den Cafés waren, habe ich dich so begehrt, daß ich dachte, ich müßte sterben.«

»Mhm.«

»Du hast als erster geredet, Bruder. Was nun?«

Wir redeten und redeten und redeten und redeten, bis wir erschöpft waren. Sie schlug vor, wir sollten einkaufen gehen. Ich trottete hinter ihr her durch den Supermarkt, und meine Knie wollten nicht aufhören zu zittern. Ab und zu, wenn sie eine Grapefruit abwog oder Eier aussuchte, warf sie mir einen Blick zu, der mich schwindlig machte. Das war schlimm. Die ganze Sache war schlimm. Schwarz. Unrecht. Was konnte man tun?

Sie nahm ein Stück Tortenbrie aus einer Truhe. »Denkst du nach?«

»Viel zu viel. Mir platzt noch der Schädel.«

»Mir auch. Magst du Brie?«

»Was?«

Am Abend rief Paul mich an und fragte, ob ich mit ihnen in einen Horrorfilm gehen wolle. Das war so ziemlich das letzte, wonach mir der Sinn stand, und ich entschuldigte mich. Als ich aufgelegt hatte, fragte ich mich, ob meine Absage ihn mißtrauisch machen würde. Er wußte, daß India und ich uns tagsüber ab und zu trafen, wenn sie mit ihrer Malerei fertig war oder nach einer ihrer Deutsch-Vorlesungen an der Universität. Wie sollte es jetzt weitergehen? Er war so nett und so großzügig; ich hatte Paul nie für einen eifersüchtigen oder argwöhnischen Mann gehalten. War dies ein Hinweis darauf, daß er auch eine ganz andere Seite hatte?

»Joe?«

»India? Wie spät ist es, um Himmels willen?« Ich versuchte, die Zahlen auf dem Wecker neben meinem Bett zu erkennen, aber meine Augen waren noch vom Schlaf getrübt.

»Drei vorbei. Hast du geschlafen?«

»Äh, ja. Wo bist du?«

»Draußen, ich laufe herum. Paul und ich haben uns gestritten.«

»Mhm. Und warum läufst du draußen herum?« Ich setzte mich im Bett auf. Die Decke rutschte mir von der Brust, und ich spürte die Kälte des Zimmers.

»Weil ich nicht zu Hause sein will. Hast du Lust auf eine Tasse Kaffee oder so was?«

»Ja schon ... äh ... gern. Äh, oder möchtest du zu mir rüberkommen? Was meinst du?«

»Sicher. Ich bin ganz nahe bei dir, an der Ecke. Du kennst doch die Telefonzelle?«

Ich lächelte und schüttelte den Kopf. »Soll ich das Licht dreimal an- und ausmachen, als Signal, wenn die Luft rein ist?«

Ich hörte sie noch erbost schnaufen, bevor sie einhängte.

»Wo hast du denn den Morgenmantel her? Du siehst aus wie Margaret Rutherford.«

»India, es ist drei Uhr morgens. Willst du nicht Paul anrufen?«

»Warum? Er ist sowieso nicht da. Er ist abgehauen.«

Ich war auf dem Weg in die Küche, blieb aber wie angewurzelt stehen. »Abgehauen? Wohin?«

»Woher soll ich das wissen? Er ist in die eine Richtung gerannt und ich in die andere.«

»Er ist also nicht irgendwo *hingegangen?*«

»Sei still, Joe. Was sollen wir tun?«

»Deswegen? Wegen dir und mir? Ich weiß es nicht.«

»Willst du wirklich mit mir schlafen?«

»Ja.«

Sie seufzte laut und dramatisch. Ich hätte sie gern angesehen, aber ich schaffte es nicht. Mit ihrer Frage hatte sie mir meinen ganzen Mut ausgetrieben.

»Na gut, Joey, ich auch, also sieht es so aus, als ob wir ein Riesenproblem hätten, oder?«

»Wird wohl so sein.«

Das Telefon klingelte. Ich sah sie an und zeigte auf den Apparat. Sie schüttelte den Kopf. »Ich geh' nicht ran. Dieser Ekeltyp. Wenn er es ist, sag ihm, ich bin nicht da. Nein, nein! Sag ihm, ich bin mit dir im Bett und will nicht gestört werden. Ha! Das ist es! Gib's ihm!«

»Ja bitte?«

»Joe? Ist India da?« Es war klar, daß er es wußte und nur aus Höflichkeit fragte.

Ich hatte keine Lust, irgendwelche Risiken einzugehen. »Ja, Paul. Sie ist *gerade* angekommen. Eine Sekunde.«

Diesmal hielt ich ihr den Hörer hin, und sie nahm ihn, nicht ohne mir vorher einen bitterbösen Blick zuzuwerfen. »Was gibt's, Stinktier? Wie? Ja, da hast du verdammt recht! Was? Ja. Na gut... Was?... Ich hab' gesagt, na gut, Paul. Okay.« Sie legte auf. »Mistkerl.«

»Und?«

»Tja, er sagt, es tut ihm leid, und er will sich entschuldigen. Ich weiß nicht, ob ich das annehmen soll.« Sie knöpfte sich den Mantel zu, während sie das sagte. Sie hielt inne, als sie beim letzten Knopf angekommen war, und sah mir dann lang und fest in die Augen. »Joe, ich geh' jetzt heim und hör' mir an, wie mein Mann sich bei mir entschuldigt. Er will sich sogar bei dir entschuldigen. Mein Gott! Irgendwann wird es passieren, das wissen wir beide, und ich gehe heim und hör' mir an, wie er sich bei *mir* für sein Mißtrauen entschuldigt. Ist das schlecht, Joe? Sind wir tatsächlich so schlecht?«

Wir sahen einander lange in die Augen, und es dauerte lange, bis ich merkte, daß mir buchstäblich die Zähne klapperten.

»Du hast Angst, Joe, stimmt's?«

»Ja.«

»Ich auch. Ich auch. Gute Nacht.«

Zwei Wochen später hob ich ihr nasses Gesicht zu mir und küßte sie. Es war genauso, *genauso*, wie ich mir vorgestellt hatte, daß India Tate küssen würde: sanft, schlicht, aber mit köstlicher Intensität.

Sie nahm mich bei der Hand und führte mich ins Schlafzimmer. Die große Daunendecke war säuberlich am Fuß meines Doppelbetts gefaltet. Sie war korallenrot; das Laken war weiß und faltenlos. Die Glaslampen auf den Nachttischchen verbreiteten ein gedämpftes, intimes Licht. Sie ging auf die andere Seite des Bettes und begann, ihr Hemd aufzuknöpfen. Gleich darauf sah ich, daß sie keinen Büstenhalter trug, was sie offenbar in Verlegenheit brachte, denn sie wandte sich ab und zog sich die übrigen Sachen mit dem Rücken zu mir aus.

»Joe, darf ich das Licht ausmachen?«

Im Bett entdeckte ich, daß ihre Brüste größer waren, als ich gedacht hatte; ihre Haut war überall fest und straff. Im Dunkeln war es der Körper einer Tänzerin, wunderbar warm gegen die frische, eiskalte Bettwäsche.

Ich weiß nicht, ob sich im Sex der wahre Charakter oder die Persönlichkeit eines Menschen spiegelt, obwohl das immer wieder behauptet wird. India war sehr gut – sehr geschmeidig und aktiv. Sie verstand es, unser beider Orgasmus hinauszuzögern, ohne dabei den Eindruck zu erwecken, als wollte sie etwas manipulieren oder irgendwelche Regeln aus *The Joy of Sex* einhalten. Sie sagte, sie wolle mich so tief in sich spüren wie möglich, und als ich dort war, belohnte sie mich mit Worten und Schaudern, die in mir den Wunsch weckten, immer noch tiefer einzudringen und all ihre Wände wackeln zu lassen. Nach dem raschen ersten kam das weniger schrille, weniger verzweifelte zweite Mal. Aber das war nichts Neues: Für mich ist das erste Mal mit einer Frau unweigerlich mehr dazu da zu beweisen, daß es tatsächlich passiert, als dazu, es zu genießen. Wenn man diese Hürde einmal genommen hat, wird man wieder menschlich und fehlbar und zärtlich.

Eine Straßenlampe warf ihr grelles, billiges Licht auf das Bett. India kam mit zwei kleinen Gläsern von dem Wein, den ich am selben Nachmittag gekauft hatte, ins Zimmer zurück. Sie war noch nackt, und als sie sich neben mich auf den Bettrand setzte, stieg das Licht an ihrer Seite hoch und hielt dicht unter ihren Brüsten an.

»Er ist sehr kalt. Ich hab' in der Küche einen großen Schluck getrunken und davon Eiskrem-Kopfweh bekommen.« Sie gab mir das eine Glas, und nachdem ich mich aufgesetzt hatte, prosteten wir uns wortlos zu.

»Ist dir nicht kalt?«

»Nein, überhaupt nicht.«

»Das stimmt, ihr seid ja beide – ach, Mist.« Es war mir so peinlich, daß ich die Augen zumachte. In diesem Augenblick an Paul zu erinnern, war so ziemlich das Letzte, was ich hätte tun dürfen.

»Schon gut, Joey. Er ist ja nicht da.« Sie trank ihren Wein und schaute aus dem Fenster. »Ich bin trotzdem froh, daß wir es gemacht haben, und das ist ja angeblich der große Test, nicht wahr? Ich meine, wenn sich die Leidenschaft abgekühlt hat und man wieder da ist, wo man vorher war? Ich wollte dich, es ist passiert, und jetzt sind wir hier und immer noch glücklich, stimmt's? Ich will an nichts anderes denken. Aber ich muß dir etwas sagen, auch wenn es völlig unwichtig ist. Ich hab' das noch nie mit einem anderen gemacht, seit ich Paul kenne, ja? Es ist unwichtig, aber ich finde, du solltest es wissen.«

Sie streckte den Arm aus und strich mir mit ihrer noch immer warmen Hand über die Brust. Sie griff nach dem oberen Rand der Decke und zog sie herab: über meinen Bauch, über meinen Penis, der schon wieder in Blüte stand wie ein Alpenveilchen. Sie kniete sich über mich, feuchtete mit der Zunge ihre Fingerspitzen an, griff nach unten und verteilte die Feuchtigkeit über die Eichel. Dann packte sie den Schaft, kräftig, wie eine Pistole, und ließ ihn hineingleiten. Auf halbem Wege zögerte sie, und ich fürchtete, ich hätte ihr weh getan. Aber dann merkte ich, daß sie nur einen Moment der Vorbereitung brauchte, um sich seiner wieder ganz zu bemächtigen.

Eines Tages unterhielten wir uns im Bett über meinen »Typ« von Frau.

»Ich wette, ich bin nicht die Richtige, stimmt's?«

»Was soll das heißen?« Ich schob mir das Kissen unter den Kopf.

»Ich meine, ich bin nicht dein Typ. Als Frau.«

»India, wenn das stimmte, wären wir wohl nicht hier, oder?« Ich klopfte mit der flachen Hand auf das Bett zwischen uns.

»Ja, ich weiß, ich sehe gut aus und so, aber ich bin nicht dein Typ. Nein, nein, du brauchst nichts zu sagen. Pst, warte einen Moment – laß mich raten.«

»India –«

»Nein, halt den Mund. Ich will das jetzt wissen. Wie ich dich kenne... stehst du wahrscheinlich auf große Blonde oder Rote mit kleinem Po und großen Titten.«

»Falsch geraten! Du bist nicht so schlau, wie du meinst. Ich mag Blonde tatsächlich, aber große Brüste haben mich noch nie gereizt. Wenn du wirklich die Wahrheit wissen willst, ich mag schöne Beine. Du hast schöne Beine, das weißt du.«

»Ja, sie sind ganz passabel. Aber bist du dir wirklich sicher, was die Brüste angeht? Ich hätte geschworen, daß du auf enge Pullover stehst.«

»Nichts zu machen. Ich mag lange, wohlgeformte Beine. Vor allem aber finde ich, daß eine Frau mit ihrem Aussehen einverstanden sein muß, wenn du weißt, was ich meine. Sie schminkt sich nicht stark, weil es ihr nichts bedeutet. Wenn sie attraktiv ist, weiß sie es auch, und das reicht ihr. Sie hat nicht das Bedürfnis, ihre Vorzüge zur Schau zu stellen.«

»Und sie backt ihr eigenes Brot, glaubt an die natürliche Geburt und ißt jeden Tag drei Schüsseln Müsli.«

»India, du hast mich gefragt. Und jetzt machst du dich lustig über mich.«

»Tut mir leid.« Sie rutschte herüber und legte eines ihrer langen Beine über meins. »Und was, abgesehen von meinem Äußeren, magst du noch an mir?«

Sie war ernst, und deshalb antwortete ich auch ernsthaft. »Du bist unberechenbar. Du siehst auch gut aus, aber hinter dem guten Aussehen sind diese vielen verschiedenen Frauen, und das gefällt mir ausnehmend gut. Jede Frau hat verschiedene Eigenschaften, wenn sie überhaupt interessant ist, aber bei dir ist es, als gebe es eigentlich gar keine India Tate. Ich finde das höchst erstaunlich. Wenn ich bei dir bin, komme ich mir vor, als wäre ich mit zehn Frauen zusammen.«

Sie kitzelte mich. »Manchmal wirst du so schrecklich ernst, Joey. Du machst ein Gesicht, als hätte ich dir eben eine Frage in Biochemie gestellt. Komm lieber her und gib mir einen dicken Schmatz.«

Ich gehorchte, und wir hielten uns still umarmt.

»Kann ich dir mal was Verrücktes sagen, India? Irgendwie freue ich mich immer wieder, Paul wiederzusehen. Ist das abartig?«

Sie küßte mich auf die Stirn. »Überhaupt nicht. Er ist dein Freund. Warum solltest du dich nicht auf ihn freuen? Ich finde es nett.«

»Schon, aber es ist ein bißchen wie mit der alten Geschichte, warum Mörder ihren Opfern die Augen ausstechen, nachdem sie sie umgebracht haben.«

Sie schob mich weg, und ihre Stimme klang gereizt. »Was redest du denn da?«

»Ja, weißt du, es gibt da einen alten Aberglauben, daß das Letzte, was ein Sterbender sieht, der Mensch ist, der ihn ins Jenseits befördert hat, falls er von vorne getötet wird, verstehst du? Also haben manche gedacht, daß sich deshalb das Bild des Mörders wie ein Foto in die Augäpfel des Sterbenden einprägt. Man braucht diesem dann nur noch in die Augen zu sehen und weiß, wer es getan hat.« Ich hielt inne und versuchte, sie anzulächeln; leider wurde ein ziemlich verlogenes, nutzloses Lächeln daraus. »Ich denke immer, eines Tages wird Paul mir in die Augen schauen und dich darin sehen.«

»Willst du damit sagen, ich habe dich ermordet?« Ihr Gesicht verriet nichts; es war nur blaß und zart. Ihre Stimme war so fern wie der Mond. Ich wollte sie berühren, aber ich unterließ es.

»Nein, India, das wollte ich damit keineswegs sagen.«

In den ersten Tagen unserer Affäre beobachtete ich sie beim Liebesakt immer so aufmerksam, wie ein Prospektor seinen Geigerzähler im Auge behält, aber ich entdeckte in ihrem Ausdruck nichts, was mir nicht schon bekannt war. Wahrscheinlich hoffte ich, inmitten der vollen, doch einfachen Leidenschaft, die uns jedesmal erfaßte, wenn wir die Bettdecke herunterzogen, irgendeinen Hinweis darauf zu entdecken, was sich zwischen ihr und Paul abspielte. Dabei wußte ich nicht einmal genau, worauf ich hoffte.

Sollte alles so sein, wie es immer gewesen war? Oder hatte ich insgeheim den selbstsüchtigen Wunsch, daß sie sich ihrem Mann entfremden und schließlich mich würde haben wollen?

Wie lange würde es dauern, bis er dahinterkam? Was heimliche Verabredungen zum Rendezvous oder Liebesbriefe in unsichtbarer Tinte anging, war ich nicht besonders begabt oder raffiniert. Ein- oder zweimal war ich früher schon in einer solchen Situation gewesen. Ich hatte mich immer dadurch aus der Affäre gezogen, daß ich das Wann, Wo und Wie der Frau überließ; ich hielt mich daran, auch wenn ich mich noch so sehr danach sehnte, mit ihr zusammenzusein. Ich kannte meine Grenzen auf diesem Gebiet und wußte, falls ich jemals versuchte, das Ruder selbst in die Hand zu nehmen, hätte ich in kürzester Zeit Schiffbruch erlitten.

Paul war ganz der alte und behandelte mich nicht anders als früher. Auch India war noch dieselbe; nur ab und zu einmal blinzelte sie mir zu oder tippte mir unter dem Tisch an den Fuß. Ich war der einzige, der sich geändert hatte; immer, wenn wir zusammen waren, war ich nervös, aber beide taten so, als merkten sie nichts.

India kam nach wie vor zu mir, und für kurze Stunden war dann unsere Welt immer so klein wie mein Bett. Wenn sie da war, versuchte ich, an nichts anderes zu denken und den Teil des Tages auszukosten, den sie mir schenkte. Es war keine besonders schwere Zeit, aber ich wunderte mich immer wieder, wie erschöpft ich am Abend war. Oft fiel ich mit einem geradezu süchtigen Schlafbedürfnis, das ich früher nie gekannt hatte, ins Bett. Als ich India eines Tages fragte, ob es ihr genauso gehe, war sie schon auf meinem Arm eingeschlafen; dabei war es erst zehn Uhr morgens.

Gegen Anfang November meldete sich das schlechte Gewissen immer hartnäckiger. Sosehr ich mich auch bemühte, ich konnte nichts dagegen tun. Ich wußte, daß das zum großen Teil auf meinen zwiespältigen Gefühlen gegenüber India beruhte. Liebte ich sie? Nein. Wenn wir im Bett waren, sagte sie oft Sachen wie »Ah – Liebe! Oh – Liebe!«, und schon dabei war mir unbehaglich, weil ich wußte, daß ich sie nicht liebte. Soweit es mich betraf, war alles in Ordnung, denn ich mochte sie, begehrte sie und brauchte sie aus den verschiedensten, ständig wichtiger werdenden Gründen. Ich hatte schon lange die Hoffnung aufgegeben, eine Frau zu finden, die ich rückhaltlos und für immer würde lieben können. Manchmal wollte ich mir einreden, daß meine Gefühle für India die einzige Art von Liebe seien, die Joseph Lennox jemals empfinden könne, doch ich wußte, daß ich mich belog. Aber was wollte ich noch mehr? Welches Ingredienz fehlte? Ich hatte keine Ahnung, außer daß dort, wo Magie und blaue Funken hätten sein müssen, »nur« ein genialer Taschenspielertrick vorgeführt wurde, den ich phantastisch fand, von dem ich aber wußte, daß er mit kleinen versteckten Spiegeln bewerkstelligt wurde.

5

Einen Blumenstrauß wie einen zarten Schild vor mich haltend, wartete ich darauf, daß die Tür aufging.

India erschien und lächelte über die vielen roten und rosa Rosen. »Also, Joey, du bist wirklich ein netter Nachbar.« Sie nahm die Blumen und gab mir ein Küßchen auf die Wange. Ich trat durch die Tür und spürte plötzlich, daß ich ebenso kurz wie schmerzhaft in den verlängerten Rücken gekniffen wurde. India war eine leidenschaftliche Kneiferin. »Du siehst phantastisch aus heute abend, Sportsfreund. Wenn Paul nicht da wäre, würde ich dich auf den Boden werfen und auf der Stelle vergewaltigen.«

Ich floh ins Wohnzimmer. Ich war nicht in der Stimmung, gefährlich zu leben. Paul war nirgends zu sehen, also mußte er in der Küche sein und seinen Teil vom Abendessen zubereiten. Sie machten das gerne so – Paul war für Suppe und Salat, India für Hauptgericht und Dessert zuständig. Das Zimmer war warm und glomm anheimelnd in aprikosenfarbenem Licht. Ich setzte mich auf die Couch und legte meine zittrigen Hände auf meine zittrigen Knie.

»Was trinkst du, Joey?« Paul kam aus der Küche, eine Flasche Essig in der einen, ein Bier in der anderen Hand.

»Das Bier sieht gut aus.«

»Bier? Du trinkst doch kein Bier.«

»Nein, na ja, ab und zu mal.« Ich lachte und versuchte, mich liebenswürdig zu geben wie eine Figur aus einem Film der dreißiger Jahre.

»Also gut, dann Bier. Außerdem sollst du wissen, daß unser Abendessen heute Paul Bocuse in den Schatten stellen wird. Als erster Gang nichts Geringeres als Nizza-Salat. Außerdem französische Anchovis!« Er ging wieder in die Küche, und ich stellte mir die metallisch schillernden grauen Anchovis vor. Ross hatte mich einmal gezwungen, zwei große Dosen davon zu essen, was sie mir nicht gerade sympathischer gemacht hatten. Für den Fall meiner Weigerung hatte Ross mir gedroht, Bobby Hanley zu erzählen, wie ich seine Schwester schändete. Jetzt welkten mir die Hände auf den Knien, während ich überlegte, was ich tun könnte, um die verdammten Dinger im Magen zu halten, sobald sie dort angekommen waren.

»Auf alle Fälle esse ich viel Brot.«

»Wie bitte?« India kam mit den Blumen ins Zimmer, die sie in einer gelben Vase arrangiert hatte. Sie stellte sie mitten auf den Tisch und trat einen Schritt zurück, um sie zu bewundern. »Wo hast du denn um diese Jahreszeit Rosen bekommen? Die müssen ja ein Vermögen gekostet haben!«

Ich verdaute im Geiste immer noch die Anchovis und antwortete nicht.

»Paul fährt heute für dich alles auf, was Küche und Keller zu bieten haben, Joe.« Er steckte den Kopf aus der Küchentür. »Wird sich auch so gehören. Immerhin sind wir ihm mindestens neun Essen schuldig. Schließlich hat er sich zwei Wochen um dich kümmern müssen! Da würde sogar Mutter Teresa das Handtuch werfen. *India* hat Brathuhn mit Kartoffelbrei vorgeschlagen.«

»Halt den Mund, Paul. Joe mag Brathuhn.«

»Beklagenswert hausbacken, India. Warte, bis er sieht, was ich für ihn habe.« Er begann, die Gerichte an den Fingern abzuzählen. »Nizza-Salat. *Coq au vin*. Gestürzter Ananaskuchen.«

Ich mußte mich zusammenreißen, um nicht regelrecht zurückzuzucken. Ich verabscheute jede dieser Delikatessen. Mit Gottes Hilfe hatte ich keine davon mehr gegessen, seit meine Mutter vor so vielen Jahren in die Klinik gekommen war. Ross und ich hatten sogar einmal Listen von jenen ihrer Gerichte gemacht, die wir am wenigsten mochten, und Pauls Speisekarte für diesen Abend enthielt ungefähr die Hälfte meiner Negativ-Leibgerichte. Nur mit Mühe und einem idiotischen Lächeln gelang es mir, ihm zuliebe Vorfreude zu heucheln.

India und ich unterhielten uns über Belanglosigkeiten, während er in der Küche mit den Töpfen klapperte. Sie wirkte ganz anders. Sie trug das Haar hochgesteckt, wodurch ihre hohen, edlen Gesichtszüge betont wurden. Sie bewegte sich graziös im Zimmer, unbefangen und selbstsicher in ihrer vertrauten Umgebung. Ich kam mir hier vor wie Jekyll und Hyde zugleich. Auf dieser Couch hatte ich lange Gespräch mit Paul geführt. Drüben am Fenster hatte ich einmal die Hände in die Gesäßtaschen von Indias Blue Jeans gesteckt und sie dicht an mich herangezogen. Am Eßtisch, der jetzt in Rosa und Urwaldgrün gedeckt war, hatten wir eines Nachmittags Kaffee getrunken und uns unterhalten. Das Fenster, der Tisch – das Zimmer war so voller Geister aus jüngster Vergangenheit, daß ich fast meinte, die Hand ausstrecken und sie berühren zu können. Aber in einem Teil meines Herzens war ich glücklich und zufrieden, weil die Geister zur Hälfte von mir waren.

»Essen kommen!« Paul kam verspielt stolpernd mit einer großen hölzernen Salatschüssel aus der Küche. Zwei hölzerne Gabeln ragten beiderseits aus der Schüssel wie braune Hasenohren.

Ich versuchte bei jedem Gang durch ständiges Reden über die Runden zu kommen. Ich vermied es nach Möglichkeit, auf meinen Teller zu sehen. Es erinnerte mich an die Zeit, als ich einmal einen kleinen Berg erstieg und auf halbem Weg merkte, daß ich nicht schwindelfrei war. Ein Freund, der mitgekommen war, sagte mir, es könne mir nichts passieren, solange ich nicht hinunterschaute. Dieser Ratschlag hatte mir schon oft im Leben aus der Klemme geholfen, wobei es keineswegs immer um Berge gegangen war.

Wie durch ein Wunder waren nur noch ein paar verdächtige Ananasflecken auf meinem Teller, als ich schließlich der Wahrheit ins Gesicht sah; ich hatte das Schlimmste überstanden und konnte mit reinem Gewissen meine müde Gabel weglegen.

Paul fragte, wer alles Kaffee wolle, und verschwand wieder in der Küche. India saß rechts von mir; sie piekte mich mit ihrer Dessertgabel in die Hand.

»Du siehst aus, als hättest du gerade einen Autoreifen gegessen.«

»Pst! Ich ekel' mich vor Anchovis.«

»Warum hast du das nicht gesagt?«

»Pst, India!«

Sie schüttelte den Kopf. »Du bist vielleicht ein Herzchen.«

»Hör auf, India! Ich bin kein Herzchen. Wo er sich doch die viele Arbeit mit dem Kochen gemacht hat –«

Das Licht ging aus, und aus der Küche kam lautlos ein Tisch ins Zimmer gerollt, an dessen vier Ecken Kerzen brannten. Sie beleuchteten Pauls Gesicht. Er trug seinen Little-Boy-Zylinder.

Eine Trompetenfanfare und ein ohrenbetäubender Trommelwirbel ertönten.

»Meine Damen und Herren, zu Ihrer Unterhaltung nach dem Diner erlaubt sich das Habsburgerzimmer, Ihnen den erstaunlichen Little-Boy mit seinem Sack – oder sollte ich sagen, seinem *Hut* voller Zaubertricks zu präsentieren!«

Paul verzog während der ganzen Einführung keine Miene. Als sie vorbei war (ich nahm an, daß sie von einem Tonbandgerät in dem anderen Zimmer gekommen war), verbeugte er sich tief und griff hinter sich. Das Licht ging wieder an, und im selben Moment erloschen die Kerzen. Pft! Einfach so.

»He, Paul, das ist ein toller Trick!«

Er nickte, legte aber einen Finger an den Mund. Er trug die vertrauten weißen Handschuhe aus Indias *Little-Boy*-Gemälde und eine Smokingjacke über einem weißen T-Shirt. Er nahm den Zylinder ab und legte ihn mit der Krempe nach oben vor sich auf den Tisch. Ich sah India an, aber sie verfolgte die Darbietung.

Aus der Jacke holte er einen großen silbernen Schlüssel. Er hielt ihn hoch, so daß wir ihn sehen konnten, und ließ ihn in den Seidenhut fallen. Eine Stichflamme kam aus dem Hut, und ich fuhr zusammen. Er lächelte, nahm den Hut in die Hand und drehte ihn so, daß wir hineinsehen konnten. Ein kleiner schwarzer Vogel tauchte flügelschlagend aus dem Hut auf und flatterte zu unserem Tisch herüber. Er landete auf Indias Dessertteller und pickte nach einem Stück Kuchen. Paul klopfte zweimal auf den Tisch; der Vogel flog gehorsam zu ihm zurück. Er stülpte den Hut über ihn, machte ein lautes Kußgeräusch und hob den Hut wieder hoch. Zwanzig bis dreißig silberne Schlüssel fielen metallisch klappernd heraus.

India begann heftig zu klatschen. Ich fiel ein.

»Bravo, Boy!«

»Mein Gott, Paul, das ist ja phantastisch!« Ich hatte keine Ahnung gehabt, daß er so begabt war. »Aber wo ist denn der Vogel geblieben?«

Er schüttelte langsam den Kopf und legte wieder den Finger an die Lippen. Ich kam mir vor wie der ungezogene Siebenjährige beim Kasperltheater in der zweiten Klasse.

»Führ dein Gedankenlesen vor, Boy!«

Obwohl ich nicht daran glaubte, machte mich die bloße Vorstellung, Paul könne meine Gedanken lesen, in diesem Moment ziemlich nervös. Am liebsten hätte ich India vors Schienbein getreten, um sie zum Schweigen zu bringen.

»Little Boy liest heute abend keine Gedanken. Kommt ein andermal wieder, dann wird er euch alles erzählen, einschließlich der

Geschichte, wie John Lennox ein furchtbares Abendessen herunterwürgen mußte.«

»Also komm, Paul –«

»Ein andermal!« Er machte eine Bewegung mit dem Arm, als ob er einen Vorhang vor einem unsichtbaren Fenster zuzöge.

Eine weiße Hand hielt über dem Rand des seidenen Hutes inne. Paul machte wieder das Kußgeräusch, und die orangefarbene Stichflamme schoß zum zweitenmal in die Höhe. Sie verschwand sofort wieder, und der Hut kippte auf die Seite. Ein Scheppern war zu hören, und ein großer Spielzeugvogel aus Blech kam aus dem Hut gehüpft. Er war schwarz und hatte einen gelben Schnabel und gelbe Schwingen, und aus seinem Rücken ragte ein großer roter Schlüssel. Er watschelte langsam zum Rand der Tischplatte und blieb stehen. Paul schnipste mit den Fingern, aber nichts geschah. Er schnipste noch einmal. Der Vogel erhob sich vom Tisch in die Luft und begann umherzufliegen. Er schlug zu langsam und zu vorsichtig mit den Schwingen: ein alter Mann, der in einen kalten Swimmingpool steigt. Aber es machte nichts, denn trotz seiner Langsamkeit hob er vollständig ab und flog laut klappernd im Zimmer umher.

»Mein Gott! Nicht zu fassen!«

»Ja, Little Boy!«

Der Vogel war am Fenster und schwebte vor der Jalousie, als schaute er hinaus. Paul klopfte auf den Tisch. Der Vogel machte widerstrebend kehrt und flog zu ihm zurück. Als er gelandet war, deckte Paul ihn wieder mit dem Hut zu. Ich fing zu klatschen an, aber India berührte mich am Arm und schüttelte den Kopf – es kam noch mehr, der Zauberer hatte sein Pulver noch nicht ganz verschossen. Paul lächelte und drehte den Zylinder wieder mit der Öffnung nach oben. Wieder klopfte er zweimal darauf, und die Stichflamme schoß zum drittenmal empor. Diesmal verlosch sie nicht gleich. Statt dessen drehte Paul den Hut um, und heraus stürzte ein kreischender, brennender, lebendiger Vogel – ein kleiner Feuerball, der sich abmühte, auf die Füße zu kommen und zu fliegen... Ich war so entsetzt, daß ich nicht wußte, was ich tun sollte.

»Paul, hör auf!«

»Mein Name ist Little Boy!«

»Um Himmelswillen, Paul!«

India packte so fest meinen Arm, daß es wehtat. »Boy. Nenn ihn

Little Boy, sonst hört er nie auf!«

»Little Boy! Little Boy! Hör auf! Was soll das denn, verdammt nochmal?«

Der Vogel kreischte weiter. Ich sah fassungslos zu Paul hin, er lächelte zurück. Gelangweilt nahm er den Hut und stülpte ihn über die zuckende Flamme. Er klopfte einmal auf den Hut und hob ihn dann hoch. Nichts. Kein Vogel, kein Rauch, kein Geruch... nichts.

Nach ein paar Sekunden merkte ich, daß India klatschte.

»Braavo, Boy! Sagenhaft!«

Ich sah sie an. Sie hatte sich köstlich amüsiert.

Little Boy erschien wieder am Thanksgiving Day. Ich hatte seit Jahren keinen Truthahn mit Preiselbeersoße mehr gegessen, und als India zufällig erfuhr, daß das Hilton Wien in einem seiner zahllosen Restaurants ein traditionelles amerikanisches Thanksgiving-Dinner veranstaltete, waren wir uns alle drei einig, daß wir hingehen mußten.

Paul hatte sich den Tag frei genommen und wollte ihn in vollen Zügen genießen. Ich wollte bis Mittag schreiben, und dann wollten wir uns zum Kaffee im Hotel Europa treffen.

Anschließend wollten wir im Fünften Bezirk bummeln gehen und uns die eleganten Schaufenster anschauen. Irgendwann wollten wir dann im Hilton einfallen und uns vor dem Festmahl noch in der Klimt-Bar einen genehmigen.

Ich kam ein bißchen zu spät; die beiden standen vor dem Hotel. Sie hatten leichte Übergangsjacken an, die angesichts der allgegenwärtigen Pelzmäntel und Handschuhe sowie des eisigen Winterwindes lächerlich wirkten. Beide trugen Freizeitkleidung, nur Paul hatte den großen Aktenkoffer dabei, den er immer zur Arbeit mitnahm. Ich nahm an, er sei aus irgendeinem Grund am Vormittag noch einmal kurz im Büro gewesen.

Graben und Kärntner Straße waren von gutgekleideten, wohlhabenden Menschen bevölkert, die von Geschäft zu Geschäft spazierten. In diesem Stadtteil ist alles ein bißchen zu teuer, aber die Wiener sind sehr prestigebewußt, und man wundert sich oft, was für Leute dort Missoni-Modelle oder Handtaschen von Louis Vuitton tragen.

»Da kommt er ja, der fußkranke Joe aus Buffalo.«

»Hi! Wartet ihr schon lange?«

Paul schüttelte den Kopf, India nickte. Sie sahen sich an und mußten lachen.

»Tut mir leid, aber die Arbeit hat mich nicht losgelassen.«

»Ach ja? Können wir dann jetzt endlich Kaffee trinken gehen? Mein Magen ist schon ganz vertrocknet.« India ließ uns beide stehen und marschierte los. Das tat sie manchmal. Ich sah die beiden einmal von weitem »miteinander« gehen. Es war zum Lachen; India ging mindestens einen Meter vor ihm, schritt rüstig aus und hatte den Blick wie ein Rekrut starr nach vorn gerichtet. Paul hielt den Abstand konstant, ließ aber den Blick hierhin und dorthin schweifen, betrachtete alles und hatte es überhaupt nicht eilig. Ich ging ihnen ein paar Blocks weit nach, kam mir herrlich voyeuristisch vor und war gespannt, wann India sich endlich umdrehen und ihn unsanft auffordern würde, ein bißchen schneller zu gehen. Ich wartete vergebens. Sie marschierte, er trödelte hinterher.

Beim Kaffee waren wir bester Laune. Paul war tags zuvor auf dem Flughafen gewesen und beschrieb Fluggäste, die mit einer Chartermaschine aus New York gekommen waren. Er meinte, er habe auf Anhieb gesehen, welcher Nationalität sie waren, weil die Österreicherinnen allesamt teure Modellkleider trugen und ihre Männer sich in engen neuen Jeans und Cowboystiefeln gefielen, deren Farben von Sandbeige bis Pflaumenblau mit schwarzen Lilienmotiven reichten. Sie seien alle rasch und selbstbewußt die Treppe heruntergekommen und hätten gelächelt, weil sie wußten, daß sie auf heimischem Territorium waren.

Im Gegensatz dazu hätten die Amerikaner, die mit derselben Maschine gekommen waren, tristes praktisches Schuhwerk mit dicken Kreppsohlen und bügelfreie Kleidung getragen, die so steif gewesen sei, daß sie alle wie Sandwichmänner ausgesehen hätten. Sie seien langsam in den Flughafen gekommen, mit ängstlichen oder ärgerlichen Mienen. Argwöhnische Achtzigjährige, die gerade auf dem Mond gelandet sind.

Manche Geschäfte am Graben hatten schon die Weihnachtsdekoration in den Fenstern, und ich fragte mich, wann die Christbaumverkäufer vom Lande in die Hauptstadt kommen würden. In Österreich will es der Brauch, daß man den Christbaum erst am Heiligen Abend schmückt, aber kaufen kann man ihn schon Wochen vorher.

»Was machst du eigentlich immer zu Weihnachten, Joey?«

»Kommt drauf an. Manchmal bin ich hier geblieben. Einmal bin ich nach Salzburg gefahren, um mir die Weihnachtsdekoration dort anzusehen. Solltet ihr euch auch mal anschauen, wenn ihr es nicht schon getan habt. Salzburg in der Vorweihnachtszeit, das ist schon was.«

Sie sahen sich an, und India zuckte abfällig die Schultern. Ich überlegte, ob sie mir aus irgendeinem Grund böse war. Nach dem Kaffee gingen wir zum Stephansdom. Ich zog mir die Handschuhe an. Ich war überzeugt, daß es immer kälter wurde, aber die beiden schienen nichts davon zu merken. Sie waren für einen Spätfrühlingstag angezogen.

Die Restaurants waren erstaunlich voll. Paul nickte Leuten an mehreren Tischen zu, während die Empfangsdame uns zu unserem geleitete. Er stand an einem großen Fenster, durch das man einen schönen Ausblick auf den Stadtpark und die blauvioletten Wolken hatte, die bewegungslos über ihm hingen.

»Der Grund, warum ich dich vorhin gefragt habe, was du zu Weihnachten machst, Joey, ist, daß wir fünf Tage nach Italien fahren und dich fragen wollten, ob du gern mitkommen würdest.«

Ich warf India einen blitzschnellen Blick zu, aber ihr Gesicht verriet nichts. Aus welcher Ecke kam das? Wessen Idee war es? Ich wußte beim besten Willen nicht, was ich sagen sollte. Ich machte zweimal den Mund auf wie ein hungriger Fisch, aber es kam nichts.

»Soll das ›Ja‹ bedeuten?«

»Ja, ich glaub' schon ... Ja, natürlich!« Ich machte mich an meiner Serviette zu schaffen. Sie fiel auf den Boden. Als ich mich bückte, um sie aufzuheben, zerrte ich mir einen Rückenmuskel. Es tat weh. Ich dachte fieberhaft nach, um dahinterzukommen, was hier eigentlich gespielt wurde. India war mir dabei keine große Hilfe.

»Das ist schön. Also, nachdem das jetzt geregelt wäre, müßt ihr mich mal einen Augenblick entschuldigen, Kinder. Ich bin gleich wieder da.« Paul stand auf und ging mit dem Aktenkoffer in der Hand hinaus.

Ich sah ihm nach, bis ich dicht an meinem Ohr Sellerie knirschen hörte. Ich drehte den Kopf und sah, daß India mit einem langen grünen Stengel auf mich zeigte.

»Untersteh dich, mich zu fragen, wie das zustande gekommen ist, Joe. Die ganze Sache ist eine Idee von ihm. Heute morgen nach dem Aufwachen war er ganz begeistert und hat mich gefragt, was ich davon halte. Was hätte ich sagen sollen? Nein? Vielleicht meint er, er muß Buße tun oder so was, weil er dich neulich verdächtigt hat.«

»Ich weiß nicht. Mir ist das nicht geheuer.«

»Mir auch nicht, Joe. Aber ich möchte heute nicht darüber reden. Es ist noch lange hin, und inzwischen kann noch viel passieren. Komm, laß uns unseren Truthahn essen und lustig sein.«

»Das kann schwierig werden.« Ich wischte mir nervös den Mund mit der Serviette.

»Still! Ich möchte, daß du mir erzählst, wie die Familie Lennox immer den Thanksgiving Day gefeiert hat. Hat es bei euch auch Truthahn gegeben?«

»Nein, eigentlich nicht. Mein Bruder Ross mochte Truthahnfleisch nicht, deshalb gab es bei uns Gänsebraten.«

»Gänsebraten? Hat man so was schon gehört, Gänsebraten an Thanksgiving? Dieser Ross war anscheinend ein ziemlich komischer Vogel, Joe.«

»Ein komischer Vogel? Das ist nicht das richtige Wort für ihn. Übrigens, weißt du, daß du dich ziemlich oft nach ihm erkundigst, India?«

»Klar. Stört dich das? Willst du wissen, warum? Weil er mir wie ein interessanter Dämon vorkommt.« Sie lächelte und nahm sich eine Olive von meinem Teller.

»Hast du eine Schwäche für Dämonen?«

»Nur wenn sie interessant sind.« Sie nahm noch eine Olive von meinem Teller. »Kennst du den Ausspruch von Isak Dinesen: ›Es ist eine aufregende Sache, mit einem Dämon zusammenzuarbeiten.‹«

Der Kellner brachte den Salat, und dadurch ging unter, was sie vielleicht noch dazu hatte sagen wollen. Wir aßen eine Zeitlang schweigend, dann legte sie die Gabel weg und sprach weiter.

»Paul war auch so ein kleiner Dämon, als wir uns kennenlernten. Kaum zu glauben, nicht wahr? Aber es stimmt. Er hatte Hunderte unbezahlter Strafzettel, und er hat in Kaufhäusern geklaut wie ein Rabe und dabei keine Miene verzogen.«

»Paul? Geklaut?«

»Wenn ich's dir sage.«

»Nicht zu glauben. Mein Bruder war auch ein Ladendieb. Außerdem hat er mal alle seine Weihnachtsgeschenke für uns geklaut.«

»Tatsächlich? Ist ja phantastisch. Siehst du, er war doch interessant! Ich muß dir noch was sagen – deine Erzählungen verraten, daß du eine sehr zwiespältige Einstellung zu ihm hast. Mal hört es sich an, als ob er dein Held gewesen wäre, dann wieder schilderst du ihn geradezu als Jack the Ripper.«

Wir sprachen darüber. Das Hauptgericht kam, und der Kellner wollte wissen, ob er Paul auch auflegen oder warten solle, bis er zurück sei. Ich schaute auf die Uhr und erschrak, wie lange er schon weg war. Ich sah India an, um festzustellen, ob sie sich Sorgen machte. Sie schob ein paar Sekunden das Fleisch auf ihrem Teller herum und sah mich dann an.

»Joey, es ist albern, aber könntest du mal auf die Toilette gehen und nachsehen? Bestimmt ist alles in Ordnung, aber tu mir den Gefallen, sei so lieb, ja?«

Ich legte meine Serviette auf den Tisch und wischte mir ein paar Krümel von der Hose. »Na klar. Aber paß auf, daß der Kellner mir nicht meinen Truthahn wegfrißt, ja?« Ich sagte es obenhin, in der Hoffnung, sie würde lächeln. Aber ihr Gesichtsausdruck war irgendwo in der Mitte zwischen Hysterie und krampfhafter Gleichgültigkeit.

Ich erhob mich, hatte aber eigentlich keine Lust, nach ihm zu sehen. Ich wollte mich nicht von der Stelle rühren. Es hätte mir nichts ausgemacht, den Rest des Abends so mitten in dem Restaurant zu stehen, vor aller Augen. Angst kennt keine Würde.

Zugegeben, seit dem Tod meines Bruders hatte ich oft mehr Angst als Vaterlandsliebe gehabt. Ich neigte immer zu voreiligen Schlußfolgerungen und stellte mir oft das Schlimmste vor, was in einer bestimmten Situation hätte passieren können. Der Grund: Wenn ich unrecht hatte und alles sich in Wohlgefallen auflöste, konnte ich mich hinterher freuen. Wenn ich recht hatte (was selten vorkam), konnte mich das Entsetzen nicht mehr mit derselben Wucht treffen wie damals nach Ross' Tod.

Ich gab mir Mühe, nicht zu schnell zu gehen, sowohl India zuliebe (falls sie mir nachsah), als auch deshalb, weil ich möglichst wenig Aufsehen machen wollte. Ich starrte geradeaus, aber ich sah nichts. Das Geklapper der Gabeln auf tausend Tellern war beängstigender, als mir jemals zum Bewußtsein gekommen war. Es übertönte das Schlurfen meiner Füße auf dem Teppich und all die anderen Geräusche, die ich mache, wenn ich Angst habe und mich dem Gegenstand meiner Angst nähere.

Auf dem letzten Meter stolperte ich über eine Falte im Teppich und wäre um ein Haar hingefallen. Die Herrentoilette war direkt gegenüber dem Restaurant in einer dämmrigen Nische, die nur von einem grünen HERREN-Schild über der Tür beleuchtet wurde. Ich legte die Hand auf die kalte Klinke und schloß die Augen. Ich hielt den Atem an und stieß die Tür auf. Ich sah die Reihe glänzend weißer Pissoirs entlang. Von Paul nichts zu sehen. Ich atmete aus. Der Raum war unnatürlich hell und roch streng nach Fichtennadeln. Am hinteren Ende des Raums waren gegenüber einer Reihe weißer Waschbecken drei graue Toilettenabteile.

Ich rief seinen Namen, während ich auf die Türen zuging. Keine Antwort. Eine elende Angst bemächtigte sich meiner erneut, obwohl ich mir sagte, daß er an hundert verschiedenen Stellen sein konnte: in einer Telefonzelle, am Zeitschriftenstand…

»Paul?«

Unter der Tür der mittleren Kabine bewegte sich etwas, und ich kniete unwillkürlich nieder, um zu sehen, was es war.

Einen Moment lang glaubte ich, seine ausgetretenen schwarzen Schuhe zu erkennen, aber dann hoben sich die Beine langsam und gerieten außer Sicht – so als hätte der Mann da drinnen aus irgendeinem bizarren Grund die Knie ans Kinn hochgezogen. Eine Sekunde lang dachte ich daran, näher an die Tür heranzugehen und unter ihr hindurchzusehen, aber ein Rest von Vernunft sagte mir, daß ich besser den Rückzug antrat, als unter Toilettentüren zu spähen.

»Alles hinsetzen da draußen!«

»Paul?«

»Nichts da, kein Paul. Hier ist Little Boy. Wenn du bis zum Schluß dabeisein willst, mußt du mit Little Boy spielen!«

Ich war ratlos. Ich kniete immer noch auf dem Fliesenboden und starrte zu der Toilettentür hinauf. Über ihrem oberen Rand erschien ein schwarzer Zylinderhut. Dann Pauls Gesicht, umrahmt von seinen beiden offenen Händen (die Handflächen nach vorne, die Daumen unter dem Kinn). Er trug seine Little-Boy-Handschuhe.

»Wir haben euch heute alle zusammengerufen, um die Antwort auf die große Frage zu finden: Warum bumst Joseph Lennox India Tate?« Er schaute freundlich zu mir herab. Ich schloß die Augen und sah das Blut schnell hinter den Lidern pulsieren.

»Will denn niemand antworten? Aber, aber, Kinder. Boy führt

euch seine ganzen Zauberkunststücke vor, und ihr beantwortet ihm nicht mal diese harmlose kleine Frage?«

Ich brachte den Mut auf, ihm wieder ins Gesicht zu sehen. Er hatte die Augen zu, aber sein Mund bewegte sich noch und sprach leise.

Dann: »Ha! Wenn sich keiner freiwillig meldet, muß ich einfach einen aufrufen. Joseph Lennox in der dritten Reihe! Willst du uns nicht sagen, warum Joseph Lennox die Frau von Paul Tate bumst?«

»Paul –«

»*Nicht* Paul! Little Boy! Paul ist heute abend nicht unter uns. Er ist irgendwo da draußen und wird langsam verrückt.«

Die Tür vom Restaurant ging auf; ein Mann in einem grauen Anzug kam herein. Paul verschwand in der Kabine, und ich tat so, als müßte ich mir den Schuh zubinden. Der Mann ignorierte mich nach einem raschen Blick. Er steckte sich das Hemd in die Hose, rückte seine Krawatte zurecht und ging hinaus. Als ich mich umdrehte, war Paul wieder da und lächelte auf mich herab. Diesmal hatte er die Unterarme auf den Metallrahmen der Tür gelegt und das Kinn auf die verschränkten weißen Hände gestützt. In jeder anderen Situation hätte das lustig gewirkt. Sein Kopf begann sich langsam und exakt hin und her zu drehen, wie das Pendel eines Metronoms.

»Joe und India, ist doch klar,
sind schon längst ein Liebespaar!«

Er sagte es zwei- oder dreimal auf. Ich wußte nicht, was ich tun, wohin ich gehen sollte. Was hätte ich auch tun können? Das Lächeln verschwand, und er verzog den Mund. »Joey, ich hätte dir das niemals angetan.« Seine Stimme war sanft wie ein Gebet in der Kirche. »*Niemals!* Verdammte Scheiße! Hau ab! Hau ab aus meinem Scheißleben! Du Schwein. Du wärst mit uns nach Italien gefahren. Du hättest sie dort auch noch gebumst!«

Ich glaube, er weinte. Ich konnte nicht mehr hinsehen. Ich floh.

6

Zwei unerträgliche Tage später quälte ich mich noch damit ab, was ich tun sollte, als das Telefon läutete. Ich sah den Apparat an und ließ ihn dreimal klingeln, ehe ich abhob.

»Joe?« Es war India. Ihre Stimme war angstvoll, entsetzt.

»India? Hi.«

»Joe, Paul ist tot.«

»*Tot? Was? Was soll das heißen?*«

»Er ist *tot*, verdammt noch mal! Denkst du, ich mach' Witze? Sie haben ihn gerade abgeholt. Er ist weg. Er ist tot!« Sie fing zu weinen an. Haltloses, herzzerreißendes Schluchzen, nur von keuchenden Atemzügen unterbrochen.

»O mein Gott! *Wie ist es denn passiert, um Gottes willen?*«

»Es war das Herz. Er hatte einen Herzanfall. Er hat trainiert und ist einfach zusammengebrochen. Ich dachte erst, er macht Quatsch. Aber er ist tot, Joe. O mein Gott, was soll ich bloß machen? Joe, du bist der einzige Mensch, den ich anrufen konnte. Was soll ich bloß machen?«

»Ich bin in einer halben Stunde bei dir. Nein, früher. India, tu nichts, ehe ich nicht da bin.«

Niemand gewöhnt sich jemals an den Tod. Soldaten, Ärzte, Leichenbestatter sehen ihn ständig und gewöhnen sich an einen Teil, eine Facette von ihm, aber nicht an den ganzen Tod. Ich glaube, dazu ist niemand imstande. Zu erfahren, daß jemand gestorben ist, den ich gut kannte, ist für mich so ähnlich, wie wenn man im Dunkeln eine vertraute Treppe hinabsteigt. Weil man sie schon tausendmal hinabgestiegen ist, weiß man genau, wieviel Stufen es bis unten sind, aber dann will man den Fuß auf die letzte setzen... und sie ist nicht da. Man stolpert und kann es nicht fassen. Und von da an stolpert man immer wieder an dieser Stelle, weil man, wie bei allem, was man aus Gewohnheit kennt, diese verlorengegangene Stufe so oft benutzt hat, daß sie und man selbst unzertrennlich geworden sind.

Als ich die Treppe in meinem Haus hinabbrannte, prüfte (oder kostete?) ich die Worte, wie ein Schauspieler, der eine neue Passage einübt. »Paul ist *tot?*« »Paul Tate ist tot.« *»Paul ist tot.«* Nichts klang richtig – es waren Sätze in einer fremden, außerweltlichen Sprache. Worte, von denen ich mir bis zu jenem Tag nicht hätte vorstellen können, daß sie nebeneinander vorkommen konnten.

Direkt vor der Tür war ein Blumenstand, und einen Moment lang fragte ich mich, ob ich India welche kaufen sollte. Der Verkäufer bemerkte mein Zögern und meinte, die Rosen seien heute besonders schön. Der Anblick dieser roten Blumen brachte mich jedoch sofort zur Vernunft, und ich rannte die Straße entlang und hielt nach einem Taxi Ausschau.

Der Fahrer hatte eine monströse Golfmütze auf, schwarz und gelb kariert mit einer schwarzen Bommel. Sie sah so furchtbar aus, daß ich den schier unwiderstehlichen Drang verspürte, sie ihm vom Kopf zu hauen und zu sagen: »Wie können Sie sich so ein Ding aufsetzen, wenn mein Freund gerade gestorben ist?« Vom Rückspiegel hing an einer Schnur ein Miniaturfußball herab. Ich hielt für den Rest der Fahrt die Augen geschlossen, um dieses Zeug nicht sehen zu müssen.

»*Wiedersehen!*« flötete er über seine Schulter, und das Taxi fuhr wieder an. Ich drehte mich und stand vor dem Haus der Tates. Es sah neu aus und hatte die wohlbekannte Tafel an der Mauer, auf der stand, daß das Gebäude, das ursprünglich an dieser Stelle gestanden hatte, im Krieg zerstört worden war. Das jetzige war in den fünfziger Jahren errichtet worden.

Ich drückte den Klingelknopf und war verblüfft, wie schnell Indias Antwort kam. Ich fragte mich, ob sie seit unserem Telefonat am Türtelefon gestanden und auf mein Klingeln gewartet hatte.

»Joe, bist du's?«

»Ja, India. Soll ich dir was besorgen, bevor ich raufkomme? Eine Flasche Wein vielleicht?«

»Nein, komm rauf.«

In der Wohnung war es eiskalt, aber sie stand in der Tür und trug das wunderschöne gelbe T-Shirt und einen geradezu hochsommerlichen weißen Leinenrock. Außerdem war sie barfuß. Die Tates waren beide absolut unempfindlich gegen Kälte. Ich wunderte mich nicht mehr darüber, als ich kapiert hatte, daß es in gewisser Weise nur logisch war: Sie hatten beide so viel sprudelnde, überschäumende Lebenskraft, daß ein Teil davon zwangsläufig in Wärme umgesetzt werden mußte. Dieser Gedanke schien mir so plausibel, daß ich einmal die Probe aufs Exempel machte. Als wir in einer verflucht kalten, nebligen Oktobernacht auf eine Tram warteten, berührte ich »zufällig« Pauls Hand. Sie war warm wie eine Kaffeekanne. Aber das war jetzt alles vorbei.

Die Wohnung war nachgerade unheimlich aufgeräumt. Wahrscheinlich hatte ich aus irgendeinem Grund ein chaotisches Durcheinander erwartet, aber das war nicht der Fall. Zeitschriften lagen säuberlich aufgefächert auf dem Bambus-Kaffeetisch, die seidenen Kissen waren ordentlich über die Couch verteilt... Das Schlimmste von allem war, daß der Tisch noch für zwei gedeckt war. Alles war da – Sets, Weingläser, Besteck. Man hatte den Eindruck, daß jeden Augenblick das Abendessen serviert werden würde.

»Möchtest du eine Tasse Kaffee, Joe? Ich habe gerade welchen gemacht.«

Ich mochte eigentlich keinen, aber es war ihr anzumerken, daß sie sich bewegen, etwas mit ihren Händen und ihrem Körper tun wollte.

»Ja, gerne.«

Sie brachte ein Tablett mit großen Kaffeetassen, einer schweren Zucker-und-Sahne-Garnitur aus Porzellan, einem Teller mit aufgeschnittenem Früchtekuchen und zwei Leinenservietten. Sie machte sich so lange wie möglich mit dem Kaffee und dem Kuchen zu schaffen, aber schließlich lief ihr Federwerk ab, und sie wurde ruhig.

Sie spielte mit ihren nun unbeschäftigten Händen herum und gab sich gleichzeitig Mühe, möglichst normal und unkompliziert zu lächeln. Ich stellte die warme Kaffeetasse hin und rieb mir mit den Fingern den Mund.

»Ich bin eine Witwe, Joe. Eine *Witwe*. Was für ein grauenhaftes Wort.«

»Erzählst du mir, was passiert ist? Fühlst du dich dazu in der Lage?«

»Ja.« Sie holte tief Luft und schloß die Augen. »Er macht immer seine Gymnastik – die Gymnastik vor dem Abendessen. Er meinte, er entspanne sich bei den Übungen und sie machten ihm Appetit. Ich war in der Küche und...« Sie warf den Kopf in den Nacken und stöhnte. Sie schlug die Hände vors Gesicht und glitt von der Couch auf den Boden. Wie ein Kind im Mutterschoß zusammengerollt, weinte sie und weinte, bis nichts mehr übrig war. Als ich glaubte, sie hätte sich ausgeweint, setzte ich mich neben sie auf den Boden und legte ihr die Hand auf den Rücken. Kaum hatte ich sie berührt, brach sie wieder in Schluchzen aus und kroch, immer noch weinend, auf meinen Schoß. Es dauerte lange, bis wieder Stille einkehrte.

Er hatte Sit-ups gemacht. Dabei hatte er immer laut mitgezählt, damit sie hörte, wie gut er war. Sie hatte sich nichts dabei gedacht, als er zu zählen aufhörte. Sie dachte, er sei müde oder außer Atem. Als sie ins Zimmer kam, lag er auf dem Rücken, die Hände über der Brust krampfhaft zu Fäusten geballt. Sie dachte erst, er mache Spaß. Sie deckte den Tisch fertig. Von Zeit zu Zeit schaute sie zu ihm hin, und als er nicht aufhörte, wurde sie ärgerlich. Sie verlangte, er solle mit dem Blödsinn aufhören. Als sich nichts tat, war sie mit ein paar raschen Schritten neben ihm, entschlossen, ihn durch Kitzeln zur Vernunft zu bringen. Sie beugte sich über ihn, die Hände angriffsbereit ausgestreckt. Nun erst sah sie, daß seine Zungenspitze zwischen den Zähnen herausschaute und daß Blut daran war.

Der Kaffee schmeckte wie kalte Säure. Sie setzte sich ans andere Ende der Couch und vollendete ihren Bericht, wobei sie geradeaus an die Wand sah.

»Er hatte zu hohen Blutdruck. Vor ein paar Jahren hatte ein Arzt ihm gesagt, er müsse regelmäßig Sport treiben, wenn ihm sein Leben lieb sei.« Sie wandte sich mir zu, ein hartes, metallenes Lächeln auf den schmalen Lippen. »Und weißt du was? Als er das letztemal beim Arzt war, hat man ihm gesagt, sein Blutdruck sei deutlich abgesunken.«

»India, hat er dir erzählt, was neulich im Hilton gewesen ist?«

Sie nickte. »Little Boy?«

»Ja.«

»Meinst du, es ist passiert, weil er uns dahintergekommen ist?«

»Ich weiß es nicht, India.«

»Ich auch nicht, Joe.«

Paul wurde drei Tage später beerdigt, auf einem kleinen Friedhof neben einem Weinberg in Heiligenstadt. Er hatte ihn auf einem Sonntagsspaziergang entdeckt und India das Versprechen abgenommen, daß sie versuchen würde, ihn dort beerdigen zu lassen, falls er in Wien starb. Die Aussicht hatte ihm gefallen – prunkvolle Grabsteine und schmiedeeiserne Grabkreuze vor einer Kulisse von Hügeln und Weinstöcken. Darüber Schloß Leopoldsberg und die grünen Ausläufer des Wienerwaldes.

Ich kannte ein paar von den Leuten, die an der Beerdigung teilnahmen. Ein Bär von einem Mann aus Jugoslawien namens Amir, der gern kochte und die Tates mindestens einmal im Monat zum Abendessen eingeladen hatte. Ein paar Leute aus Pauls Büro und ein gutaussehender schwarzer Lehrer von einer der internationalen Schulen, der in einem leuchtend orangeroten Porsche-Cabriolet vorfuhr. Aber ich war überrascht, daß nicht mehr gekommen waren. Ich musterte immer wieder India: Hatte sie bemerkt, wie klein das Häuflein der Trauergäste war? Sie trug keinen Hut, und ihr Haar wehte leicht und frei im Wind. Ihr Gesicht verriet nichts außer einer Art verschlossener Harmonie. Später sagte sie mir, sie habe nichts wahrgenommen, sondern sei in diesen letzten Augenblicken mit Paul ganz in ihrem Kummer befangen gewesen.

Der Tag war sonnig und warm; für kurze Zeit blinkte die Sonne heiter von einem polierten Grabstein. Bis auf das eine oder andere vorüberfahrende Auto und das Knirschen des Kieses war alles still. Eine Stille, die man nicht zu stören wagte, denn dadurch hätte man die gläserne Hülle des Augenblicks zerbrechen können, und dann wäre Paul Tate endgültig und unwiderruflich fort gewesen, und wir hätten ihn schon bald verlassen.

Ähnliche Gedanken waren mir auch bei den anderen beiden Begräbnissen, denen ich beigewohnt hatte, durch den Kopf gegangen – man selbst geht wieder, und »sie« bleiben. Wie wenn einen jemand zum Bahnhof bringt. Wenn der Zug aus dem Bahnhof fährt und man den Zurückbleibenden winkt, werden sie scheinbar immer kleiner. Nicht nur, weil man sich bewegt und der physische Abstand sie schrumpfen läßt, sondern auch deshalb, weil sie immer noch dort sind. Man selbst ist größer, weil man zu neuen Ufern unterwegs ist, die anderen werden kleiner, weil sie jetzt nach Hause gehen, zu denselben Mahlzeiten und Fernsehsendungen wie immer, zu ihrem Hund, ihrer Tinte und ihrer Aussicht vom Wohnzimmer.

Von Paul wandten sich meine Gedanken nun darauf, wie India sich fühlte. Sie hielt ihre Handtasche an die Brust gedrückt und schaute zum Himmel hinauf. Was mochte sie dort sehen? Ich fragte mich, ob sie nach dem christlichen Himmel Ausschau hielt. Dann schloß sie die Augen und senkte langsam den Kopf. Sie hatte den ganzen Tag nicht geweint, aber wie lange würde sie durchhalten? Ich machte einen Schritt auf sie zu; sie mußte meine Tritte auf dem Kies gehört haben, denn sie wandte sich mir zu und sah mich an. In diesem Moment geschahen gleichzeitig zwei merkwürdige Dinge. Zum einen hatte ich den Eindruck, daß sie keineswegs den Tränen nahe oder am Rande eines heftigen Gefühlsausbruchs war, sondern sich vielmehr, nun ja, langweilte. Das war an sich schon bestürzend genug, aber im nächsten Augenblick breitete sich auch noch ein strahlendes Lächeln über ihr Gesicht aus, ein Lächeln, wie es einen überkommt, wenn einem völlig unverhofft etwas ganz Wunderbares widerfährt. Es war gut, daß ich nichts sagen mußte, denn ich wäre sprachlos gewesen.

Der Geistliche der englischen Kirche beendete seine »Asche-zu-Asche«-Litanei. Ich hatte keine Ahnung, in welcher Beziehung er zu den Tates stand. Offensichtlich hatte er Paul nicht gekannt, denn in dem Mitgefühl, das sein Amt ihm abverlangte, schwang weder Herzlichkeit noch Trauer mit. Das Interessante daran war für mich, daß er genauso hieß wie der Priester in meiner Vaterstadt – der Mann, der sowohl bei Ross als auch bei meiner Mutter den Trauergottesdienst zelebriert hatte.

Als alles vorüber war, wartete ich die Beileidsbekundungen der anderen Trauergäste ab. India sah gut aus; wieder einmal konnte ich nur bewundern, wie stark und selbstsicher sie war, trotz des irritierenden Lächelns ein paar Minuten zuvor. Sie war nicht die Art Frau, die in Selbstmitleid versinken und nie wieder auftauchen würde. Der Tod war unwiderruflich und schrecklich, hatte aber nicht die gleiche Gewalt über sie wie über so viele andere, die derselbe Schicksalsschlag traf. Für mich war der Unterschied um so deutlicher, als ich miterlebt hatte, wie Ross' Tod meine Mutter zugrunde gerichtet hatte. Als India nun auf mich zukam, wußte ich, daß ihr das nie passieren konnte.

»Bringst du mich heim, Joe?« Ein Windstoß blies ihr eine Haarsträhne ins Gesicht. Obwohl ich erwartet hatte, daß sie mich fragen würde, war ich gerührt, daß sie in dieser Stunde mit mir zusammensein wollte. Ich nahm ihren Arm, und sie zog ihn dicht an ihren Oberkörper. Einen Moment lang spürte ich die Wölbung und Härte einer ihrer Rippen an meinem Handrücken.

»Ich fand den Gottesdienst in Ordnung. Du auch? Zumindest war er harmlos.«

»Ja, du hast recht. Ich fand die Gedichte von Diane Wakoski wunderbar.«

»Ja. Sie war Pauls Lieblingsdichterin, weißt du.«

Der Jugoslawe fragte im Vorbeigehen, ob er uns in die Stadt mitnehmen könne. India dankte ihm, meinte aber, sie wolle ein paar Schritte gehen, und wir würden dann ein paar Straßen weiter die Straßenbahn nehmen. Ich nahm an, daß sie mit dem Taxi fahren wollte, sagte aber nichts. Als er weg war, waren wir allein auf dem Friedhof.

»Weißt du, wie man in Wien Menschen beerdigt, Joe?« Sie blieb
auf dem Kiesweg stehen und wandte sich um, so daß sie eine der
kurzen, ordentlichen Reihen von Grabsteinen entlangsah.
»Ich verstehe nicht.«
»Es ist nicht so wie in Amerika, verstehst du? Ich bin da jetzt
Expertin. Ich kann dir alles sagen. In den Staaten kauft man sich
eine kleine Parzelle – seine ganz persönliche Grabstätte, ja? –, und
sie gehört einem für alle Zeiten. Das kannst du dir hier abschmin-
ken. Weißt du, wie das im guten alten Wien gehandhabt wird?
Man *pachtet* ein Grab für zehn Jahre, und wenn die Zeit vorüber
ist, muß wieder bezahlt werden, sonst exhumieren sie dich. Bud-
deln dich einfach wieder aus. Manche Friedhöfe – das hat mir einer von den Typen hier gesagt – manche Friedhöfe sind so beliebt,
daß sie einen spätestens nach vierzig Jahren wieder ausgraben,
auch wenn die Pacht regelmäßig bezahlt wird, damit ein *anderer*
dort eine Zeitlang in Frieden ruhen kann. Ach, Scheiße!«
Ich sah sie an. Auf ihrem Gesicht las ich Überdruß und Ekel vor
der Welt. Ich drückte ihren Arm und berührte aus Versehen ihre
weiche Brust. Sie schien es nicht zu bemerken.
»Ich weiß, was ich tun werde, Joe.« Sie brach in Tränen aus und
sah mich nicht mehr an. Den Blick geradeaus gerichtet, ging sie
weiter. »Nach den zehn Jahren hier werden wir beide, du und ich,
Paul holen und ihn auf einen nagelneuen Friedhof bringen! Einen
neuen Platz an der Sonne. Vielleicht kaufen wir ihm ein Wohnmo-
bil und lassen es für ihn umbauen. Und dann fahren wir mit ihm
in der Weltgeschichte herum. Mit der Zeit wird er ein weitgereister
Leichnam sein.« Sie schüttelte den Kopf; die Tränen flogen von ihrem Gesicht. Es war nichts zu hören außer ihren hohen Absätzen
auf dem Pflaster und ihren kurzen Atemstößen.
Auf der Heimfahrt mit der Straßenbahn hielt sie ständig meine
Hand fest umklammert und schaute auf den Boden. Ihr Gesicht
hatte sich vom Weinen gerötet, aber es war wieder blaß geworden,
als wir an ihrer Haltestelle ankamen. Ich zupfte sie sanft am Ärmel. Zum ersten Mal hob sie den Blick und sah mich an.
»Sind wir da? Bleibst du bei mir, Joe? Kommst du noch ein bißchen mit zu mir?«
»Ja, natürlich.«
»Komm, wir müssen raus.«
Die Straßenbahn hielt. Wir kletterten die steilen Eisenstufen
hinab. Ich nahm wieder ihren Arm, und sie zog ihn an sich. Ich

mußte daran denken, wie die Tates seinerzeit vom Café Landtmann weggegangen waren. Da hatte sie Pauls Arm genauso gehalten.

»Wie hast du dich gefühlt, als dein Bruder gestorben war?«

Ich schluckte und biß mir auf die Lippe. »Willst du die Wahrheit
wissen?«

Sie blieb stehen und durchbohrte mich mit einem Blick. »Wirst
du denn die Wahrheit sagen?«

»Natürlich, India. Wie ich mich fühlte? Gut und schlecht zugleich. Schlecht, weil er tot war und weil er bis dahin ein so wichtiger Teil meines Lebens gewesen war. Ein großer Bruder ist einem
sehr wichtig, wenn man klein ist.«

»Ich glaube dir. Aber woher kam dann das gute Gefühl?«

»Es kam daher, weil Kinder unersättlich sind in ihrer Gier. Das
hast du selber gesagt, weißt du noch? Ja, es hat mir leid getan, daß
er tot war, aber ich bekam jetzt sein Zimmer und seinen Schreibtisch, seinen Football und die albanische Flagge, um die ich ihn immer beneidet hatte.«

»Warst du wirklich so? Ich kann es nicht glauben. Hast du nicht
gesagt, du seist ein so braver kleiner Junge gewesen?«

»India, ich glaube, ich war kein bißchen anders als die meisten
Jungen und Mädchen in dem Alter. Ross war so lange der böse
Bube gewesen, daß meine Eltern sich fast nur um ihn kümmerten.
Jetzt auf einmal würde ich diese ganze Aufmerksamkeit einheim-
sen. Es ist schrecklich, aber du wolltest ja die Wahrheit hören.«

»Meinst du, es war schlecht von dir, solche Gefühle zu haben?«

Wir waren vor ihrem Haus angekommen, und sie kramte in ihrer Handtasche nach den Schlüsseln. Ich fuhr mit der Hand leicht
über die Reihe der Klingelknöpfe.

»Ob ich schlecht war? Sicher. Ich war eine miese kleine Ratte.
Aber ich glaube, die meisten Kinder sind so. Die Erwachsenen sind
die meiste Zeit ihnen gegenüber so gleichgültig, *weil* sie Kinder
sind, weil sie einfach nach allem grapschen, was in Reichweite ist.
Die Erwachsenen kümmern sich um ihre Kinder, so wie sie sich
um ihre Hunde kümmern. Ab und zu küssen und umarmen sie sie
und überschütten sie mit Geschenken, aber im nächsten Moment
ist alles vorbei und die Erwachsenen wollen nichts mehr von ihnen
wissen.«

»Glaubst du nicht, daß Eltern ihre Kinder lieben?« Sie drehte
den Schlüssel im Schloß und stieß die schwere Glastür auf.

»Wenn ich verallgemeinern wollte, würde ich sagen, sie lieben sie, möchten sie aber die meiste Zeit auf Abstand halten. Ab und zu möchten sie mit ihnen zusammen sein, damit sie über sie lachen und ihren Spaß an ihnen haben können, aber das dauert nie sehr lange.«

»Hört sich an, als wolltest du damit sagen, Kinder sind langweilig.«

»Ja, India, das würde ich unterschreiben.«

»Warst du ein langweiliges Kind?« Sie wandte sich mir zu und ließ gleichzeitig die Schlüssel in die Handtasche fallen.

»Verglichen mit meinem Bruder schon, ja. Ich war langweilig und artig. Ross war interessant und unartig. Manchmal richtiggehend böse.«

Sie streckte die Hand aus und zupfte mir einen Faden vom Mantel. »Vielleicht war das der Grund, warum deine Eltern ihm mehr Aufmerksamkeit geschenkt haben als dir.«

»Weil er ein böser Junge war?«

»Nein, weil du so langweilig warst.«

Das Treppenhaus kam uns feucht und dunkel vor, nachdem wir so lange draußen in der Sonne gewesen waren. Ich beschloß, auf Indias gemeine Bemerkung nicht zu antworten. Sie ging vor mir. Ich sah ihre Beine. Sie waren so schön.

In der Wohnung sah es furchtbar aus. Es war das erste Mal seit Pauls Tod, daß ich wieder da war. Kartons überall, auf dem Boden, der Couch, der Fensterbank. In den Kartons Männerkleider und -schuhe wild durcheinander; einige quollen schon über von Socken, Krawatten und Unterwäsche. In einer Ecke standen drei Kartons, die schon mit braunem Packband verklebt waren. Keiner war beschriftet.

»Sind das Pauls Sachen?«

»Ja. Sieht es nicht aus wie bei einem Notverkauf nach einem Brand? Mir war so komisch zumute, wenn ich einen Schrank oder eine Schublade aufmachte und immer wieder auf Sachen von ihm stieß, daß ich beschloß, alles zusammenzupacken und wegzugeben.«

Sie ging ins Schlafzimmer und machte die Tür hinter sich zu. Ich setzte mich auf den Rand der Couch und blickte schüchtern in einen offenen Karton, der mir zu Füßen auf dem Boden stand. Ich erkannte ein grünes Sporthemd wieder, das Paul oft angehabt hatte. Es war gebügelt und im Gegensatz zu den anderen Kleidern da drin sorgsam zusammengefaltet und auf braune Tweedhosen gelegt, die ich noch nie gesehen hatte. Ich griff in den Karton, nahm nach einem raschen Blick auf die Schlafzimmertür das Hemd heraus und strich mit den Händen darüber. Ich schaute erneut zu der Tür hin und roch dann an dem Hemd. Es roch nach nichts – nach der Wäsche war nichts von Paul übriggeblieben. Ich legte es zurück und wischte mir unwillkürlich die Hände an den Hosen ab.

»Ich bin gleich wieder da, Joe.«

»Laß dir Zeit. Mir geht's gut.«

Ich wollte gerade aufstehen und in die anderen Kartons sehen, als ich die Tür aufgehen hörte. Sie steckte den Kopf ins Zimmer, und ich sah für einen Sekundenbruchteil ein Stück schwarze Unterwäsche, bevor ich ihr in die Augen sah.

»Joe, macht es dir was aus, noch ein bißchen länger zu warten? Ich fühle mich ganz klebrig und dreckig und würde gern mal schnell unter die Dusche springen. Darf ich?«

Die Vorstellung, wie sie nackt und naßglänzend unter der Dusche stand, ließ mich mit der Antwort zögern. »Ja, klar. Nur zu.«

Ich mußte an den Film denken, in dem eine Frau einen Jungen verführt, nachdem sie erfahren hat, daß ihr Mann im Krieg gefallen ist. Ich hörte das erste Plätschern der Dusche und bekam eine ausgewachsene Erektion. Ich kam mir pervers vor und war über mich selbst entsetzt.

Ich ging hinüber zu einer kleineren Schachtel, die mit allen möglichen Briefen und Rechnungen, einem leeren grünen Scheckheft und ein paar Füllfederhaltern angefüllt war. Ich nahm eine Handvoll davon heraus. Paul schrieb nur mit Füllern, und als ich sie so in der Hand hielt, wurde mir bewußt, daß ich einen davon behalten wollte, als Andenken – fragen Sie mich nicht, warum. Dann geschah etwas Merkwürdiges: Ich hatte Angst, India würde nein sagen, wenn ich sie fragte, und so beschloß ich, mir einen zu nehmen und nichts zu sagen. Ich bin von Natur aus eigentlich kein Dieb, aber diesmal tat ich es ohne zu zögern. Es war ein dicker in Schwarz und Gold dabei. Er sah alt und behäbig aus, und auf der Kappe stand *Montblanc Meisterstück Nr. 149.* Es waren noch zwei ganz ähnliche in der Schachtel, und deshalb dachte ich, selbst wenn India die Füller behalten wollte, würde sie den einen nicht vermissen. Ich steckte ihn in die Tasche und trat ans Fenster.

Die Dusche wurde abgestellt, und ich lauschte den fernen kleinen Geräuschen, die dann folgten. Ich versuchte mir vorzustellen, was India jeweils gerade tat: sich das Haar mit dem Handtuch trocknen oder sich Arme, Schultern und Brüste einpudern.

Eine Frau in einem Fenster auf der anderen Seite des Hofes sah mich und winkte. Ich winkte zurück; sie winkte abermals. Ich fragte mich, ob sie mich für Paul hielt. Es war ein Gedanke, der mich frösteln ließ. Sie winkte langsam weiter, wie eine Unterwasserpflanze. Ich wußte nicht, was ich machen sollte, und so wandte ich mich vom Fenster ab und setzte mich wieder auf die Couch.

»Joe, mir ist was eingefallen, was ich jetzt gern machen würde.«

»Schieß los.«

»Du wirst es schrecklich finden.«

Ich sah die geschlossene Tür an und fragte mich, ob sie jemals etwas tun konnte, was ich schrecklich finden würde.

Nach ein paar Minuten kam sie aus dem Schlafzimmer, in einem alten grauen Sweatshirt mit Kapuze, alten Levi's und Turnschuhen. Sie wollte am Fluß joggen. Sie meinte, ich bräuchte nicht mitzukommen, außer wenn ich wirklich wollte – es gehe ihr schon besser. Sie wolle »sich ein paar Kilometer von der Seele laufen«. Ich fand das nur zu verständlich und sagte, ich würde mitgehen, um ihr Gesellschaft zu leisten. Wir gingen von ihrem Haus zu dem Weg am Donaukanal hinunter, der lang und gerade und ideal für Dauerläufe ist. Ich hatte ein Buch dabei und setzte mich auf eine Bank, während sie lostrabte. Über dem schnell fließenden Wasser kreisten ein paar verstreute Möwenschwärme. Alte Männer saßen am Ufer und angelten. Hin und wieder ging ein Paar mit einem Kinderwagen langsam vorbei. Wir alle schwänzten diesen Tag.

Ich wußte, daß India wahrscheinlich eine halbe Stunde wegbleiben würde, und so schaute ich ins Wasser und fragte mich, was jetzt werden sollte. Wie lange würde sie noch in Wien bleiben? Falls sie wegzog, würde ich ihr folgen wollen? Würde ich mit ihr gehen wollen?

Bis ich die Tates kennengelernt hatte, war mein Leben hier höchst angenehm verlaufen. Ich wußte nicht genau, wie glücklich ich war, aber als ich mich dem Rhythmus und Tempo Wiens angepaßt hatte, war mir durchaus bewußt geworden, welches Glück ich hatte, diese Stadt gefunden zu haben.

Was würde sie in zwei Monaten tun wollen? Wohin würde sie gehen wollen? So anziehend sie auch war, India war eine ruhelose Frau, und ihre Begeisterungsfähigkeit brauchte ständig Nahrung in Gestalt neuer Reize, sonst wurde sie unglücklich. Was sollte ich tun, wenn sie mit mir zusammensein wollte, aber in Marokko oder in Mailand? Würde ich mitgehen? Würde ich meine Sachen zusammenpacken und mich auf Gedeih und Verderb ihren Launen unterwerfen?

Ich schalt mich selbst dafür, meiner Sache so sicher zu sein. Und ich sagte mir, daß es unanständig war, wie leichtfertig ich Paul bereits aus unser beider Leben gestrichen hatte.

Ich griff in meine Tasche und zog seinen Füller heraus. Ich hielt ihn vor mich hin. Wenn ich ihn zur Abnahme von Fingerabdrükken eingestäubt hätte, wären seine zum Vorschein gekommen. Vielleicht sein linker Daumen, oder der kleine Finger seiner rechten Hand. Ich hielt ihn gegen die verblassende Sonne und sah, daß noch Tinte darin war. Tinte, die *er* eingefüllt hatte. Lieber Paul – ein paar Tage nachdem du diesen Füller gefüllt hast, wirst du tot sein. Ich schraubte die Kappe ab und betrachtete stirnrunzelnd die kunstvoll gravierte Feder aus Gold und Silber. Wie alt mochte das Ding sein? Hatte ich in meiner Ignoranz eine Antiquität gestohlen, die ein Vermögen wert war? Ich verstand nichts von Füllhaltern. Schuldbewußt schraubte ich die Kappe wieder auf und legte die Hand darum, um das gute Stück vor der Welt zu verstecken.

Von einer Seite her näherte sich das Getrappel von Indias Turnschuhen. Ich hatte gerade noch Zeit, den Füller verschwinden zu lassen, dann stand sie schon vor mir. Ihr Gesicht war gerötet, und sie atmete schwer durch den Mund. Ich wandte mich ihr zu und war überrascht, als sie geradewegs vor mich hintrat und mir beide Hände auf die Schultern legte.

»Wie lange war das?«

Ich sah auf die Uhr und sagte es ihr: dreiundzwanzig Minuten.

»Gut. Ich fühle mich zwar kein bißchen besser, aber wenigstens bin ich jetzt geschafft, und das hilft.«

Sie legte die Hände auf die Hüften und sah zum Himmel hinauf. Sie entfernte sich ein paar Schritte und blieb stehen, um Luft zu holen. »Joey? Wir denken jetzt wohl beide an das gleiche, stimmt's? Aber könnten wir wenigstens eine Zeitlang nicht darüber reden?«

»Es hat keine Eile, India.«

»Ich weiß, und du weißt es auch, aber sag das mal dem kleinen Kobold in mir, der mir ständig einflüstert, ich müsse sofort alles regeln und in Ordnung bringen, damit ich jetzt gleich ein neues Leben anfangen kann. Sag's ihm. Ist das nicht lächerlich?«

»Ja.«

»Ich weiß. Ich werde mich nach Kräften bemühen, nicht auf ihn zu hören. Warum sollte ich mir Gedanken darüber machen, ob alles in Ordnung ist? Bin ich blöd? Mein Mann ist gerade gestorben! Hier stehe ich und versuche, an dem Tag, an dem er begraben wurde, alles wieder in die Reihe zu bringen!«

Sie drehte sich halb herum und fuhr sich mit einer Hand durchs Haar. Ich kam mir völlig hilflos vor.

7

Wenn es in den Bergen geschneit hat, ist man den Straßen ausgeliefert. Man kann nichts anderes tun, als sich ihren Launen zu unterwerfen. Man fährt langsam und hofft, daß die nächste Kurve freundlich ist – daß die Lastwagen schon vorbei sind und Split auf die Schneedecke gestreut ist wie Zimt oder Schokoladenstreusel auf einen Eiskremkegel. Aber das sind fromme Wünsche; nur allzu oft glitzert der Schnee und ist zu einer harten, glatten Schicht zusammengepreßt – er hat voller Tücke nur auf einen gewartet. Das Auto kommt ins Rutschen und gleitet führerlos dahin wie in einem Alptraum.

Obwohl ich mir Mühe gab, gut und vorsichtig zu fahren, zitterte ich fast vor Angst. India hatte eben noch gekichert.

»Worüber lachst du?«

»Mir gefällt das, Joey. Es macht mir Spaß, mit dir über solche Straßen zu fahren.«

»Was? Das ist lebensgefährlich, merkst du das nicht?«

»Ich weiß schon, aber auch das gefällt mir. Es gefällt mir, wenn wir so hin und her flutschen.«

»Flutschen, ja?« Ich sah sie an, als ob sie den Verstand verloren hätte. Sie lachte.

Es waren noch zwanzig Kilometer bis zu unserem Gasthaus, und die Sonne, die am Vormittag, als wir losfuhren, noch so hell und freundlich geschienen hatte, war hinter den Bergen verschwunden. Sie hatte ihre gelbe Heiterkeit mitgenommen, und jählings war alles in melancholisches Blau getaucht.

Was wäre, wenn man hier eine Panne hätte? Das letzte menschliche Wesen, das wir gesehen hatten, war ein Kind gewesen, das mit seinem Schlitten am Straßenrand gestanden hatte. Es hatte uns dümmlich angestarrt, als hätte es noch nie ein Auto gesehen. Womöglich hatten sie keine Autos so tief in der finstersten Provinz.

India streckte die Hand aus und drückte mir das Knie. »Machst du dir tatsächlich so große Sorgen?«

»Nein, natürlich nicht. Ich weiß nur nicht, wo wir sind, und ich habe Hunger, und diese verdammten Straßen machen mich fertig.«

Sie reckte sich genüßlich, immer noch lächelnd, und gähnte.

Wir kamen an einem Straßenschild vorbei, auf dem BIMPLITZ – 4 KILOMETER stand. Es war winzig vor der Bergkulisse. Ich wünschte insgeheim, wir würden in Bimplitz bleiben, auch wenn es noch so ein scheußliches Kaff war.

»Hab' ich dir mal erzählt, wie wir in Jugoslawien den Bären gesehen haben?«

Zum ersten Mal seit zehn Minuten wurde ich ein bißchen ruhiger. Ich liebte Indias Geschichten.

»Paul und ich fuhren irgendwo tief im Landesinneren herum. Einfach so, ohne festes Ziel. Also, wir fahren über eine Kuppe, und auf einmal steht wie aus dem Boden gewachsen dieser gottverdammte Bär vor uns, mitten auf der Straße. Ich dachte im ersten Moment, es sei irgend so ein Verrückter in einem Gorillakostüm, aber es war ein richtiger Bär.«

»Und was tat Paul?« Wir fuhren durch Bimplitz, und es war in der Tat scheußlich.

»Ah, der war begeistert. Er trat auf die Bremse und hielt neben dem Untier, als ob er es nach dem Weg fragen wollte.«

»Was hat der gedacht, wo er ist, in einem Safaripark?«

»Keine Ahnung. Du weißt ja, wie Paul war. Stanley und Livingstone in einer Person.«

»Wie ging's weiter?«

»Er hielt also neben dem Bären, aber dann tauchten auf einmal zwei so Typen auf und standen plötzlich neben dem Tierchen. Einer von ihnen hatte eine lange dicke Kette in der Hand, die an einem Messingring in der Nase des Bären befestigt war. Die beiden Typen fingen zu schreien an: ›Foto! Foto!‹, und der Bär führte ein Tänzchen vor.«

»Dafür hatten die sich da extra aufgestellt? Sie haben Autos angehalten, damit man sich mit dem Bären fotografieren konnte?«

»Klar, die haben davon gelebt. Obwohl, das war so weit ab vom Schuß, ich kann mir eigentlich nicht vorstellen, daß da viele Autos durchgekommen sind, von Touristen ganz zu schweigen.«

Ich wußte die Antwort auf meine nächste Frage im voraus, aber ich stellte sie trotzdem. »Und, hat Paul mitgespielt?«

»Mitgespielt? Einen Heidenspaß hat's ihm gemacht! Hast du nie das Bild an der Wand im Wohnzimmer gesehen? Er hat es allen Leuten fünfzehnmal gezeigt. Der Herr Großwildjäger.«

Warum mochte India mich? Die Geschichten, die sie von ihrem toten Mann erzählte, ließen ihn als den vollkommenen Partner erscheinen – geistreich, abenteuerlustig, einfühlsam, liebevoll. Wenn ich einen Bären auf der Straße gesehen hätte, wäre ich nur noch gerannt. Ich war deprimiert, wie immer gegen fünf Uhr nachmittags, dagegen half nicht einmal ihre Gegenwart.

»Schau, Joey, ist das nicht der Ort, wo wir hin wollten? Es sind nur noch zehn Kilometer.«

Der Wagen schwänzelte wieder etwas auf dem Eis, aber das Schild machte mir ein bißchen bessere Laune. Vielleicht borgten mir die Besitzer unseres Gasthauses eine Pistole, damit ich noch vor dem Abendessen hinausgehen und mich erschießen konnte. Ich beugte mich vor und schaltete das Radio ein. Eine Disco-Melodie kam aus den Lautsprechern, seltsam deplaziert in dieser Umgebung. India drehte es lauter und fing an, mitzusingen. Sie kannte den Text auswendig.

> »Do just what you have to do,
> but don't tell me no lie.
> Soon the time is here again,
> Sundays in the sky.«

Es war ein schöner Song, man hätte rumspringen und tanzen mögen, aber ich war überrascht, daß sie sämtliche Strophen kannte. Sie summte die Melodie immer noch, als wir ankamen.

Unser Gasthaus stand etwas abseits der Straße auf einer kleinen Anhöhe, die der Wagen klaglos erklomm, da er wußte, daß er für heute seine Arbeit getan hatte. Ich stieg aus und streckte mich, um die Verspannungen zu lösen, die sich den ganzen Nachmittag über gebildet hatten. Die Luft war still und gesättigt vom Geruch von Holzrauch und Nadelbäumen. Während ich dastand und wartete, bis India ihre Sachen vom Rücksitz aufgesammelt hatte, sah ich zu den Bergen hinauf, die den ganzen Horizont verstellten. Eine Zufriedenheit erfüllte mich, die mir die Tränen in die Augen trieb. Es war lange her, daß ich mich so gut gefühlt hatte. Die Nacht, die wir zusammen verbringen würden, lächelte mich mit weißen Zähnen und Diamanten in den Händen an. Wir würden in ein Zimmer hinaufgehen, das weiß und rot geblümte Vorhänge hatte, Holzdielen, die sich unter den nackten Fußsohlen bogen, wenn man zum Bett ging, und einen kleinen grünen Balkon, auf dem man eng nebeneinander stehen konnte, wenn man Lust hatte, für ein paar Minuten in die frische Luft hinauszutreten. Ich war schon mehrmals allein hier gewesen und hatte gelobt, einmal mit India hinzufahren, wenn der erste Schnee gefallen und die Landschaft am schönsten war.

»Joey, vergiß das Radio nicht.«

Sie hatte die Arme voller Mäntel und Jacken und Wanderstiefel. Sie lächelte so wissend, daß ich fast dachte, sie hätte meine Gedanken gelesen.

Wir gingen zu dem Gasthaus hinauf; das Klacken ihrer Holzschuhe auf dem harten Boden war das einzige Geräusch.

Eine attraktive Frau in einem Trachtenkostüm aus Loden und Samt stand hinter der Empfangstheke und schien sich aufrichtig zu freuen, uns zu sehen. Ohne zu überlegen trug ich uns als Joseph und India Lennox ein. Auf dem Formular war auch eine Spalte für unser Alter, aber ich füllte sie nicht aus. India sah mir über die Schulter, als ich den Stift hinlegte. Sie stieß mich an und meinte, ich solle diese Rubrik auch ausfüllen.

»Schreib einfach unten hin, daß du auf ältere Frauen stehst.«

Sie ging die breite Holztreppe hinauf. Ich folgte ihr und sah zu, wie sie sich langsam und anmutig in den Hüften wiegte.

Die Frau führte uns in unser Zimmer, und bevor sie uns allein ließ, sagte sie noch, in einer Stunde gebe es Abendessen.

»Das hast du gut gemacht, Joe. Es gefällt mir sehr gut.« Sie berührte die Vorhänge und machte eine der Balkontüren auf. »Paul und ich waren mal in Zermatt, aber da waren so verdammt viele Leute. Immer, wenn ich mal das Matterhorn sehen wollte, versperrte mir irgend so ein Trottel die Sicht. *Wie* heißt der Ort, sagst du?«

»Edlach.« Ich stellte mich hinter sie. Ich ließ die Hände in den Taschen, ich war mir nicht sicher, ob sie berührt werden wollte.

Paul war seit einem Monat tot. In dieser Zeit des Schmerzes und der erzwungenen Umstellung hatte ich sie vorsichtig umkreist und versucht, zur Stelle zu sein, wenn sie mich brauchte, und zu verschwinden, wenn sie auch nur die leiseste Andeutung machte, daß sie allein sein wollte. Oft war nicht leicht zu erkennen, wie sie mit allem fertig wurde, weil sie sich vorsichtig und mit gedämpfter Lautstärke durch diese Zeit bewegte und ein matter Ausdruck auf ihrem Gesicht lag. Wir hatten seit Pauls Tod nicht miteinander geschlafen.

India verschränkte die Arme vor der Brust und lehnte sich ans Balkongeländer.

»Weißt du, was heute für ein Tag ist, Joe?«

»Nein. Sollte ich es wissen?«

»Vor einem Monat wurde Paul beerdigt.«

Ich hielt eine Münze in der Hand und merkte, daß ich sie mit aller Kraft drückte. »Wie fühlst du dich?«

Sie drehte sich zu mir um; ihre Wangen waren gerötet. Von der Kälte? Trauer?

»Wie ich mich fühle? Ich fühle mich, als sei ich sehr froh, hier zu sein. Ich bin froh, daß Joey mit mir in die Berge gefahren ist.«

»Bist du's denn wirklich?«

»Ja, Kumpel. Wien hat mich in letzter Zeit traurig gemacht.«

»Traurig. Wie das?«

»Ach, du weißt schon. Muß ich es wirklich erklären?«

Sie legte die Hände auf das Geländer und sah in die verschneite Landschaft hinaus. »Ich versuche immer noch, all meine Bauklötze wieder an die richtige Stelle zu setzen. Manchmal hebe ich einen hoch und schaue ihn an, als hätte ich ihn noch nie gesehen. Das macht mich nervös. Wien erinnert mich immer an etwas anderes, an ein anderes Klötzchen, für das ich das richtige Feld nicht finde.«

Das Eßzimmer war wie die Stube in einer Berghütte eingerichtet. Dicke freiliegende Balken, in einer Ecke ein Kachelofen, der bis an die Decke reichte, und Bauernmöbel, die ungefähr um 1700 gezimmert worden sein mußten. Das Essen war schwer, heiß und gut. Immer wenn wir zusammen aßen, staunte ich, was India so verdrückte. Sie hatte den Appetit eines Holzknechts. Auch dieses Mal war keine Ausnahme. Traurig oder nicht, sie langte jedenfalls fröhlich zu.

Zum Nachtisch genehmigten wir uns Eis und Kaffee, und dann saßen wir uns am Tisch gegenüber und sahen beide betreten auf das Schlachtfeld unserer leeren Teller hinab. Gerade als es ein bißchen langweilig zu werden drohte, spürte ich einen nackten Fuß, der an meinem Bein hochkroch.

India sah mich mit vollkommener Unschuldsmiene an. »Was ist los, Alter, bist du nervös oder was?«

»Ich bin im Schmusen unter dem Tisch nicht geübt.«

»Wer schmust denn? Ich hab' dir nur ein bißchen das Knie massiert. Das ist sehr gesund.«

Während sie das sagte, kletterte ihr Fuß weiter an meinem Bein hinauf. Es war außer uns niemand im Zimmer, und nach einem kurzen Rundblick rutschte sie auf ihrem Stuhl ein bißchen tiefer. Dabei sah sie mir die ganze Zeit unverfroren in die Augen.

»Willst du mich foltern?«

»Ist das eine Folter für dich, Joey?«

»Die schlimmste Sorte.«

»Dann laß uns aufs Zimmer gehen.«

Ich sah ihr in die Augen, so fest ich konnte, und suchte nach der Wahrheit hinter ihrem frivolen Gesichtsausdruck.

»Bist du sicher, India?«

»Klar.« Sie wackelte mit den Zehen.

»Heute nacht?«

»Joe, willst du mich verhören, oder willst du mich beim Wort nehmen?«

Ich zuckte die Achseln. Sie stand auf und ging zur Tür. »Komm, wenn du Lust hast.« Sie ging hinaus. Ich hörte zu, wie sie mit ihren Holzpantinen den Flur entlang und die Treppe zu unserem Zimmer hinauf ging.

Weil ich jetzt allein in der Stube saß, wurde es sofort unnatürlich still. Ich sah die leere Weinflasche an und fragte mich, ob ich aufspringen oder aber langsam aufstehen und dann zum Zimmer hinaufrennen sollte.

Ich hörte alle Geräusche, die aus der Küche kamen: das Klappern und Klirren von Geschirr und Besteck, ein Radio, das spielte, seit wir uns an den Tisch gesetzt hatten. Als ich aufstand, um zu gehen, kam der Song, bei dem India im Auto mitgesungen hatte, im Radio, und ich blieb an der Küchentür stehen, um zuzuhören. Als er diesmal zu Ende war, klickte etwas in mir. Ich wußte, daß die Melodie sich mir jetzt für immer eingeprägt hatte. Immer, wenn ich sie wieder hörte, würde ich an India und unsere Zeit in den Bergen denken.

Als ich die Tür zu unserem Zimmer aufmachte, trat ich aus dem dunklen Gang in gleißende Helligkeit. India lag schon im Bett und hatte die Decke bis ans Kinn gezogen. Sie hatte beide Balkontüren aufgemacht, und das Zimmer war ein einziger Eispalast.

»Trainieren wir hier für eine Fahrt zu den Eskimos? Wie wär's mit den Fenstern?«

»Es ist gut, *pulcino*. Riech doch die Luft.«

»›Hühnchen‹? Ich wußte gar nicht, daß du Italienisch sprichst, India.«

»Zehneinhalb Wörter.«

»*Pulcino*. Ein hübscher Spitzname.« Ich ging auf den Balkon hinaus und atmete ein paarmal tief ein. Es roch so, wie Luft riechen soll. Als ich mich zu ihr umdrehte, hatte sie die Hände hinter dem Kopf und lächelte mich an. Ihre Arme waren nackt und pfirsich-farben in diesem Meer weißer Farben. Sie umrahmten das braune Haar, das in allen Richtungen über die Kissen floß.

»India, du bist wunderschön.«

»Danke, Kumpel. Ich fühle mich wie eine kleine Königin.«

Mutiger, als ich es sonst war, zog ich die Bettdecke herunter, um zu sehen, was sie anhatte. Sie hatte sich ein altes graues Sweatshirt von mir angezogen und die Ärmel hochgeschoben. Das gab mir noch mehr Auftrieb: Sie hatte es aus meinem Koffer genommen, und diese belanglose, aber höchst intime kleine Geste sagte mir, daß sie wirklich bereit war, unsere körperliche Beziehung fortzu-setzen.

»Ich komme mir vor wie eine Banane, die geschält wird.«

»Und, ist das so schlimm?«

»Nein – es ist sehr tropisch.«

Mochten wir auch beide noch so bereit sein, ich war trotzdem nervös; die Hände zitterten mir, als ich mich auszog. Zu allem Übel betrachtete sie mich dabei mit einem Lächeln und halb ge-schlossenen Jeanne-Moreau-Augen. Versuchen Sie mal, kein Lam-penfieber zu haben, wenn Sie vor so einem Publikum spielen!

Bevor ich ins Bett stieg, wollte ich das Fenster zumachen, um die arktische Luft auszusperren, aber sie bat mich, es noch ein Weil-chen offen zu lassen, und ich wollte mich nicht mit ihr streiten. Sie knipste die Nachttischlampe aus. Ich schlüpfte neben ihr unter die Decke und nahm sie in die Arme. Sie roch nach sauberen Kleidern und dem Kaffee, den wir nach dem Abendessen getrunken hatten.

Wir lagen beide reglos, und die kalte Luft tastete im Zimmer umher wie eine eisige Hand, die im Dunkeln etwas suchte, wenn auch nicht unbedingt uns.

India legte mir ihre warme Hand auf den Bauch und tastete sich langsam nach unten weiter.

»Es ist lange her, mein Alter.«

»Ich hatte schon fast vergessen, wie es ist.«

Ihre Hand kroch weiter, aber als ich mich ihr zuwenden wollte, hielt sie mich sanft zurück. »Warte, Joey. Es soll ganz, ganz langsam gehen.«

Weit, weit weg kroch ein Zug durch die Nacht; ich sah das verschwommene Stakkato seiner gelben Lichter und die Streichholzköpfe seiner Fenster vor mir.

Ich wollte sie gerade packen, als sich ihre Hand wie eine Beißzange in meinen Bauch krallte. Ich bäumte mich auf vor Schmerz.

»He!«

»Joey! Oh, mein Gott, das Fenster!«

Ich drehte mich um und hörte im selben Moment die Geräusche. *Klicketi-klack. Klicketi-klack.* Metallschwingen, die langsam schlugen, aber so laut, daß das Zimmer von einem bösartigen blechernen Lärm erfüllt war.

»Joe, das sind *Pauls* Vögel! Sein Zaubertrick! Little Boy!«

Es war derselbe schwarze Spielzeugvogel, den Paul bei seinem Zauberkunststück an dem Abend in ihrer Wohnung benutzt hatte. Aber jetzt saßen drei davon auf dem Balkongeländer. Als der erste Ansturm der Angst vorüber war, sah ich, daß sie uns in einer perfekten Reihe gegenübersaßen und absolut im Gleichtakt mit den Flügeln schlugen wie marschierende Zinnsoldaten.

Im Zimmer war es stockdunkel, aber irgendwie leuchteten die Vögel von innen heraus; man sah deutlich jede Einzelheit ihrer Körper. Es war kein Zweifel möglich, was sie waren und zu wem sie gehörten.

»O Paul, Paul, Paul –« Indias Singsang war langsam und sexy, als stünde sie kurz vor einem grauenhaften Orgasmus.

Die Vögel hüpften vom Geländer herab und kamen ins Zimmer geflattert: riesige Fliegen, die in der Sommerhitze durchs Küchenfenster brummen. In wahnwitzigem Zickzackflug schossen sie hierhin und dorthin. *Klirr, peng, klack* – es hörte sich an, wie wenn ein Wahnsinniger mit Aschenbechern nach unsichtbaren Zielen wirft.

»Tu sie weg, Joe! Mach, daß sie aufhören!« Ihre Stimme war dunkel und heiser, tonlos vor Angst.

Was konnte ich tun? Welche sonderbaren Kräfte traute sie mir zu?

Ich stieg aus dem Bett, und schon kamen die drei aus verschiedenen Ecken des Zimmers mit unglaublicher Geschwindigkeit auf mich zugeschossen. Ich duckte mich und hielt mir schützend die Hände über den Kopf. Mit ihren Schnäbeln hackten sie mir in die Arme, den Rücken, die Kopfhaut. Ich schlug nach einem und traf ihn auch, aber es hatte keinen Zweck – ich trug lediglich noch eine tiefe Wunde am Unterarm davon.

Dann war der Spuk vorüber. Ich blickte auf und sah, daß sie wieder in vollkommener Schlachtreihe auf dem Balkongeländer saßen und zu uns hersahen. Ich riß die Arme vors Gesicht, wie ein entnervter Boxer, der den nächsten Schlag erwartet.

Einer nach dem anderen drehten sie sich um und flogen in die Nacht hinaus. Als sie ein paar Meter weiter weg waren, gingen sie funkensprühend in orangeroten und grasgrünen Flammen auf. Ich kannte diese Flammen – die Farben hatte ich schon einmal gesehen, in Pauls Wohnzimmer an dem Abend, an dem der lebendige Vogel in seiner Qual getanzt und gekreischt hatte, während er verbrannt war.

Ross glaubte an Gespenster, ich nicht. Er verprügelte mich sogar einmal, nachdem wir in einem Horrorfilm gewesen waren, weil ich nicht glauben wollte, daß sich jemand vor so etwas Albernem wie Gespenstern zu Tode fürchten könne. Für eine amerikanische Reisezeitschrift hatte ich einmal einen Artikel über ein verwunschenes Schloß in Oberösterreich geschrieben, aber er wurde abgelehnt, weil ich nichts weiter sagen konnte, als daß ich die ganze Nacht im verwunschensten Raum des Gemäuers gesessen und gelesen und dabei keinen Mucks von den früheren Bewohnern vernommen hatte.

Mein Vater sagte mir einmal, Kinder zu haben sei so, wie wenn man in einem Haus, in dem man sein Leben lang gewohnt hat, ganz plötzlich neue, erstaunliche Zimmer entdeckt. Ohne Kinder vermißt man diese Zimmer nicht unbedingt, aber wenn sie einmal da sind, lebt man fortan in einem ganz anderen Haus (und einer anderen Welt). Ich glaube, ich hätte mir die Ereignisse jener Nacht irgendwie rational erklären können, wenn dies der einzige Vorfall dieser Art in meinem Leben gewesen wäre, aber nach dem, was am folgenden Tag geschah, wußte ich, daß auch mein »Haus« gewachsen war, allerdings auf eine schreckliche, unfaßliche Weise.

Auf der Rückfahrt nach Wien am nächsten Vormittag schlief India mit dem Kopf am Fenster auf der Beifahrerseite. Wir hatten bis zum Morgengrauen miteinander geredet und dann noch versucht zu schlafen, aber es war unmöglich gewesen. Als ich vorschlug, in die Stadt zurückzufahren, war sie sofort einverstanden gewesen.

Ein paar Kilometer vor der Einfahrt in die Südautobahn mußte ich irgendwo an einer Ampel halten. Die Straßenränder waren mit Schnee und schwarzer Erde marmoriert, aber die Fahrbahn war schneefrei und trocken. Ich war so müde, daß ich nicht merkte, daß die Ampel umgesprungen war, bis mein Hintermann hupte. Ich fuhr an, aber offenbar nicht schnell genug für ihn, denn er blinkte mich aufgeregt an. Ich kümmerte mich nicht darum, denn die österreichischen Autofahrer sind albern und kindisch; wenn der Typ es wirklich so eilig hatte, konnte er mich ohne weiteres überholen, denn es war kein Gegenverkehr und Platz genug auf der Straße. Aber er betätigte weiter seine Lichthupe, und das machte mich, zusammen mit der Angst der vorangegangenen Nacht und der Müdigkeit, so wütend, daß ich am liebsten ausgestiegen wäre und ihm eine geklebt hätte.

Zum ersten Mal sah ich in den Rückspiegel, um festzustellen, was das für ein Mensch war und was für einen Wagen er fuhr. Am Lenkrad eines weißen BMW saß Paul und tippte sich an seinen schwarzen Zylinder. Neben und hinter ihm saßen noch vier Pauls, und sie tippten sich ebenfalls alle an den Hut und sahen direkt zu mir her. Ich war so entsetzt, daß ich die Pedale durcheinander brachte. Der Wagen machte einen Satz, und der Motor starb. India murmelte im Schlaf, wachte aber nicht auf. Ich schaute weiter in den Rückspiegel und sah, wie der andere Wagen ausscherte und aufholte. Als er auf meiner Höhe war, sah ich hinüber, und alle fünf Pauls, alle fünf Little Boys mit ihren makellosen weißen Handschuhen winkten mir lächelnd zu. Fünf Männer auf Sonntagsausflug. Der BMW beschleunigte und verschwand.

Die Hölle wird sich zweifellos als ein riesiges Wartezimmer voller zerlesener Zeitschriften und unbequemer orangefarbener Stühle entpuppen. Flughafenstühle aus Plastik. Wir werden alle dort sitzen und warten, daß die Tür am anderen Ende des Raums aufgeht und jemand uns mit gelangweilter Stimme aufruft. Wir werden alle wissen, daß uns auf der anderen Seite dieser Tür irgendwelche gräßlichen Schmerzen erwarten. Die letzte, endgültige Zahnarztpraxis.

Wir warteten darauf, daß Paul sich noch etwas Hübsches einfallen lassen würde, aber es geschah nichts. Wir sahen uns eine Woche lang nicht, sondern telefonierten nur einmal am Tag miteinander. Als eine Woche vergangen war, ohne daß etwas passiert wäre, schlug ich zögernd vor, wir sollten uns irgendwo an einem sehr öffentlichen, sehr belebten, ganz unintimen Ort zum Kaffee treffen.

Als India das Restaurant betrat, kam sie schnurstracks zu mir herüber und küßte mich auf die Stirn. Ich gab mir Mühe, nicht zusammenzuzucken.

»Joe, ich hab's!«

»Was?«

»Warum Paul hier ist, warum er zurückgekommen ist.« Sie fuhr sich mit der Hand durchs Haar und lächelte, als gehörte ihr die Welt.

»Liebst du mich, Joey?«

»Was?«

»Beantworte nur meine Frage. Liebst du mich?«

»Äh, sicher, klar. Ja. Warum?«

»Paß auf, daß du nicht zu leidenschaftlich wirst, sonst fall' ich noch in Ohnmacht. Hmmm. Na, wie auch immer, Paul denkt jedenfalls, du hast ihn hintergangen. Wir waren alle drei gute Freunde, stimmt's? Haben alles mögliche zusammen gemacht, einer für alle und alle für einen und so. Es war gut so, weil er dir vertraut hat, mich dir sogar anvertraut hat, wenn er wegfahren mußte. Vertrauen, Joe. Als er dahinterkam, wie wir dieses Vertrauen mißbraucht hatten, zerbrach er. Knacks!« Sie sah mich prüfend an, dann sah sie weg. Ich spürte, daß sie etwas sagen wollte, was unangenehm oder verletzend gewesen wäre. »Ich glaube, das hat zumindest dazu beigetragen, daß er sterben mußte. Wir dürfen uns da nichts vormachen.«

»Oh, India!« Ich gab mich verärgert, aber dasselbe hatte ich auch schon hundertmal gedacht.

»Hör zu, wir wollen keine Spielchen miteinander spielen, ja? Paul ist zwei Tage nach eurer irren Szene da in dem Klo gestorben. Also, Joe, du hättest sehen sollen, wie er die letzten zwei Tage vor seinem Tod war.«

»War es so schlimm?« Jetzt war ich an der Reihe, wegzusehen.

»Ja, es war schlimm. Die eine Nacht fing er zu weinen an, ich fragte ihn, was er hätte, und er versuchte mich zu beruhigen und so, aber, mein Gott, es war ja alles sonnenklar.«

»India, *wie* ist er denn eigentlich dahintergekommen?«

»Komisch, daß du so lange gewartet hast mit dieser Frage.« Ihre Stimme war vorwurfsvoll.

»Es war mir bisher immer zu peinlich. Ich hatte Angst, du würdest —«

»Laß nur. Die Wahrheit ist, *ich* habe es ihm gesagt. Nein, laß mich ausreden, bevor du etwas sagst! Ich bin der schlechteste Lügner der Welt, Joe. Ich kann einfach nichts verheimlichen, weil man es mir am Gesicht ansieht. Außerdem kannte Paul mich besser als sonst jemand. Das weißt du. Er hat sofort gemerkt, daß etwas nicht stimmte, als er von der Reise zurückkam, obwohl wir da noch nicht miteinander geschlafen hatten. Sieh mich gefälligst nicht so an, Joe. Ich sage dir die Wahrheit.

Einmal hat er mich gefragt, ob ich mit ihm schlafen wollte. Ich sagte ja, aber als wir so weit waren, hat er keine Erektion bekommen. Überhaupt keine. Das war kein Unglück, aber als er begriffen hatte, daß es nicht gehen würde, ist er wütend geworden. Ganz unvermittelt hat er mich gefragt, ob wir es miteinander getrieben hätten und ob du gut wärst. All diese beschissenen Fragen.«

»Paul hat dich gefragt, ob ich gut bin?«

»Du hast diese Seite von ihm nicht gekannt, Joe. Er konnte ein absolut fieses Schwein sein. Das Schlimmste war, manchmal flippte er wirklich aus und sagte so völlig wahnsinnige Sachen. Dann war Little Boy ein Waisenknabe gegen ihn.« Sie schüttelte den Kopf. »Das spielt jetzt keine Rolle mehr. Das Wichtige ist, daß ich es ihm gesagt habe. Er hat mich so lange mit seinen Fragen gequält, bis ich es nicht mehr aushalten konnte. Wie ein kleines Ungeheuer sagte ich ihm schließlich, ja, ja, wir haben es miteinander gemacht.« Sie brach ab, machte die Augen zu und holte tief Luft. »Und weil ich ein richtiges Miststück bin, konnte ich's mir nicht verkneifen, noch eins draufzusetzen und zu sagen, daß du gut warst. Nett, nicht? Eine nette Frau.«

Ich nahm eine Zeitschrift und schlug eine Doppelseite mit einem Bericht über Senta Berger auf. Senta im Fernsehen, Senta mit ihren Kindern, Senta in der Küche. »Senta ist mit Dinah in der Küche. Senta ist in der Küche, ich weiß, Senta ist in der Kü –«

»Hör auf, Joe.«

Ich legte die Illustrierte weg. »Mir ist, als würde mir jeden Moment der Schädel platzen. Also gut, India, du hast ihm also von uns erzählt. Und was soll jetzt werden? Und warum ist er wiedergekommen?«

»Jetzt bist du sauer, stimmt's? Joe, früher oder später wäre er sowieso dahintergekommen –«

»Ich bin nicht sauer. Ich bin müde und hab' Angst und... ich hab' Angst. Nein, mir ist klar, daß du es ihm sagen mußtest. Das ist es nicht. Seit er tot ist, weiß ich, wieviel von der Schuld auf mein Konto geht. War ich mitschuldig? Alleine schuld? Zu sieben Achteln schuld? Weiß der Geier.

Aber daß wir miteinander geschlafen haben, India, hatte nichts mit ihm zu tun. India, ich habe Paul *gern gehabt*. Ich habe nie im Leben einen besseren Freund gehabt. Ich –« Nichts davon klang richtig. Ich mußte aufhören, weil ich sonst über kurz oder lang vor lauter Frustration den Schädel auf die Tischplatte geschlagen hätte.

Sie wartete einen Takt und streichelte mir dann mit den Fingern die Wange. »Du meinst, du hast ihn geliebt und hast mich geliebt, aber am Ende hast du mich auf andere Weise geliebt, weil ich eine Frau bin, stimmt's?«

»Ja, genau.« Die Worte klangen so trist und grau.

»Okay, aber das paßt ja genau zu dem, was ich auch sage. Hör mir gut zu. Paul hat dich auch gern gehabt. Er hat es tausendmal gesagt, und ich wußte, er meinte es ernst. Aber gerade deshalb hat es ihn so sehr verletzt, verstehst du? Er denkt, du und ich haben uns zusammengetan, weil du mich bumsen wolltest und weil ich nicht mit ihm zufrieden war. Das ist alles. Punkt.«

»Zum Teil stimmt das, India.«

»Unterbrich mich nicht. Ich habe das alles im Kopf, und ich will nicht durcheinander kommen. Ja, zum Teil stimmt es, Joe, aber nur zum Teil. Sicher, wir sind zum Teil deswegen miteinander ins Bett gegangen, weil wir es wollten, aber auch deshalb, weil wir uns schlicht und einfach *mögen;* zum Teil deshalb, weil wir gute Freunde sind, zum Teil deshalb, weil wir uns gegenseitig anzogen… Verstehst du, was ich damit sagen will? Paul denkt, wir haben die erste Gelegenheit wahrgenommen, eine Nummer zu schieben. Er sieht es so, daß wir ihm den Dolch in den Rücken gestoßen haben, nachdem er uns so vorbehaltlos vertraut hat. Wir waren bereit, die ganze schöne Freundschaft in die Binsen gehen zu lassen, wenn wir es nur ab und zu miteinander treiben konnten. Kapiert?«

»Ja, schon, aber was hat das jetzt noch für einen Sinn?«

»Joe, es hat einen Sinn: Wenn wir ihn jetzt noch irgendwie erreichen und es ihm sagen können, ihm *zeigen* können, daß es passiert ist, weil wir uns lieben, dann wird er uns vielleicht verstehen und nicht mehr so gekränkt und rachsüchtig sein. Sicher, es wird trotzdem noch schwer für ihn sein, aber versetz dich doch mal in seine Lage. Du kommst dahinter, daß deine Frau sich mit deinem besten Freund verlustiert, und *peng* flippst du aus, weil du glaubst, sie werfen alles Gute weg, bloß um sich ein paar schöne Stunden im Bett zu machen. Aber dann wird dir irgendwie klar, daß es – Gott behüte – ganz anders gewesen ist. Die beiden *lieben* sich. Das würde alles ändern, verstehst du? Du fühlst dich immer noch verraten und gekränkt, aber es ist nicht mehr so viel Bitterkeit darin, weil es eben *nicht* bloß Sex ist, sondern richtige *Liebe!*«

»India, das wäre doch hundertmal schlimmer! Sex ist eine Sache für sich – höchst erfreulich und angenehm –, aber Liebe? Mir wäre es tausendmal lieber, meine Frau hätte ein Abenteuer, als daß sie mit meinem besten Freund abhaut, weil die beiden sich lieben. Abenteuer sind bald zu Ende, weil sie ganz aus Haut und Sinnen bestehen. Aber Liebe? Wenn sie ein Abenteuer gehabt hat, liebt sie einen immer noch, und wahrscheinlich kommt sie nach einer Weile zur Vernunft, und alles ist wieder in Ordnung. Aber wenn sie einen anderen *liebt,* ist doch kaum noch Hoffnung.«

»Das stimmt für die meisten Menschen, aber nicht für Paul.«

»In welcher Hinsicht?«

»Joe, ich war mit dem Mann über zehn Jahre verheiratet. Ich weiß, daß er es jetzt so sieht. Du mußt mir vertrauen. Ich kenne ihn, glaub mir, ich *kenne* ihn.«

»Ja, du *hast* ihn gekannt, India, aber der Mann ist tot. Das ist doch was ganz anderes jetzt.«

»Ach ja, er ist tot? Hab' ich noch gar nicht gemerkt. Danke, daß du's mir gesagt hast.«

Ich kochte vor Wut, aber sie ignorierte mich und bestellte bei einem vorbeikommenden Kellner einen Teller Suppe.

»Bitte, India, ich will mich nicht mit dir streiten. Vor allem jetzt nicht. Ich würde nur gern wissen, wieso du dir deiner Sache so sicher bist, obwohl das Ganze doch mehr als bizarr ist.«

»Sicher, es ist bizarr, aber ich will dir was sagen. Die Art, wie Paul die Sache angeht, ist überhaupt nicht bizarr. Er ist mein Mann, Joe. Ich erkenne seine Handschrift auf zehn Kilometer.«

Ich hätte mich gern ihrem Urteil angeschlossen, aber ich konnte es nicht, wenn ich mich auch noch so sehr bemühte. Ich sollte recht behalten.

Immer wenn ihnen langweilig war, spielten Ross und Bobby ein Spiel, das mich unweigerlich zur Verzweiflung trieb.

»He, Ross.«

»Ja?«

»Ich finde, wir sollten Joe das Ge-heim-nis verraten.«

»Das *Geheimnis?* Bist du noch zu retten, Mann? Keiner erfährt je das Geheimnis. Das Geheimnis ist ein Ge-heim-nis!«

»Ihr habt ja überhaupt kein Geheimnis, ihr beiden«, lispelte ich dann, in der verzweifelten Hoffnung, sie würden es mir diesmal sagen. Ich war zu drei Vierteln überzeugt, daß es dieses ominöse Geheimnis überhaupt nicht gab, aber ich wollte es genau wissen, und sie wußten immer, wann es an der Zeit war, meinen schwindenden Glauben wieder ein bißchen anzustacheln.

»Ge-heim-nis!«

»Das Ge-heim-nis!«

»Wir kennen das Geheimnis, und Klein-Joe kennt es nicht. Soll ich's dir sagen, Joe?«

»Nein, ihr seid mir zu blöd.«

»Wir sind vielleicht blöd, aber es ist kein blödes Geheimnis.«

So triezten sie mich immerfort, bis ich entweder zu schreien oder zu heulen anfing. Oder wenn ich mich an dem Tag wirklich in der Hand hatte, ging ich stolz wie ein Spanier aus dem Zimmer, verfolgt von ihrem »Ge-heim-nis«-Gekreisch.

Bis zum heutigen Tage finde ich es wunderbar, in irgendein Geheimnis eingeweiht zu werden. Es war offensichtlich, daß India ganze Dachböden voller Geheimnisse hatte und daß die reizvollsten mit Paul zu tun hatten. Aber nach der Diskussion in dem Restaurant verlor sie nie wieder ein Wort darüber, warum sie sich hinsichtlich Pauls Verhalten so sicher war. Ich stellte ihr immer wieder Fragen, aber sie gab keinen Millimeter nach. Sie *wußte* es einfach.

Und sie wollte auch nicht, daß wir noch viel Kontakt hatten, ehe sie nicht herausbekommen hatte, wie sie ihren Mann am besten erreichen konnte. Unterdessen ging ich in alle englischen Buchhandlungen Wiens und kaufte alles, was ich über Okkultismus fand. Ich machte mir seitenweise Notizen und kam mir vor wie ein Doktorand, der seine Dissertation vorbereitet. Meine Tage waren voll von Seancen, Aleister Crowley und Madame Blavatsky, mein Kopf voll von *Meetings with Remarkable Men, Lo!* und dem *Tibetanischen Totenbuch.* Zeitweise kam ich mir vor, als sei ich in einen Raum voller seltsamer, bedrohlicher Leute getreten, zu denen ich nett sein mußte, um zu bekommen, was ich wollte.

Es war ein Land des Quakens und Jaulens, der fliegenden Objekte und der Grausamkeit. Ich wußte, daß es »da draußen« Tausende von Menschen gab, die ihr Leben um diese Dinge herum gestalteten, und bei dem Gedanken allein bekam ich schon eine Gänsehaut.

Immer wenn ich glaubte, auf etwas Interessantes gestoßen zu sein, rief ich India an und erzählte ihr von meiner Entdeckung. Einmal mußte ich mitten in einem dieser Gespräche laut loslachen, als ich mir vorstellte, wie entsetzt jeder vernünftige Mensch gewesen wäre, der uns zugehört hätte.

Etwa zur selben Zeit bekam ich einen Brief von meinem Vater. Ich hatte seit Monaten nichts von ihm gehört. Der Brief war lang und geschwätzig, und er erzählte darin vertraulich von seiner Welt. Er lebte immer noch in demselben Ort, hatte aber unser altes Haus verkauft und war mit seiner neuen Familie in einen modernen Wohnblock im besten Viertel der Stadt gezogen.

Er ist ein ruhiger, angenehmer Mensch, aber seine Briefe haben immer etwas vom Stil eines Starreporters, der stets auf den großen Coup aus ist. Aus irgendeinem Grund schreibt er oft darüber, wer alles gestorben oder ins Gefängnis gekommen ist. Diese makabren Leckerbissen leitet er grundsätzlich mit Bemerkungen ein wie »Ich weiß nicht, ob du dich noch erinnerst...« oder »Erinnerst du dich noch an die kleine Brünette, der ihr Freund einmal sämtliche Zähne ausgeschlagen hat? Judy Shea? Also die...« Und dann kommt der Hammer – daß sie mit einen Knastbruder durchgebrannt ist oder ihr Neugeborenes in einen Briefkasten gelegt hat.

Dieser Brief war da keine Ausnahme.

Joe, ich wollte Dir das schon lange schreiben, aber Du kennst mich ja und weißt, wie vergeßlich ich bin. Also Dein alter Freund Bobby Hanley lebt nicht mehr.

Ich habe die ganze Geschichte interessanterweise im Radio gehört. Es war das erste Mal seit Jahren, daß ich wieder etwas von ihm hörte. Ich wußte, daß er vor ein paar Jahren gefaßt worden war, als er einen Laden ausraubte, und daß er dafür ein paar Jahre Gefängnis bekommen hatte. Ich nehme an, man hatte ihn entlassen, denn diesmal versuchte der Schwachkopf, ein hiesiges Mädchen zu kidnappen. Die Polizei bekam Wind davon und war zur Stelle. Es gab eine Mordsschießerei auf der Ashford Avenue, vor dem Krankenhaus, wenn Du Dir das noch vorstellen kannst.

Das war im Juni, und es tut mir leid, daß ich es Dir nicht damals schon geschrieben habe. Nicht daß es eine Nachricht wäre, die man gerne hört. Aber irgendwie ist es ja eine Art Schlußpunkt, nicht wahr?

Der Brief war noch nicht zu Ende, aber ich legte ihn weg. Bobby Hanley war tot. Er war schon seit sechs Monaten tot. Vor sechs Monaten war er bei einer Schießerei ums Leben gekommen, und ich... ich war Tausende von Kilometern weit weg gewesen und sollte bald darauf die Tates kennenlernen. Erst Ross und meine Mutter, dann Bobby Hanley, und jetzt Paul. Tot.

»Wo möchtest du zu Abend essen?«

»Ist mir gleich. Wie wär's mit dem Brioni?«

»Einverstanden.«

Der Winter hatte in Wien Einzug gehalten, angekündigt durch dreißig Stunden Schneeregen und Nebel, der alles in Dunkel und eine glatte Kälte tauchte.

Ich hatte den Scheibenwischer auf die höchste Geschwindigkeit eingestellt und fuhr langsam durch die matschigen Straßen. Keiner von uns sagte ein Wort. Ich wollte möglichst bald in einem warm erleuchteten Raum sitzen, gutes Essen genießen und eine Zeitlang vor all dem da draußen sicher sein.

Drei oder vier Querstraßen vor dem Restaurant bog ich in eine kleine Seitenstraße ab. Sie war schmal; die Häuser auf beiden Seiten waren so hoch, daß ein riesiger Nebelblock auf der ganzen Straße lastete, gefangen wie eine müde, verirrte Wolke.

Wir waren halb durch, als ich das Kind anfuhr. Ohne Vorwarnung. Ein dumpfer, herzzerreißender Schlag und ein hoher Schrei, der nur von der Stimme eines Kindes herrühren konnte. In Zeitlupe glitt ein formloses Etwas in einem glänzenden gelben Kinderregenmantel über die Motorhaube. India schrie auf. Bevor er die Windschutzscheibe erreichte, rutschte der Regenmantel seitlich von der Haube und verschwand. India weinte in ihre Hände, und ich legte den Kopf aufs Lenkrad und versuchte vergeblich, meine Lungen mit Luft zu füllen.

»Steig aus, Joe! Steig aus und sieh nach, um Gottes willen!«

Ich tat, wie mir geheißen, aber was hatte ich damit zu tun. Joseph Lennox ein Kind überfahren? Ein gelber Regenmantel, eine kleine, vor Schmerz verkrampfte Hand, noch ein Todesfall?

Es lag mit dem Gesicht nach unten auf der schwarzen Straße, die Glieder und die spitze Kapuze ausgebreitet, wie ein riesiger Seestern.

Es gab keinen Laut von sich, und ohne zu überlegen, bückte ich mich und drehte es vorsichtig um. Die Hand fiel ab. Ich merkte es kaum, denn ich hatte das Gesicht schon gesehen. Das Holz hatte einen Sprung mitten durch ein Auge, aber der Kopf war ganz geblieben. Wer immer ihn geschnitzt haben mochte, hatte es hastig, gleichgültig getan. Eine Puppe, wie sie in bestimmten Läden als »primitive Kunst« angeboten werden. An den Regenmantel war ein kleiner Zettel geheftet. Die Worte waren mit einem dicken Kindermalstift geschrieben. *Spiel mit Little Boy, Joey.*

Der Kellner kam und ging dreimal, bevor wir in der Lage waren, unsere Bestellung aufzugeben. Als das Essen kam, rührten wir es beide nicht an. Es sah phantastisch aus – Vanille-Rostbraten mit Bratkartoffeln. Ich glaube, ich aß eine Tomate von meinem Salat und trank drei Viertel Rotwein.

»Joe, schon bevor das passiert ist, habe ich darüber nachgedacht, was wir tun sollten. Ich bin zu einem Schluß gekommen, und ich möchte, daß du mich ausreden läßt, bevor du dich äußerst.

Wir wissen beide, daß Paul uns nicht in Ruhe lassen wird. Ich weiß nicht, wieviel es nützen wird, aber ich glaube, es wäre das beste, wenn du für eine Weile wegfahren würdest. Ich sage dir auch, warum. Alles ist so schnell gegangen, daß ich noch keine Minute dazu gekommen bin, ruhig über alles nachzudenken. Entweder ich habe Angst oder ich bin aufgekratzt oder aber ich sehne mich nach einem von euch beiden und weiß nicht, nach wem. Wenn du für einen oder zwei Monate wegfährst, wird Paul vielleicht kommen und mit mir reden. Ich weiß, ich weiß, es ist gefährlich. Ich habe eine Heidenangst, aber früher oder später muß es sein, sonst werden wir beide verrückt, oder nicht? Wir können uns nicht über unsere Beziehung klar werden, solange er uns nicht in Ruhe läßt und uns mit seinen grauenhaften Scherzen verschont. Ich hab' dir nichts davon gesagt, aber er hat mir ein paarmal ähnliche Streiche gespielt, als ich allein war; das waren die schlimmsten.

Noch was. Wenn du wirklich wegfährst, werden wir uns besser darüber klar werden können, was wir voneinander wollen und ob wir wirklich versuchen sollen, aus dieser Beziehung etwas auf Dauer zu machen. Ich *glaube,* daß ich das will, und du sagst, du willst es auch, aber was wissen wir denn jetzt noch? Die ganze Sache ist verfahren. Jeden Tag gibt es Tornados; ich kann überhaupt nichts mehr klar sehen. Du vielleicht?

Wenn du ein paar Monate weg bist und dann wiederkommst, wird Paul sich vielleicht entschlossen haben, für immer wegzubleiben. Oder vielleicht sind wir dann nicht mehr an einer Beziehung interessiert. Ich weiß es nicht.«

Ich legte die Hände auf die Knie und sah auf meine Schuhspitzen. Warum trug ich eigentlich immer so elegante Schuhe? Jeder, der mir auf die Füße sah, mußte meinen, ich sei auf dem Weg in die Sonntagsschule. Wer außer mir trug das ganze Jahr schwarze Schuhe? Ich hatte nicht einmal ein Paar abgetragener Turnschuhe im Schrank, nur noch ein zweites Paar schwarzer Oxford-Schuhe, die diesen zum Verwechseln ähnlich sahen.

»Okay, India.«

»Was ist okay?«

Ich sah sie an und versuchte, das Zittern in meiner Stimme zu unterdrücken. »Okay, ich glaube, du hast recht. Ich weiß auch schon länger, daß es der einzige Ausweg ist, aber ich hatte Angst, es selbst vorzuschlagen. Ich hatte Angst, du würdest mich für einen Feigling halten. Aber ich kann hier wirklich nichts mehr tun, oder? Es ist doch offenkundig, nicht? Er verachtet mich, und was ich auch tue, ich werde nichts damit ausrichten.« Ich preßte meine Hände zusammen, daß es schmerzte. »Ich würde alles für dich tun, India. Ich fürchte mich zu Tode, aber ich würde bleiben und dir

bis in alle Ewigkeit helfen, wenn ich glauben könnte, daß es irgendwas nützen würde.«

Sie nickte, und ich sah, daß sie weinte. Ein paar Minuten später
ging ich, ohne sie zum Abschied auch nur berührt zu haben.

DRITTER TEIL

I

Der Flug von Wien nach New York dauert neun Stunden. Als die Maschine abhob, durchströmte mich ein Gefühl unsagbarer Erleichterung. Ich war frei! Paul und India und Tod und Angst – das alles ließ ich hinter mir.

Die Erleichterung hielt ganze fünf Minuten an. Dann wurde sie von Schuldgefühlen und einer lähmenden Enttäuschung über mich selbst abgelöst. Was hatte ich mir eigentlich dabei gedacht, einfach so davonzulaufen? Wie konnte ich India allein im Dunkeln zurücklassen? Jetzt wurde mir klar, was für ein jämmerlicher Feigling ich war, denn ich wollte nicht bleiben. Wenn überhaupt, wollte ich möglichst in einer Stunde in New York sein. Hunderttausend Kilometer entfernt von Wien und den Tates. Ich wußte es und verabscheute mich selbst wegen der Freude, die insgeheim in mir aufblühte, als ich wußte, daß ich es geschafft hatte – daß ich entkommen war.

Ich sah mir den Film an und aß alles auf, was serviert wurde; zwanzig Minuten vor der Landung ging ich auf die Toilette und erbrach mich.

Ich rief India vom Flughafen aus an, aber sie meldete sich nicht. Ich probierte es nochmal vom Bus-Terminal in der Stadt aus; die Verbindung war so gut, daß es sich anhörte, als säße sie im Nebenzimmer.

»India? Ich bin's, Joe. Hör zu, ich komme zurück.«

»Joe, wo bist du?«

»In New York.«

»Sei nicht blöd. Mir geht's gut, also mach dir keine Sorgen. Ich hab' deine Telefonnummer dort, und ich rufe dich an, wenn ich dich brauche.«

»Versprochen?«

»Ja, du Überflieger. Bestimmt.«

»Du wirst es nicht tun, India, ich kenne dich doch.«

»Joe, jetzt stell dich nicht an wie die Henne zum Pinkeln. Das Gespräch kostet dich ein Vermögen, und es ist unnötig. Es ist unheimlich lieb von dir, daß du angerufen hast und dir Sorgen machst, aber mir geht's gut. Okay? Ich schreib' dir, und ich ruf' dich bestimmt an, wenn ich dich brauche. Sei ein guter Junge und iß ein Stück Käsekuchen für mich. *Ciao, pulcino.*« Sie legte auf. Ich lächelte über ihre ordinäre Sprache und ihren Mumm und meine Freiheit. Ich konnte nichts dafür. Sie hatte mir befohlen, in Amerika zu bleiben.

India hatte eine Einzimmer-Eigentumswohnung an der Zweiundsiebzigsten Straße behalten, die ihrer Mutter gehört hatte. Vor meinem Abflug hatte sie mir den Schlüssel gegeben. Ich fuhr hin und stellte mein Gepäck ab. Die Wohnung war muffig und verdreckt; obwohl ich todmüde war, machte ich erst einmal gründlich sauber. Es war Abend, als ich fertig war, und ich hatte kaum noch die Kraft, mich ins nächste Restaurant zu schleppen und mir Kaffee und ein Sandwich einzuverleiben.

Ich setzte mich an die Theke und hörte zu, wie die Leute englisch sprachen. Ich war so daran gewöhnt, Deutsch zu hören, daß mir diese Sprache klar und frisch wie ein neuer Dollarschein vorkam.

Ich wußte, ich hätte meinen Vater anrufen und ihm sagen sollen, daß ich in der Stadt war, aber ich schob es auf, um ein paar Tage für mich allein zu haben. Ich ging in die Buchhandlungen und aß Pastrami-Sandwiches und sah mir ein paar Filme an. Ich schlenderte durch die Straßen wie irgendein texanischer Bauer und bestaunte die Menschen und die Farben und das Leben, das in der Luft schwebte wie eine Invasion von Papierdrachen. Weil ich so lange nicht dagewesen war, konnte ich einfach nicht genug kriegen. Das Wetter war trüb und kalt, aber das machte mir nichts aus. Manchmal hatte ich den Kopf so voll von New York, daß ich Wien tatsächlich für eine Weile vergaß, aber dann erinnerte mich ein Geräusch oder die Art, wie eine Frau ihr Haar berührte, an India oder Paul oder irgend etwas anderes, was ich dort drüben kannte.

Ich kaufte ihr mehrere Geschenke, aber am besten gefiel mir ein antikes Rosenholzkästchen. Als ich es heimbrachte, stellte ich es auf die Kommode und fragte mich, ob ich es ihr wirklich jemals schenken würde.

Ich meldete mich bei meinem Vater, und wir verabredeten uns zum Mittagessen. Er drängte mich, aufs Land hinauszukommen und mir die neue Wohnung anzusehen, aber ich redete mich darauf hinaus, daß ich in die Staaten gekommen sei, um in der New York Public Library zu arbeiten, und meinen Stundenplan auf die Öffnungszeiten der Bibliothek abstimmen müsse. Ich kam mit so etwas bei ihm durch, weil er stolz darauf war, daß sein Sohn

Schriftsteller geworden war; alles, was irgendwie mit »dem Handwerk« zu tun hatte, war für ihn in Ordnung.

Der wahre Grund dafür, daß ich mich vor einem Besuch drückte, war, daß ich seine zweite Frau nicht leiden konnte, die aufreizend geschwätzig war und mir nur Argwohn entgegenbrachte. Mein Vater war begeistert von ihr, und sie führten anscheinend eine glückliche Ehe, aber immer wenn ich in der Vergangenheit bei ihnen aufkreuzte, hatte es in kürzester Zeit Stunk gegeben.

Er ging gern in Pubs, also trafen wir uns vor O'Neals an der Zweiundsiebzigsten Straße, Ecke Columbus Avenue. Er verblüffte mich, weil er höchst adrett in einem englischen Regenmantel daherkam, in dem er wie ein gealterter James Bond wirkte. Außerdem hatte er sich einen gewaltigen grauen Schnurrbart wachsen lassen, der ihn noch weltmännischer erscheinen ließ. Mir gefiel sein neues Image; als wir uns zur Begrüßung umarmten, ließ er als erster los.

Er strahlte übers ganze Gesicht und war aufgekratzt und meinte, sein neues Leben laufe von Tag zu Tag besser. Er ist ein so aufrichtiger Mensch, daß von Großtuerei keine Rede sein konnte. Gutes widerfuhr diesem Mann, der so manches Schlechte hatte hinnehmen müssen. Besonders liebenswert fand ich, wie er in einer Tour ungläubig den Kopf schüttelte über sein neues Glück. Wenn es jemals einen Menschen gab, der für alle Gaben Gottes dankbar war, so war das mein Vater.

Wir setzten uns in eine Ecke und aßen riesige Hamburger. Er fragte mich nach Wien und meiner Arbeit. Ich flunkerte ihm etwas vor, so daß er glauben mußte, die Welt liege mir zu Füßen. Als der Kaffee kam, brachte er ein Bündel neuere Familienfotos zum Vorschein, reichte sie mir eins nach dem anderen und gab zu jedem einen Kommentar ab.

Die beiden Kinder seiner Frau aus deren erster Ehe waren fast schon erwachsen. Meine Stiefmutter hatte nicht mehr ganz die gute Figur, die sie in die Ehe gebracht hatte, aber sie wirkte gelöster und selbstsicherer als bei meinem letzten Besuch.

Die Bilder zeigten sie vor ihrem neuen Haus, in ihrem schicken Wohnzimmer und bei einem Ausflug nach New York. Auf einem der letzteren Fotos standen sie vor der Radio City Music Hall und wirkten verzagt und insgeheim erschrocken darüber, was sie sich mit dieser Fahrt angetan hatten.

Mein Vater reichte mir die Bilder fast ehrerbietig, als handelte es sich um die Menschen selbst. Seine Stimme klang amüsiert, aber es schwang auch Liebe mit; es war klar, daß ihm diese Menschen sehr viel bedeuteten.

Ich lächelte über jedes Bild und gab mir Mühe, seinen Erläuterungen aufmerksam zuzuhören, aber wenn ich zehn bis fünfzehn Stück davon gesehen habe, verschwimmen mir Bilder von Leuten, die ich nicht gut kenne, vor den Augen.

»Dieses da, Joe, haben wir auf dieser Geburtstagsfeier im Oktober gemacht. Erinnerst du dich, ich habe dir davon gechrieben.«

Ich warf einen Blick auf das Bild und prallte entsetzt zurück.

»Was ist denn das? Wo hast du das aufgenommen?«

»Was hast du denn, um Gottes willen? Was ist los?«

»Dieses Foto – was macht ihr denn da?«

»Es ist Beverlys Geburtstag, hab' ich doch gesagt.«

Drei Personen hielten sich an den Händen und schauten in die Kamera. Sie waren normal angezogen, aber jeder von ihnen trug einen schwarzen Zylinderhut – genauso einen wie der von Paul Tate.

»Tu um Himmels willen dieses Bild weg! Tu's weg!«

Die Leute schauten, aber keiner so eindringlich wie mein Vater, der arme Kerl. Wir hatten uns viele Monate nicht gesehen, und jetzt mußte das passieren. Er tat mir leid. Ich hatte gedacht, Wien liege hinter mir und ich würde für lange Zeit in Sicherheit sein. Aber was ist schon Sicherheit?

Als wir wieder auf der Straße waren, dachte ich mir eine lahme Story aus – daß ich zuviel gearbeitet hätte und mich erholen müsse –, aber er fiel nicht darauf herein. Er wollte mich überreden, mit ihm mitzufahren, aber ich lehnte ab.

»Was kann ich denn dann für dich tun, Joe?«

»Nichts, Pop. Mach dir meinetwegen keine Sorgen.«

»Joe, als Ross starb, hast du mir versprochen, du würdest zu mir kommen, wenn es dir jemals schlecht gehen würde und du Hilfe bräuchtest. Ich habe das Gefühl, du brichst dieses Versprechen.«

»Hör zu, Pop, ich ruf' dich an, ja?« Ich legte ihm die Hand auf den Arm und wandte mich dann gleich ab. Ich wußte, ich würde zu weinen anfangen, und er sollte es auf gar keinen Fall merken.

»Wann? Wann rufst du an? Joe?«

»Bald, Pop! In ein paar Tagen!« Ich ging rasch zur Kreuzung mit der Zweiundsiebzigsten Straße. Als ich dort war, drehte ich mich noch einmal nach ihm um, hob den Arm, so hoch es ging, und winkte. Wie wenn einer von uns auf einem Schiff stünde und für immer von dem anderen wegfahren wollte.

Ich sah sie erst, als ich schon die Haustür aufgemacht hatte. Es war nach Mitternacht. Der Schwarze hatte die Frau in eine Ecke des Hausflurs gedrängt und stieß ihren Kopf immer wieder gegen die Blechbriefkästen.

»Was zum Teufel geht hier vor? He!«

Er drehte sich um; ich sah nur undeutlich, daß seine Mundwinkel von Blut glänzten.

»Verpiß dich, Mann!« Er hielt die Frau am Hals gepackt, während er das über die Schulter zischte.

»Helfen Sie mir, bitte!«

Er stieß sie weg und ging auf mich los. Ohne zu überlegen, trat ich ihn mit aller Wucht zwischen die Beine, ein alter Trick, den ich von Bobby Hanley gelernt hatte. Der Mann stöhnte auf, faßte sich mit beiden Händen zwischen die Beine und fiel auf die Knie. Ich wußte nicht mehr weiter, wohl aber die Frau. Sie stolperte zur zweiten, inneren Tür und riß sie auf. Ich folgte ihr, und die Tür fiel krachend ins Schloß. Der Aufzug war gleich in der Nähe, und wir waren drin, bevor der Mann auch nur aufgeblickt hatte.

Ihre Hand zitterte so stark, daß sie kaum den Knopf drücken konnte – siebter Stock, eine Etage unter mir. Als die Kabine sich in Bewegung setzte, beugte sie sich vor und erbrach sich. Sie würgte immer noch, als schon gar nichts mehr kam. Sie wollte sich zur Wand drehen, aber sie mußte husten; ich fürchtete, sie würde keine Luft mehr bekommen, und schlug ihr fest auf den Rücken.

Die Türen öffneten sich, und ich half ihr aus dem Aufzug. Wir blieben auf dem Gang stehen, und sie versuchte, mit kurzen, tiefen Zügen wieder zu Atem zu kommen. Ich fragte sie nach der Nummer ihrer Wohnung. Sie gab mir ihre Handtasche und ging vor. Sie blieb vor einer Tür stehen und zeigte darauf. Sie fing wieder zu würgen an, und ich legte ihr ohne zu überlegen den Arm um die Schultern.

Sie hieß Karen Mack. Der Mann hatte ihr im Hausflur aufgelauert und sie ohne Vorwarnung ins Gesicht geschlagen. Dann hatte er sie zu küssen versucht, und sie hatte ihn gebissen.

Das kam nach und nach heraus. Ich bestand darauf, daß sie sich auf ihre hellblaue Couch legte, und wischte ihr mit einem mit warmem Wasser getränkten Waschlappen das Gesicht ab. Das einzige alkoholische Getränk, das sie da hatte, war eine ungeöffnete Flasche japanischer Pflaumenschnaps. Ich machte sie auf, und wir tranken beide ein paar große Schlucke von dem Zeug. Sie wollte nicht, daß ich die Polizei rief, aber als ich gehen wollte, flehte sie mich an, noch ein bißchen zu bleiben. Sie hielt meinen Arm umklammert und ließ ihn nicht los.

Die Wohnung muß ein Vermögen gekostet haben, denn sie hatte unter anderem einen großen Balkon mit Ausblick über Hunderte von Dächern; ich fühlte mich an Paris erinnert.

Als ich ihr lange genug die Hand gehalten und ihr versichert hatte, ich würde bei ihr bleiben, bat sie mich, das Licht auszumachen und mich neben sie zu setzen. Der Mond war voll und erhellte das Zimmer mit seinem bläulichen Licht.

Ich saß auf dem dicken Teppich vor der Couch und sah in die Winternacht hinaus. Ich fühlte mich gut und stark. Später, als sie mich an der Schulter berührte und mir mit dunkler, schläfriger Stimme noch einmal dankte, war mir, als hätte ich mich bei ihr bedanken müssen. Zum ersten Mal seit Wochen hatte ich wieder das Gefühl, zu etwas nütze zu sein. Ein Mensch, der einmal seinen Egoismus vergessen hatte, um einem anderen zu helfen.

Ich erwachte am nächsten Morgen auf dem Fußboden, aber ich war mit einer dicken Wolldecke zugedeckt und hatte eines der weichen Kissen von der Couch unter dem Kopf. Ich sah auf den Balkon; sie war draußen. Sie hatte sich einen Morgenmantel angezogen und sich das Haar gerichtet.

»Hallo!«

Sie drehte sich um und lächelte schief. Eine Seite ihres Mundes war blau und geschwollen, und ich sah, daß sie einen Eisbeutel darangehalten hatte.

»Sie sind ja schon auf.« Sie kam herein und zog die Glastür hinter sich zu. Obwohl die geschwollene Lippe ihr Gesicht entstellte, war nicht zu übersehen, daß sie einen dieser unglaublichen irisch-weißen Teints hatte, die so gut mit dunkelgrünen Augen harmonieren – die sie ebenfalls hatte. Große Augen. Wundervolle Augen. Ihre Nase war klein und unscheinbar, aber erdbeerblondes Haar umrahmte ihr schmales Gesicht und machte es trotz der blauvioletten Lippe zu einem herrlichen Gesicht.

Sie legte den Eisbeutel weg und tastete mit der Zunge den blauen

Fleck ab. Sie schnitt eine Grimasse. »Na, was würden Sie sagen, wie viele Runden habe ich geboxt?«

»Wie geht es Ihnen? Alles in Ordnung?«

»Ja, danke, es geht. Wenn man eine Zeitlang in New York gelebt hat, glaubt man nicht mehr, daß es noch Helden gibt, Sie verstehen schon. Sie haben mir bewiesen, daß ich unrecht hatte. Was hätten Sie gern zum Frühstück? Und würden Sie mir bitte sagen, wie Sie heißen, damit ich nicht ständig nur ›Sie‹ zu Ihnen sage.«

»Joseph Lennox. ›Joe‹, wenn Sie wollen.«

»Nein, ›Joseph‹ gefällt mir besser, wenn es Ihnen nichts ausmacht. Ich habe Kosenamen noch nie besonders gemocht. Was kann ich Ihnen zum Frühstück machen, Mr. Joseph?«

»Irgendwas. Mir ist alles recht.«

»Also, wenn ich meinen Kühlschrank frage, könnte ›irgendwas‹ Honigmelone sein oder frische Waffeln mit kanadischem Speck, Kaffee...«

»Waffeln wären wunderbar. Ich habe seit Jahren keine mehr gegessen.«

»Gut, schon gebongt. Falls Sie duschen möchten, das Bad ist gegenüber dem Schlafzimmer. Ach, Mensch, ich tu so, als hätten Sie jede Menge Zeit. Können Sie noch zum Frühstück bleiben? Ich habe in der Schule angerufen und gesagt, daß ich krank bin. Müssen Sie irgendwo hin? Es ist erst acht.«

»Nein, nein, ich hab' nichts Wichtiges vor. Waffeln und Kaffee sind das Beste, was mir heute morgen passieren kann.«

In ihrem Badezimmer sah es aus wie nach dem Dritten Weltkrieg. Nasse Handtücher auf dem Boden, Wäsche auf einer schlaff über die Badewanne gespannten Leine, eine zerdrückte Zahnpastatube auf dem Waschbecken und keine Verschlußkappe in Sichtweite. Ich duschte mich allen Hindernissen zum Trotz und räumte hinterher sogar ein bißchen auf.

Das Wohnzimmer war ein Gedicht aus Sonne und morgendlicher Wärme; auf dem Eßtisch standen alle möglichen guten Sachen. Der Orangensaft war in dicken Kristallgläsern, und das Besteck fing die grellen Strahlen der Morgensonne ein und warf ihre Reflexe an die Wände.

»Joseph, bitte kommen Sie, ehe es kalt wird. Ich bin eine phantastische Köchin. Ich habe Ihnen siebenhundert Waffeln gebacken, und Sie müssen sie alle aufessen, sonst setzt es einen Verweis.«

»Sind Sie Lehrerin?«

»Erraten. Sozialkunde in der siebten Klasse.« Sie verzog das Gesicht und spannte ihren Bizeps wie ein Kraftmeier im Zirkus.

Sie setzte sich an den Tisch und nahm eine Gabel in die Hand. Wir saßen beide da und sahen zu, wie ihre Hand zitterte. Sie ließ sie langsam in den Schoß sinken. »Es tut mir leid. Aber bitte, fangen Sie wenigstens an. Es tut mir leid, aber ich stehe immer noch Todesängste aus. Draußen scheint die Sonne, es ist vorbei, und jetzt kriegt mich keiner, aber ich hab' Angst. Es ist wie eine schwere Erkältung, verstehen Sie?«

»Karen, möchten Sie, daß ich heute noch bei Ihnen bleibe. Ich würde es gern tun.«

»Joseph, und ob ich das möchte! Was sagten Sie, aus welchem Teil des Himmels kommen Sie?«

»Aus Wien – Vienna.«

»Vienna? Da bin ich geboren.«

Vienna, Virginia. Ihre Eltern hatten dort in der Nähe gelebt und Windhunde für Hunderennen gezüchtet. Sie sagte, es seien zwei nette Menschen gewesen, die so viel Geld geerbt hatten, daß sie davon ganz dumm im Kopf wurden.

Karen ging auf das Agnes Scott College in Georgia, weil ihre Mutter auch dort studiert hatte, aber ihr war alles zuwider, bis auf die Geschichtsvorlesungen. Einmal hielt der Historiker Richard Hofstadter eine Gastvorlesung über die Demokratie unter Jackson. Sie war so hingerissen, daß sie auf der Stelle beschloß, dort weiterzustudieren, wo er ständig lehrte, und das war die Columbia University in New York. Gegen den erklärten Willen ihrer Eltern bewarb sie sich und wurde am Barnard College angenommen. Später machte sie ihren Magister in Geschichte an der Columbia University, doch dann hatte sie die Nase voll vom Studieren. New York gefiel ihr so gut, daß sie nach dem Abschluß eine Stelle als Lehrerin an einer privaten Mädchenschule in der Gegend der Sechzigsten Straße annahm.

Das alles erfuhr ich beim längsten Frühstück meines Lebens. Ich stellte ihr immer wieder Fragen, damit sie nicht mehr an letzte Nacht dachte. Aber man kann leider nur eine begrenzte Anzahl von Waffeln auf einmal verdrücken. Als ich mich mühsam vom Tisch erhob, schlug ich mit vollen Backen einen Spaziergang vor. Sie war einverstanden; mir ging durch den Kopf, daß es nicht unangenehm gewesen wäre, die Kleider zu wechseln, aber ich war mir nicht sicher, ob ich sie schon allein lassen konnte, und so verzichtete ich darauf.

Es war schneidend kalt draußen, aber der erste klare Tag, seit ich hier war. Die Westliche Zweiundsiebzigste Straße ist eine Welt für sich, und man findet im allgemeinen alles, wonach man sucht: Cowboystiefel, italienische Teigwaren aus biologischem Anbau, japanische Kastendrachen... Wir promenierten auf und ab und verbrachten viel Zeit damit, in Schaufenster zu sehen und die Preise zu vergleichen.

Ich verliebte mich in ein Paar Cowboystiefel, die ich auf ihr Drängen anprobierte. Ich dachte an Pauls Erzählung von den Österreichern in Cowboystiefeln auf dem Wiener Flughafen, aber sie waren wunderschön. Ich war nahe daran, sie mir zu kaufen, bis ich feststellte, daß sie über hundertvierzig Dollar kosteten.

Wir aßen zu Mittag in einem Delikatessenladen. Sie tat sich schwer mit ihrem Corned-Beef-Sandwich, weil ihre Lippe immer noch so wehtat, aber sie lachte und fing an, aus dem Mundwinkel zu reden wie Little Caesar.

»Okay, Lennox, jetzt wissen Sie alles über mich. Und was is nu mit Ihnen? Spucken Sie's freiwillig aus oder muß ich's aus Ihnen rausprügeln? Schießen Sie los.«

»Was möchten Sie hören?«

Sie blickte auf eine imaginäre Armbanduhr. »Ihre Lebensgeschichte in einer Minute.«

Ich erzählte ihr ein bißchen von allem – Wien, meine Schriftstellerei, wo ich herkam. Beim Zuhören wurden ihre Augen groß und aufgeregt. Sie berührte mich oft unwillkürlich, wenn irgendein Teil meiner Geschichte sie aufregte oder traurig machte. Sie sagte Sachen wie »Nein!« oder »Sie machen Witze!«, und ich merkte, daß ich immer wieder nickte, um zu bekräftigen, daß ich die Wahrheit sagte.

Eine Stunde später tranken wir in einem verglasten Café ein Glas Glühwein. Wir unterhielten uns übers Theater; kleinlaut fragte ich sie, ob sie *Die Stimme unseres Schattens* gesehen hätte.

»Gesehen? Ha, Joseph, ich mußte das Stück mal für einen Theaterkurs lesen, den ich belegt hatte. Ich machte den Fehler, den Text über die Ferien mit nach Hause zu nehmen, wo ihn mein Vater in die Finger bekam. Mann, den hätten Sie sehen sollen. Er hat sich das Ding geschnappt und ist wie ein Stier im Haus rumgerannt und hat gebrüllt, was es für eine Schande ist, daß man uns jungen Dingern Bücher über jugendliche Kriminelle und das Herumfummeln an Mädchen zu lesen gibt! Mann, Joseph, über *das* Stück können Sie mir nichts erzählen!«

Ich wechselte das Thema, aber als ich ihr später von meinem Anteil an dem Stück erzälte, lächelte sie traurig und meinte, es sei sicher nicht leicht, für etwas berühmt zu sein, was man nicht selber gemacht hat.

Auf den Glühwein folgten ein kubanisches Abendessen und noch mehr Gespräche. Ich hatte mich schon lange nicht mehr so gemütlich unterhalten und gelacht und mir keine Sorgen gemacht. Bei India merkte man schnell, daß man gut und interessant reden sollte, weil sie einem so aufmerksam zuhörte. Noch im letzten Moment, bevor man etwas sagte, feilte und polierte man noch an der Formulierung, damit alles in Hochform ankam. Wenn ich mit India zusammen war, sowohl vor als auch nach Pauls Tod, war jeder Augenblick so bedeutungsschwer, daß ich manchmal Angst hatte, ich könnte etwas zerstören – die Stimmung, den Tonfall oder was immer.

Hier, am anderen Ende der Welt, gab einem Karen das Gefühl, daß man ohne die geringste Anstrengung der gescheiteste, geistreichste Typ der Stadt war und daß Gelächter dazu da war, durch den ganzen Raum zu schallen und einen alles vergessen zu lassen. Das Leben war nicht leicht, aber es konnte Spaß machen. Wir nahmen uns vor, am nächsten Abend zusammen ins Kino zu gehen.

Wir sahen uns eine Rekonstruktion der ursprünglichen Fassung von *Lost Horizon* an. Als wir aus dem Kino kamen, wischte sich Karen mit meinem Taschentuch die Augen.

»Ich *hasse* sie alle, Joseph. Die brauchen mir bloß ein paar Violinen und diesen alten Ronald Colman vorzusetzen, und schon ist es um mich geschehen!«

Ich hätte gern ihren Arm genommen, aber ich tat es nicht. Ich schaute auf den Bürgersteig und war froh, daß es sie gab.

»Vor ein paar Monaten hatte ich einen Freund. Der ist immer mit mir in solche Filme gegangen und wurde dann fuchsteufelswild, wenn ich zu heulen anfing. Aber was hätte ich denn tun sollen – mitschreiben? New Yorker Intellektuelle! Tinte statt Blut.«

»Haben Sie jetzt auch einen festen Freund?«

»Nein, dieser Typ war mein letzter. Man kann natürlich auf Parties gehen. Ich war sogar mal in einer Singles-Bar, aber ich weiß nicht, Joseph, wer braucht denn so was? Ich werde immer wählerischer, je älter ich werde. Ist das ein Anzeichen von Verkalkung?

Ich gehe in irgendeines dieser flippigen Lokale, und alle machen Augen so groß wie Fernsehschirme. Das deprimiert mich.«

»Wie hat Ihr letzter Freund geheißen?«

»Miles. Er war ein richtig großes Tier, Lektor in einem Buchverlag. *Mir* hat er eine Absage erteilt.«

»Ach ja? Hat ihm Ihr Stil nicht gefallen?«

Sie sah mich an und gab mir einen Rippenstoß. Dann blieb sie plötzlich mitten auf dem Gehsteig stehen und stemmte die Fäuste in die Hüften. »Wollen Sie es wirklich wissen, oder labern Sie bloß?«

Die Passanten sahen uns mit einem Grinsen an, das bedeuten sollte, sie hätten gemerkt, daß wir Streit hatten. Ich sagte ihr, ich wollte es wirklich wissen. Sie steckte die Hände in die Manteltaschen und ging wieder weiter.

»Miles hatte immer seine Uhr um, wenn wir uns geliebt haben. Können Sie sich das vorstellen? Hat mich zum Wahnsinn getrieben. Wieso macht einer so was, Joe?«

»Was, eine Armbanduhr tragen? Ich hab' nie darüber nachgedacht.«

»Nie darüber *nachgedacht*? Sie machen mir vielleicht Spaß. Und ich hab' so große Hoffnungen in Sie gesetzt. Kein Mann sollte eine Uhr umhaben, wenn er mit einer Frau ins Bett geht. Wozu denn auch – weil alles nach Plan gehen muß? Was würden Sie tun, wenn Ihre Freundin mit einer riesigen Timex am Arm in ihr Bett käme? Na?« Sie blieb wieder stehen und starrte mich herausfordernd an.

»Karen, meinen Sie das im Ernst?«

»Worauf Sie sich verlassen können! Miles hatte immer dieses Monstrum von einer Uhr um. Jedes Mal. Der pure Zufall, daß ich keine Wunden davongetragen habe. Außerdem bin ich immer aus dem Takt gekommen, weil das Scheißding so laut getickt hat.«

»Karen...«

»Sehen Sie mich nicht so an. Sie machen dasselbe Gesicht wie er, als ich es ihm gesagt habe. Hören Sie mir zu – eine Frau möchte von einem Mann genommen und fertiggemacht und angebetet werden. Sie will die ganze Welt vergessen und kopfüber in den Abgrund springen! Nichts da von wegen tick, tick, tick – beim nächsten Ton ist es sieben Uhr, acht Minuten und dreißig Sekunden. Verstehn Sie jetzt, was ich meine?«

»Genommen und fertiggemacht und angebetet?«

»Genau. Machen Sie mich nicht verlegen – Sie haben gefragt.«

Wir gingen auf eine Tasse Kaffee in ihre Wohnung zurück. Es regnete wieder; ich sah zu, wie die Tropfen an die Balkonfenster klatschten. Das Wohnzinmer war eine helle Festung, die den Elementen trotzte. Blaue Couch, dicker Teppich, weiche weiße Lichttropfen in jeder Ecke. Das Kontrastprogramm waren die Bilder an den Wänden. Man hätte Clowns von Bernard Buffet oder Tauben von Picasso inmitten all dieser weichen, satten Farben erwartet, aber nichts dergleichen. Hinter dem Eßtisch hing ein schmieriger, brauner Francis-Bacon-Druck in einem matten Silberrahmen. Ich erkannte nicht viel auf dem Bild, außer daß der Gegenstand dahinschmolz. Otto Dix, Edward Hopper und Edvard Munch vervollständigten den fröhlichen Reigen.

Als sie den Kaffee brachte, sah ich mir gerade einen großformatigen Druck von Munchs *Der Schrei* an.

»Wieso haben Sie lauter so düstere Bilder, Karen?«

»Sind sie nicht herrlich makaber? Musik zum Alpträumen.« Sie setzte sich auf die Couchkante und arrangierte mit denkbar delikaten Bewegungen das Kaffeegeschirr auf dem Tischchen, einschließlich zweier Miniatur-Sets. Es erinnerte mich an die Sorgfalt, mit der kleine Mädchen Kaffeekränzchen für ihre Puppen und Stofftiere vorbereiten.

»Miles sagte, ich sei eine heimliche Psychopathin. Ich und meine billigen Latschen und meine zitronengelben Blusen... Nehmen Sie Zucker? Ach, Miles. Miles hätte Drehbuchautor für französische Filme werden sollen. Er hätte einen dieser abschreckenden knielangen Ledermäntel tragen und mit einer Gauloise an der Unterlippe im Regen stehen müssen. Hier, Joseph, ich hoffe, Sie mögen den Kaffee stark. Das ist italienischer, und er ist gut.«

Ich setzte mich neben sie. »Sie haben mir immer noch nicht erklärt, warum Sie so melancholische Bilder mögen.«

Sie nippte zierlich an ihrem Kaffee. »Sie kränken mich, Joseph.«

»Was? Wieso? Was hab' ich denn gesagt?«

»Sie sagen praktisch, guter Mann, ich müßte *diese* Art von Bildern mögen, weil ich mich *so* kleide oder *so* rede. Ich darf nichts mögen, was schwarz oder traurig oder einsam ist, weil... Also, der Herr, wie würde es Ihnen denn gefallen, wenn ich Sie in so ein Schächtelchen stecken würde?«

»Überhaupt nicht. Sie haben recht.«

»Kann ich mir denken. Sie kennen mich noch nicht so gut, aber Sie tun so, als wären Sie schon so weit, wenn Sie solche Sachen sagen. Wie würde es Ihnen gefallen, wenn ich sagte: ›Ach, Sie sind Schriftsteller? Dann haben Sie bestimmt eine Vorliebe für Pfeifen und Shakespeare und Irish Setter.‹«

»Karen?«

»Ja?«

»Sie haben recht.« Ich berührte sie am Ellbogen. Sie zog ihn weg.

»Hören Sie auf damit. Sagen Sie mir nicht andauernd, daß ich recht habe. Zeigen Sie Ihre Fäuste und kämpfen Sie.« Sie machte ein vogelgroßes Fäustchen und hielt es mir unter die Nase. Die Komik dieser Geste löste etwas in mir, ich sah sie an und machte den Mund auf, um »Mein Gott, ich mag Sie« zu sagen, aber sie kam mir zuvor.

»Joseph, ich möchte nicht, daß Sie sich als Chauvi entpuppen. Ich möchte, daß Sie genau das sind, was Sie meiner Meinung nach sind, und das ist etwas ganz Besonderes. Ich sage Ihnen noch nicht, was es ist, denn dann werden Sie bloß eingebildet. Erst haben Sie mich vor diesem schwarzen Drachen gerettet, und dann haben Sie sich als nett und interessant entpuppt. Ich werde stinksauer, wenn Sie mich jetzt doch noch enttäuschen. Ist das klar?«

Ihre Schule war ein alter Backsteinbau, der förmlich nach Wohlstand roch. Ich stand um halb vier auf der anderen Straßenseite und wartete auf sie. Sie hatte keine Ahnung, daß ich sie abholen wollte. Große Überraschung!

Eine Glocke läutete, und Mädchenköpfe sprangen hinter jedem Fenster hoch. Stimmen und Rufe und lautes Gelächter. Augenblicke später kamen sie in weichen grauen und weißen Wellen aus dem Gebäude geströmt. Sie schleppten Bücher, sahen zum Himmel, unterhielten sich; sie trugen allesamt graue Blazer, dazu passende graue Röcke und weiße Blusen. Ich fand, sie sahen wunderbar aus.

Ich sah eine blonde Frau, die wie Karen aussah und einen großen Aktenkoffer trug. Ich rannte blindlings über die Straße, sah aber schon von weitem, daß sie es nicht war.

Nach einer halben Stunde war sie immer noch nicht aufgetaucht, und so gab ich es auf und machte mich auf den Heimweg. Ich verstand das nicht. Von einer Telefonzelle aus rief ich sie an; sie hob nach dem ersten Klingeln ab.

»Joseph, wo bist du? Ich backe gerade einen Nußkuchen.«

Ich erklärte ihr, was ich gemacht hatte, und sie kicherte. »Heute ist der Tag, an dem ich früher aufhöre. Ich war in Soho und hab' für unser Abendessen eingekauft. Du kommst nämlich zum Abendessen, falls du das noch nicht weißt.«

»Karen, ich hab' dir ein Geschenk gekauft.« Ich hielt es in der Hand und schaute es an.

»Wurde ja auch höchste Zeit! Nein, Quatsch. Ich bin gerührt. Bring es zum Essen mit. Ich mache es erst hinterher auf.«

Ich wollte ihr sagen, was es war. Es war schwer; der große Edward-Hopper-Bildband mit Farbreproduktionen, den sie sich so wünschte. Ich legte das Buch auf den kleinen Blechsims unter dem Telefon.

»Joseph, sag mir, was es ist. Nein, sag's nicht! Ich möchte überrascht werden. Ist es was Großes?«

»Laß dich überraschen.«

»Gemeiner Kerl.«

Ich hätte am liebsten die Hand in den Hörer gesteckt und diese samtige Stimme gestreichelt. Ich sah ihr Gesicht vor mir – die Freude und den Übermut. Ich hätte bei ihr sein sollen. »Karen, kann ich gleich kommen?«

»Ich wollte, du wärst schon seit einer Stunde da.«

Ich rannte fast durch den Gang, als ich aus dem Aufzug stieg. Dann stand ich vor ihrer Tür, mit dem Buch unter dem Arm und bis zum Hals klopfendem Herzen. An der Tür klebte ein Zettel: *Nicht böse sein. Wir backen den Kuchen, wenn ich wieder da bin. Mir ist was dazwischen gekommen. Es heißt Miles und sagt, es braucht dringend meine Hilfe. Mir paßt das gar nicht. Ich wiederhole: Mir paßt das gar nicht. Aber ich verdanke ihm viel, deshalb gehe ich. Aber ich bin so bald wie möglich zurück. Daß du mir nicht böse bist oder dich umbringst! Es gibt einen guten Film im Nachtprogramm. Ich klopfe dreimal. Nicht böse sein.*

Ich kaufte mir eine Pizza und trug sie nach Hause, weil ich da sein wollte, falls sie bald zurückkam. Sie kam nicht. Sie kam die ganze Nacht nicht nach Hause.

Am nächsten Morgen bekam ich einen Brief von India. Zuerst beäugte ich ihn wie einen Schlüssel oder einen Notizzettel, den ich vor langer Zeit verloren hatte und mit dem ich, nun da ich ihn wiedergefunden hatte, nichts anzufangen wußte.

Lieber Joe,

ich weiß, ich bin unheimlich schreibfaul, aber bitte glaub mir, es sind Dinge passiert, die mich vom Schreiben abgehalten haben. Ich habe kein richtiges Zeichen von Paul bekommen, aber er hat sich zweimal kleine Botschaften einfallen lassen, um mich zu erinnern, daß es ihn noch gibt. Ich weiß, Du würdest Dir Sorgen machen, wenn ich Dir nicht sage, was es war. Also, neulich morgens komme ich in die Küche und finde einen Little-Boy-Handschuh auf dem Tisch, an der Seite, wo er immer gesessen hat. Kleinigkeiten, wie gesagt, aber ich bin furchtbar erschrocken und habe absolut hysterisch reagiert. Er wird also sicher zufrieden sein.

Ich habe mich inzwischen bei einem berühmten Medium hier in der Stadt angemeldet. Ich habe zwar nie viel von diesen Tischrückern gehalten, aber in den letzten Monaten ist ja so viel von dem, was ich bisher glaubte, erschüttert worden. Ich werde Dir schreiben, ob etwas dabei herausgekommen ist.

Versteh mich bitte nicht falsch, aber ich genieße es, allein zu sein. Es gibt so viele andere Dinge, für die man verantwortlich ist – Dinge, um die sich immer die andere Hälfte von einem gekümmert hat, ohne daß es einem bewußt war. Aber der Lohn ist, daß man frei ist wie ein Vogel und niemandem Rechenschaft schuldet. Ich habe gern mit Paul zusammengelebt, weiß Gott, und vielleicht gefällt es mir irgendwann, mit Dir zusammenzuleben, aber im Augenblick finde ich es gut, daß ich das Doppelbett für mich allein habe und mir alle Möglichkeiten offenstehen.

Wie geht's dir, alter Schurke? Zieh ja keine falschen Schlüsse aus dem, was ich hier geschrieben habe, sonst kannst du was erleben!

Laß dich umärmeln India

Ich überwand meinen Stolz und rief Karen an. Sie ließ es siebenmal läuten, bevor sie ranging. Bei jedem Läuten klopfte mein Herz schneller.

»Hallo, Joseph.«

»Karen?«

»Joseph. Joseph, ich bin so gemein.«

»Kann ich runterkommen?«

»Ich hab' die Nacht mit ihm verbracht.«

»So was hab' ich mir auch schon gedacht, als du nicht mehr zum Nachtprogramm aufgetaucht bist.«

»Willst du mich wirklich sehen?«

»Ja, Karen, das will ich.«

Sie hatte einen rosa Flanell-Bademantel und häßliche rosa Pantoffeln an. Sie hielt den Mantel am Hals zusammen und sah mir nicht in die Augen. Wir gingen hinein und setzten uns auf die Couch. Sie setzte sich so weit wie möglich von mir weg. Tote hätten nicht stiller sein können als wir in den ersten fünf Minuten.

»Hast du jemanden drüben in Wien? Nicht irgendeine, meine ich, sondern was Besonderes?«

»Ja. Oder besser: Ja, vielleicht. Ich weiß es nicht.«

»Freust du dich darauf, zu ihr zurückzukehren?« Ihre Stimme war nur ein klein wenig schärfer geworden.

»Karen, sieh mich bitte an, ja? Wenn du dir wegen letzter Nacht Sorgen machst, das ist schon in Ordnung. Ich meine, es ist natürlich *nicht* in Ordnung, aber ich verstehe es. Ach, Scheiße, nicht einmal das kann ich sagen. Ich habe kein Recht dazu. Hör zu, ich finde die Vorstellung unerträglich, daß du jetzt mit einem anderen schläfst. Das ist ein Kompliment, verstehst du? Ein Kompliment!«

»Findest du mich abscheulich?«

»Mein Gott, nein, natürlich nicht! Ich weiß nur nicht mehr, wo mir der Kopf steht. Letzte Nacht war ich so eifersüchtig, daß ich dachte, ich würde anfangen, in den Teppich zu beißen.«

»Wirklich?«

»Ja.«

»Liebst du mich, Joseph?«

»Genau der richtige Augenblick, so was zu fragen. Ja, wenn ich denke, wie mir in der Nacht zumute war, muß ich es fast glauben.«

»Nein, vielleicht warst du bloß eifersüchtig. Man wird leicht eifersüchtig, vor allem in so einer Situation.«

»Karen, wenn du mir nichts bedeuten würdest, wär's mir doch piepegal, was du letzte Nacht gemacht hast, oder? Hör zu, ich hab' heute einen Brief aus Wien bekommen. Ich bekam einen Brief, und zum ersten Mal hatte ich kein Verlangen mehr, zu ihr zurückzukehren. Überhaupt keins. Ich hab' nicht mal Lust, ihr zu *schreiben*. Das hat doch was zu bedeuten, meinst du nicht?«

Sie sagte nichts. Sie wollte mich immer noch nicht ansehen.

»Und wie ist es mit dir? Wen liebst *du* eigentlich?«

Sie zog sich eines der Couchkissen auf den Schoß und strich es immer und immer wieder mit der Hand glatt. »Dich mehr als Miles.«

»Und was heißt das?«

»Es heißt, daß mir letzte Nacht auch etwas klargeworden ist.«

Wir sahen uns schließlich über die kilometerlange Couch hinweg an. Ich glaube, wir sehnten uns beide nach Berührung, aber keiner traute sich, den ersten Schritt zu tun. Sie strich immer noch das Kissen glatt.

»Ist dir mal aufgefallen, wie anders die Leute sich an einem Samstagnachmittag verhalten?«

Wir gingen Arm in Arm die Third Avenue hinunter. Ringsum war alles laut und naß, aber die Sonne schien. Wir schlenderten ziellos dahin, ließen uns treiben.

»Was meinst du damit?« Ich sah sie an und zupfte ihren grünen Schal zurecht. Als ich fertig war, sah sie aus wie eine bunte Banditenfrau bei einem Überfall.

»Du erwürgst mich ja, Joseph. Also vor allem lachen sie anders. Irgendwie voller. Ich nehme an, es liegt daran, daß sie gelöster sind. Ach übrigens, darf ich dich was fragen?«

»Wegen letzter Nacht?«

»Nein, wegen *ihr* in Wien.«

»Nur zu.«

Wir überquerten die Straße und gingen in der Sonne weiter. Die Straße glänzte; irgend jemand überholte uns und erzählte seinem Begleiter aufgeregt etwas über die Fluggesellschaft Alitalia. Karen nahm meinen Arm und ließ ihre Hand zu meiner in die Manteltasche gleiten. Die Hand war warm und zart, zerbrechlich wie ein Ei.

Ich sah sie an. Sie hatte sich den Schal wieder vom Mund gezogen. Sie blieb stehen und zog mich mit der Hand, die sie in meiner Manteltasche hatte, an sich. »Also gut. Wie heißt sie?«

»India.«

»India? Ein hübscher Name. Und weiter?«

»Tate. Komm, laß uns weitergehen.«

»Wie sieht sie aus, Joseph. Ist sie hübsch?«

»Also zunächst einmal ist sie viel älter als du. Aber ja, doch, sie ist ziemlich hübsch. Groß und schlank, dunkles Haar, eher lang.«

»Aber du findest sie hübsch?«

»Ja, aber anders als du.«

»Nämlich wie?« Ihre Augen waren skeptisch.

»India ist der Herbst, und du bist der Frühling.«

»Hmm.«

Fünf Minuten später verschwand die Sonne hinter den Wolken und kam nicht mehr hervor. Der Himmel wurde stahlgrau, und die Leute zogen die Köpfe ein. Keiner von uns sagte etwas, aber ich spürte, daß der Tag im Schwinden war, gleichgültig, wie viele Wahrheiten in seinem Verlauf gesagt worden waren. Es gab Liebe auf beiden Seiten, aber sie war wolkig und gestaltlos. Wenn ich nicht sofort etwas unternahm, würde diese Unbestimmtheit dem Tag die Intimität rauben und uns verwirrt und enttäuscht zurücklassen.

Ross und Bobby fuhren oft nach New York. Sie erkundeten die Stadt, als wären sie auf der Suche nach einem vergrabenen Schatz und als fänden sie dabei genau das, was sie suchten. In Manhattan gibt es so viele merkwürdige und mysteriöse Stellen, die sich hinter der Fassade der Stadt verbergen wie ein heimlicher Herzschlag: Die Fenster über dem Vordereingang des Grand Central Terminal, die zehn Stockwerke hoch reichen und wie Gottes Augäpfel durch schmutziges Glas auf das Innere herabblicken. Oder ein Luftschutzbunker auf der East Side, der für eine Million Menschen ausgelegt ist und so tief in der Erde liegt, daß ein am Boden fahrender Traktor von einer der oberen Treppen aussieht wie ein gelbes Matchbox-Fahrzeug mit Scheinwerfern.

Die beiden sammelten regelrecht solche Stellen und erzählten mir ab und zu davon. Aber sie teilten nur ungern, ob es sich nun um Zigaretten oder eine geklaute Flasche Whisky handelte, und sie waren noch geiziger, wenn es darum ging, jemandem einen dieser unbekannten, magischen Orte zu zeigen.

So wäre ich fast in Ohnmacht gefallen, als sie mir eines Tages anboten, mich in den aufgelassenen U-Bahnhof an der Park Avenue mitzunehmen. Das war der einzige ihrer Schätze, den ich je mit ihnen zusammen zu sehen bekam. Ich entschloß mich spontan, Karen dort hinunter zu führen.

Als wir die richtige Stelle auf dem Gehsteig erreicht hatten, bückte ich mich und versuchte, eines der langen, rechteckigen Gitter hochzuwuchten. Sie wollte wissen, was ich vorhatte, aber ich war zu beschäftigt, um ihr zu antworten. Ich merkte ziemlich spät, daß unter dem Gitter ein Riegel war, den man erst herumlegen mußte, bevor sich irgend etwas bewegen ließ. Als ich das getan hatte, ließ sich das Gitter so leicht hochreißen, daß ich mich um ein Haar selbst enthauptet hätte. Da knieten wir beide an einem U-Bahn-Gitter und schufteten, um es hochzukriegen, und kein Mensch blieb stehen oder sagte einen Ton dazu. Ich bezweifle, daß irgend jemand auch nur sah, was wir da trieben. New York, wie es leibt und lebt.

Eine eiserne Treppe führte geradewegs in das finstere Loch hinab, aber Karen kletterte sie ohne zu fragen hinunter. Als ich ihr Gesicht zum letztenmal vor dem Abstieg sah, trug es ein wissendes Lächeln. Ich stieg gleich hinter ihr ein und schloß über mir das Gitter wie die Luke eines Unterseeboots.

»Joseph, Liebster, was zum Teufel ist das denn?«

»Geh weiter. Wenn wir Glück haben, siehst du in einer Minute ein Licht. Geh darauf zu.«

»Mein Gott! Wie hast du denn *das* gefunden? Sieht aus, als wäre hier der letzte Zug 1920 durchgekommen.«

Aus irgendeinem Grund brannten noch zwei schwache Glühbirnen an den Enden des Bahnsteigs. Wir standen bloß da, und erst nach einer Weile unterbrach das ferne Rumpeln eines Zuges die gewaltige Stille. Er wurde immer lauter, und als er schließlich auf einem Nebengleis vorbeifuhr, legte mir Karen den Arm um die Schulter und zog meinen Kopf an den ihren, damit ich in dem Lärm verstand, was sie sagte.

»Du bist ja total verrückt. Ich finde das herrlich.«

»Liebst du mich?«

»JAA!«

Als wir wieder oben waren und ein paar Blocks weit gegangen waren, packte mich Karen plötzlich am Mantel und riß mich herum, so daß ich ihr ins Gesicht sah.

»Joseph, bitte laß uns eine Zeitlang noch nicht miteinander schlafen. Ich sehne mich so danach, daß mir die Luft wegbleibt, daß ich fast sterbe. Verstehst du das? Es wird passieren, aber bitte laß uns warten, bis« – sie schüttelte heftig den Kopf – »bis wir uns gegenseitig zum Wahnsinn treiben. Okay?«

Ich legte die Arme um sie und zog sie, zum ersten Mal, dicht an mich. »Okay, aber wenn der Punkt erreicht ist, dann macht es *Bumm,* und es passiert. Es werden keine Fragen gestellt, und jeder von uns hat das Recht, Bumm zu sagen. Einverstanden?«

»Ja, einverstanden.«

Sie drückte mich so fest, daß mir die Luft wegblieb. Wenn man sie so ansah, hätte man ihr so viel Kraft gar nicht zugetraut. Dadurch wurde es noch schöner, sich auf das »Bumm« zu freuen.

Ich war schon fast zwei Monate in New York, als India zum ersten Mal anrief. Ich wußte inzwischen, daß ich, verglichen mit meinen Gefühlen für Karen, nie richtig in India verliebt gewesen war. Ich hatte deswegen ein schlechtes Gewissen, aber Karen und New York und das aufregende neue Leben legten einen dicken Samtvorhang zwischen mich und die Geschehnisse in Wien. Wenn ich allein war, fragte ich mich manchmal, was ich tun würde, wenn der Anruf oder der Brief kam. Ich wußte es nicht.

Als ich ein Junge war, brannte einmal unser Nachbarhaus nieder. Noch ein Jahr danach fürchtete ich mich bei jedem Feueralarm. Am Heulen der Sirene konnte man genau erkennen, in welchem Teil der Stadt der Brand ausgebrochen war: fünfmal – westlicher Teil, viermal – östlicher Teil... Aber das nützte mir auch nichts. Egal, wo ich mich befand, ich lief immer sofort zum nächsten Telefon und rief zu Hause an, ob alles in Ordnung sei. Schließlich, und das war fast ein Jahr später, gab es einmal Feueralarm, als ich nach der Schule an einem Punchingball trainierte. Diesmal ging in meinem Innern kein Echo-Alarm los, und ich wußte, daß alles wieder in Ordnung war. In derselben Nacht ging das Nachbarhaus auf der anderen Seite von uns in Flammen auf.

»Joseph Lennox?«

»Ja?« Ich war allein in meiner Wohnung. Karen war auf einer Lehrerkonferenz. Draußen schneite es. Ich sah dem Flockentreiben zu, während der Anruf durchgestellt wurde.

»Ein Gespräch aus Wien. Einen Moment bitte.«

»Joey? Ich bin's, India. Joey, bist du's?«

»Ja, India, am Apparat. Wie geht's dir?«

»Nicht so gut, Joey. Ich glaube, du mußt heimkommen.«

Karen kam mit einem großen Paket unter dem Arm nach Hause.

»Schau nicht so gierig auf die Schachtel. Wenn du glaubst, da ist was für dich drin, bist du schief gewickelt. Ich hab' mir selbst eine Kleinigkeit gekauft. Ich zeig's dir gleich.«

Ich freute mich immer, wenn sie wieder da war. Keiner von beiden hatte schon die »Bumm«-Phase erreicht, aber seit Tagen genossen wir beide die köstliche Spannung, die das Warten am

Rande erzeugte. Sie ließ ihren Mantel auf die Couch fallen und bückte sich, um mir einen Kuß auf die Nase zu geben – ihre Lieblingsbegrüßung. Sie strahlte Kälte aus, und ihre Wangen waren naß von geschmolzenem Schnee. Sie merkte nicht, was los war, weil sie es zu eilig hatte, ihre Neuerwerbung vorzuführen.

Ich schaute aus dem Fenster und fragte mich, ob es in Wien wohl auch schneite. Paul war wiedergekommen und hatte India mit seinen Little-Boy-Tricks so in Angst und Schrecken versetzt, daß sie am Rand eines Nervenzusammenbruchs war – das hatte ich sogar am Telefon gemerkt. Ihre Schlafzimmergardinen waren an dem Abend in Flammen aufgegangen, als sie gerade ins Bett gehen wollte. Es hatte nur ein paar Sekunden gedauert, aber es war auch nur das letzte in einer ganzen Reihe von Ereignissen. Sie gab zu, daß er sie ständig belästigt hatte, seit ich weg war, meinte aber, sie habe es mir nicht sagen wollen, weil sie immer noch gehofft hatte, er werde zu ihr kommen und mit ihr reden. Das war nicht geschehen, und jetzt war sie mit ihrem Latein am Ende.

»TÄTTÄRÄTTÄ!« Karen kam ins Wohnzimmer gehumpelt, nur mit einem bunten Hawaii-Bikini und den Cowboystiefeln bekleidet, die ich so bewundert hatte.

»Du hast gedacht, ich hätte sie vergessen, stimmt's? Ha! Von wegen, du alter Miesepeter. Alles Gute zum Cowboystiefeltag. Wenn ich diese verdammten Dinger nicht sofort wieder ausziehe, kriege ich Spreizfüße.«

Sie setzte sich neben mich und zog sie aus. Als sie fertig war, nahm sie sie hoch und strich mit der Hand über das Leder. »Der Mann in dem Laden hat mir gesagt, daß die ein Leben lang halten, wenn du sie immer schön mit Schuhcreme einschmierst.«

Sie sah mich mit einem so liebevollen Lächeln an und war so begeistert von ihrem Coup, daß ich einen Moment lang dachte: Verdammt noch mal, ich kann doch diese Frau nicht verlassen. Mir sind nur dieses Gesicht und diese Cowboystiefel und dieses Zimmer und dieser Augenblick wichtig, alles andere ist mir egal. Das ist alles. Scheiß drauf. Überhaupt, was konnte ich in Wien schon ausrichten? Was hätte ich erreichen können, was India nicht erreicht hatte? Warum mußte ich hinfahren? Es kam nur eins in Frage: Ich mußte diese Tür hinter mir zuschließen und den Schlüssel möglichst weit wegwerfen. Basta. Wenn ich es schaffte, diese Tür nie wieder aufzumachen, sie völlig zu vergessen, war ich wieder frei und zu Hause. Was sollte daran so schwer sein? Was war wichtiger – Liebe oder Alpträume?

»Sie gefallen dir nicht.« Sie ließ den Stiefel fallen und stieß ihn mit dem nackten Fuß ein Stück fort.

»Nein, Karen, das ist es nicht.«

»Sie haben die falsche Farbe. Du findest sie scheußlich.«

»Nein, sie sind das schönste Geschenk, das ich jemals gekriegt habe.«

»Aber was hast du dann? Warum guckst du so belemmert?«

Ich stand von der Couch auf und ging ans Fenster. »Ich hatte heute einen Anruf aus Wien.«

Karen war unfähig, ihre Gefühle zu verbergen; bei dem Wort »Wien« hielt sie so gewaltsam den Atem an, daß ich es quer durchs Zimmer hörte.

»Ah ja. Und, was hat sie gesagt?«

Ich wollte es ihr sagen! Ich wollte mich neben sie setzen, diese schönen Hände in die meinen nehmen und ihr die ganze Geschichte erzählen. Dann wollte ich diese kluge und großzügige Frau fragen, was ich um Himmels willen tun sollte. Aber ich tat es nicht. Warum sollte ich sie mit alledem belasten? Es wäre grausam und unnötig gewesen. Ob ich nun recht hatte oder nicht, zum ersten Mal im Leben ging mir auf, daß Liebe bedeutete, das Gute zu teilen und das Schlechte unter allen Umständen fernzuhalten, koste es, was es wolle. Und so sagte ich nichts über die Dunkelheit in Wien. Ich sagte nur, India gehe es sehr schlecht und sie habe mich gebeten, wiederzukommen und ihr zu helfen.

»Sagt sie die Wahrheit, Joseph? Und sagst du mir die Wahrheit?«

»Ja, Karen, beides.«

»Beides.« Sie nahm den Cowboystiefel vom Boden und stellte ihn sorgsam auf den Kaffeetisch. Sie hielt sich die Ohren zu, als sei plötzlich unerträglicher Lärm im Zimmer. Seltsamerweise hing der Druck von Munchs »Der Schrei« direkt hinter ihr, und sie sah dem bedauernswerten Wesen auf dem Bild verzweifelt ähnlich.

»Das ist nicht recht, Joseph.«

Ich ging zu ihr und legte den Arm um sie. Sie ließ es zu, daß ich sie an mich zog. Mein Kopf war so leer, daß ich nur den einen Gedanken fassen konnte, wie kalt ihre Schultern sich anfühlten. Ganz anders als India, die immer warm war wie ein Öfchen.

»Ich würde am liebsten zehn Gemeinheiten auf einmal loslassen, aber ich tu's nicht, verdammt nochmal. Es ist einfach nicht recht.«

Ich schaukelte sie lange in meinem Arm.

»Ich möchte dir vertrauen, Joseph. Bitte sag mir, daß du nur rüberfährst, um dieser Frau aus der Klemme zu helfen, und zu mir zurückkommst, sobald du kannst. Ich möchte, daß du das zu mir sagst, und ich möchte dir glauben.«

»Es stimmt. Das wollte ich gerade sagen.« Mein Kopf ruhte an ihrem, als ich das sagte. Sie stieß mich leicht von sich und sah mich an.

»Ja, das sagst du jetzt, aber ich habe Angst, Joseph. Miles hat es auch gesagt. Miles sagte, er müsse nur noch ein paar Dinge ins reine bringen, und dann würde er zu mir zurückkommen. Klar, klar. Ich war ja so naiv. Er ist nicht zurückgekommen! Als er ›nur für eine Weile‹ ging, ist er für immer gegangen; das Weilchen dauert ewig. Ich wollte auch ihm vertrauen. Ich *hab'* ihm vertraut, Joseph, aber er ist nie zurückgekommen! Das eine Mal, als er anrief, ja? Weißt du, was er da wollte? Er wollte mit mir ins Bett. Das war alles. Er war lieb und lustig, aber er wollte nur mit mir ins Bett. Erinnerst du dich, ich hab' gesagt, ich hätte in der Nacht was gelernt, ja? Das war's, was ich gelernt habe.« Sie begann wieder zu schaukeln, diesmal jedoch hart und mechanisch, wie eine Maschine.

»Ich bin nicht Miles, Karen. Ich liebe dich.«

Sie hörte auf. »Ja, und ich liebe dich auch, aber wem kann ich jetzt noch glauben? Manchmal komme ich mir so klein und verloren vor, daß es ist, als ob ich schon tot wäre. Ja, das ist der Tod: der Ort, an dem man niemandem glauben kann. Joseph?«

»Ja?«

»Ich möchte dir vertrauen. Ich möchte jedes Wort glauben, das du mir sagst, aber ich hab' Angst. Ich hab' Angst, du wirst sagen, daß du für eine kleine Weile weg mußt, und dann... Scheiße, ich will das nicht!«

Sie stand auf und ging im Zimmer auf und ab. »Siehst du? Siehst du? Ich hab' solche Angst, daß ich dich schon anlüge! Miles hat mich nämlich auch nach dieser Nacht, als ich mir über die Beziehung zwischen ihm und mir klar wurde, noch angerufen. Das hast du nicht gewußt, oder?«

Ich wurde mutlos, als ich seinen Namen hörte, aber ich blieb still und wartete, daß sie fortfuhr. Es dauerte ein Weilchen. Währenddessen ging sie ständig im Zimmer umher. Zu sehen, wie ihre kleinen nackten Füße mitten in dieser Winternacht über den Teppich gingen, machte alles noch schlimmer.

»Also, er hat mich vor zwei Tagen angerufen. Ich habe nie den Mut, jemandem zu sagen, daß wir einfach aufhören sollten, aber bei ihm wollte ich es tun, seit der Nacht neulich. Ich meine, ich wollte es zu neunzig Prozent, aber da waren immer noch die lächerlichen zehn Prozent, die mir sagten: ›Sei vorsichtig, Schatz, brich diese Brücken nicht alle ab.‹ Aber weißt du, was passiert ist, als er das letztemal anrief? Das ist die volle, die reine Wahrheit, Joseph, ich schwör's dir. Er rief an und wollte mich zum Eislaufen ins Rockefeller Center einladen. Er weiß, wie gern ich das mache. Hat nichts vergessen, das Stinktier. Und läßt keinen Trick aus. Hinterher noch eine heiße Schokolade vielleicht? Aber weißt du, was ich ihm geantwortet habe, Joseph? Von wegen ›Brücken abbrechen‹. Ich sagte: ›Tut mir leid, Miles, Karen ist zur Zeit verliebt und kann nicht ans Telefon kommen!‹ Dann hab' ich aufgelegt. Mann! Das war so ein tolles Gefühl, daß ich den Hörer abgenommen und ihn noch mal aufgelegt habe.«

Sie lachte vor sich hin, legte, die Erinnerung auskostend, die Hände auf die Hüften und lächelte die Wand an.

»Aber du hast doch gesagt, er hat dich nur benutzt, als ihr das letzte Mal zusammen wart. Hattest du danach denn immer noch Lust, mit ihm auszugehen?«

»Nicht gleich danach, nein. Ich hatte ja dich. Aber was soll jetzt werden, Joseph? Du fährst weg, und er ruft wieder an. Wird er wahrscheinlich tun – er hat ein Ego so groß wie dieses Zimmer. Was mach' ich, wenn das passiert?«

»Wenn er anruft, gehst du mit ihm aus.« Ich wollte es nicht sagen, aber ich mußte. Ich mußte.

»Das meinst du doch nicht wirklich?«

»Doch, ich meine, was ich sage, Karen. Es ist beschissen, aber ich schwör dir, es ist mein Ernst.«

»Es würde dich nicht stören?« Ihre Augen verengten sich, aber ich konnte nichts in ihnen lesen. Ihre Stimme war eisig.

»Es würde mir das Herz brechen, Liebste, wenn du die volle Wahrheit wissen willst. Aber es wird dir nichts anderes übrigbleiben. Aber lüg mich auch nicht an, Karen; ich weiß, ein Teil von dir möchte das, stimmt's?«

»Ja und nein, Joseph. Aber ich glaube, ich muß es jetzt tun.

Du mußt nach Wien zurückfliegen, und ich muß Miles wiedersehen.«

»Mein Gott.«

»Joseph, bitte sag mir die Wahrheit.«

»Die Wahrheit. Die Wahrheit worüber, Karen?«

»Über sie. Über India.«

»Die Wahrheit ist, ich finde es grauenhaft, daß du ihn wiedersehen wirst. Ich finde es grauenhaft, wieder nach Wien fahren zu
müssen. Ich habe aus verschiedenen Gründen eine Heidenangst
davor, was passieren wird, wenn ich wieder dort bin. Und ich habe
Angst davor, was hier zwischen dir und ihm passieren wird. Mit
einem Wort, ich fürchte mich vor allem möglichen.«

»Ich auch, Joseph.«

2

Ich trug auf dem Rückflug meine Cowboystiefel. Ich kam mir komisch darin vor, weil ich beim Gehen hin und her schwankte wie
ein Angetrunkener bei einem Ritt auf einem Rummelplatz. Aber
ich hätte um nichts in der Welt auf meine neuen Stiefel verzichten
mögen. Ich hatte am Abend zuvor meinen Koffer gepackt; er war
viel voller als bei meiner Ankunft. Mein *Leben* war voller als bei
meiner Ankunft. Aber auf der anderen Seite war da India mit ihren
Qualen in Wien, und ein Teil von mir, ein neuer und, wie ich
hoffte, guter Teil von mir sagte mir, daß es trotz des Beinahe-
Glücks, das ich vor kurzem gefunden hatte, jetzt meine Pflicht
war, zu ihr zurückzukehren und ihr nach Kräften zu helfen, gleichgültig, wie nutzlos es schien oder wie sehr mich danach verlangte,
bei Karen in New York zu bleiben. Sogar an dem Abend, als Karen
so klein und niedergeschlagen auf der Couch saß, wußte ich schon,
daß ich dieses eine Mal die Erfüllung meiner eigenen Wünsche
dem Wohlergehen eines anderen opfern mußte. Es schmerzte
mich, Amerika verlassen zu müssen, aber es konnte sein, daß diese
Tat die einzige in meinem Leben sein würde, die mir zu etwas mehr
Achtung vor mir selbst verhelfen würde. Es stimmte, was Karen
gesagt hatte – daß es nicht recht war. Aber es mußte sein. Unser
Abschied war bitter und tränenreich gewesen. Im letzten Moment
hätten wir beinahe noch dem Schmerz nachgegeben und zum ersten und einzigen Mal miteinander geschlafen. Zum Glück besa-

ßen wir genug Charakterstärke, uns den Wirrwarr zu ersparen, der *dadurch* entstanden wäre.

Die Leute stellen sich Österreich als ein schneereiches Winterwunderland vor; das ist es auch, mit Ausnahme von Wien, wo nur selten viel Schnee fällt. Doch an dem Tag, an dem ich flog, wütete ein solcher Schneesturm, daß wir nach Linz umgeleitet wurden und den Rest der Strecke mit der Bahn zurücklegen mußten. Es schneite auch in Linz, als wir landeten, aber es war trockener Pulverschnee, und die Flocken fielen leicht und langsam. Dagegen war in Wien die Hölle los. Der Sturm ließ die Verkehrsampeln an ihren Kabeln tanzen. Am Bahnhof standen in langen Reihen Taxis, alle mit Schneehauben und Ketten. Mein Chauffeur konnte sich gar nicht beruhigen und erzählte mir während der ganzen Fahrt von einem bedauernswerten Mann, den man erfroren in seinem Haus gefunden hatte, und daß das Dach eines Theaters unter dem Gewicht der Schneemassen eingebrochen war ... Es erinnerte mich alles an die Briefe meines Vaters.

Ich hatte mich auf eine muffige, eiskalte Wohnung gefaßt gemacht, aber kaum hatte ich die Tür aufgeschlossen, schlugen mir völlig unerwartet die Gerüche von Brathuhn und warmen Heizkörpern entgegen.

»Heil dem heimkehrenden Helden!«

India sah aus, als sei sie eben von einem vierwöchigen Urlaub auf Mauritius zurückgekommen.

»Du bist ja so braun!«

»Ja, ich hab' bei mir in der Nähe ein Bräunungsstudio entdeckt. Wie sehe ich aus? Stellst du die Koffer ab oder wartest du auf ein Trinkgeld?«

Ich stellte sie hin, und sie kam zu mir und umarmte mich, als ginge es um Leben und Tod. Ich erwiderte die Umarmung, nur war es, anders als mit meinem Vater in New York, diesmal ich, der sich als erster löste.

»Laß dich mal anschauen. Bist du in New York überfallen worden? Sag was! Ich warte seit zwei Monaten darauf, deine Stimme zu hören —«

»India —«

»Ich hatte solche Angst, du würdest wegen dem Schnee nicht kommen. Ich habe so oft beim Flughafen angerufen, daß sie schließlich eine Auskunftsstelle eigens für mich einrichten mußten.

Sag doch was, Joey. Hast du viele Abenteuer erlebt? Ich will alles darüber hören, und zwar jetzt gleich.« All das kam in einem heillosen Stakkato heraus. Kaum hatte sie Luft geholt, fing sie schon den nächsten Satz an, als hätte sie Angst, ihn angesichts der vielen Fragen, die sie noch auf dem Herzen hatte, zu vergessen.

»– mir gedacht, ich komme hierher und koche uns was, weil –«

»India!«

»– und ich wußte... Ja, Joey? Wird der große Schweiger jetzt doch was sagen?«

Ich legte ihr die Hände auf die Schultern und drückte sie an mich. »India, ich bin wieder da. Ich bin hier. Immer mit der Ruhe.«

»Was soll das heißen, immer mit der Ruhe?« Sie verstummte mit halboffenem Mund. Sie schauderte, als sei die Kälte von draußen bis zu ihr durchgedrungen. Der Backpinsel, den sie in der Hand gehalten hatte, fiel zu Boden. »O Joe, ich habe solche Angst gehabt, du würdest nie mehr wiederkommen.«

»Ich bin doch da.«

»Ja, du bist es wirklich. Hallo, *pulcino.*«

»Hallo, India.«

Wir lächelten beide, und sie ließ den Kopf auf die Brust fallen. Sie schüttelte ihn immer schneller, und ich drückte sie noch fester an mich.

»Ich bin heimgekommen, India.« Ich sagte es leise, wie man einem Kind gute Nacht sagt.

»Du bist ein guter Mensch, Joey. Du mußtest nicht wiederkommen.«

»Reden wir nicht davon. Ich bin hier und basta.«

»Okay. Wie wär's mit etwas Brathuhn?«

»Ich bin bereit.«

Das Essen lief gut. Hinterher waren wir beide viel besserer Laune. Ich erzählte ihr von New York, aber nicht von Karen. Das hob ich mir noch auf.

»Laß mich sehen, wie du aussiehst. Steh auf.«

Sie musterte mich sorgfältig, wie man einen Gebrauchtwagen mustert, bevor man ihn kauft.

»Du bist kein bißchen dicker geworden, aber im Gesicht siehst du gut aus. New York hat dir gut getan, was? Und wie sehe ich aus? Wie Judith Anderson mit Sonnenbräune, stimmt's?«

Ich setzte mich wieder und hob mein Weinglas. »Du siehst... ich weiß nicht, India. Du siehst so aus, wie ich es erwartet habe.«

»Nämlich wie?«

»Müde. Verängstigt.«

»Schlimm?«

»Ja, ziemlich.«

»Und ich hab' gedacht, ich könnte alles mit der Bräune kaschieren.« Sie rückte vom Tisch ab und legte sich ihre Serviette auf den Kopf; sie bedeckte ihre Augen vollständig.

»India?«

»Stör mich jetzt nicht. Ich weine.«

»India, willst du mir erzählen, was passiert ist, oder willst du lieber noch damit warten?« Ich zog die Serviette weg und sah, daß ihre Augen feucht waren.

»Warum hab' ich dich gebeten, wiederzukommen? Wozu ist das gut? Ich bin an Paul nicht herangekommen; ich konnte nicht mit ihm reden. Er kam und kam und kam immer wieder, und jedes Mal gab es einen Moment, in dem ich tatsächlich den Mut aufbrachte zu sagen: ›Warte, Paul. Hör mich an!‹ Aber es war so blöd. So verdammt blöd.«

Ich nahm ihre Hand, und sie umklammerte meine mit der Kraft der Verzweiflung.

»Alles Scheiße, Joe. Er läßt mich nicht in Ruhe. Es macht ihm so verflucht viel Spaß. Was kann ich machen? Joey, was soll ich bloß machen?«

Ich sprach so sanft, wie ich nur konnte. »Was hast du denn bisher gemacht?«

»Alles. Nichts. Zu einer Handleserin gegangen. Einem Medium. Bücher gelesen. Gebetet.« Sie fuhr sich mit der Hand durchs Haar – eine wegwerfende Geste. »India Tate, Geisterbeschwörerin.«

»Ich weiß nicht, was ich dir sagen soll.«

»Sag ›India, hier bin ich wieder, mit einer Million Antworten auf jede deiner Fragen.‹ Sag: ›Ich werde die Geister vertreiben und ich werde dir wieder das Bett anwärmen, und frag mich getrost, was du willst, denn ich bin der Mann mit den vielen Antworten.‹ « Sie sah mich traurig an, denn sie wußte schon, was jetzt kommen würde, ehe ich den Mund aufgemacht hatte.

»Die Sonne ist hundertfünfzig Millionen Kilometer von der Erde entfernt. Eine Fußballmannschaft besteht aus elf Spielern. Carol Reed hat beim *Dritten Mann* Regie geführt. Wie wär's mit diesen Antworten?«

Sie nahm ihre Gabel und klopfte mir damit auf die Hand. »Du

bist ein Schuft, Joe, aber ein netter Schuft. Tust du mir einen Gefallen?«

Ich bin kein intuitiver Mensch, aber diesmal wußte *ich*, was sie sagen würde, bevor sie den Mund aufmachte. Ich hatte recht.

»Können wir ins Bett gehen?« Als wüßte sie, daß ich zögern würde, wartete sie meine Antwort nicht ab. Sie stand auf und ging zur Schlafzimmertür, ohne mich anzusehen. »Bitte laß hier das Licht an. Es ist mir in letzter Zeit unheimlich, in einer dunklen Wohnung zu sein.«

Dieser letzte Satz erschütterte mich, und obwohl ich noch nicht wußte, was ich im Schlafzimmer tun würde, folgte ich ihr.

Im Flugzeug hatte ich mir vorgenommen, nicht mehr mit India zu schlafen – ein mir selbst gegebenes Versprechen, Karen treu zu bleiben, auch wenn das noch so pubertär erscheinen mochte. Ich dachte, wenn ich dieses Versprechen hielte, würde Karen das irgendwie wissen oder spüren, durch jene tiefgründige, geheimnisvolle Intuition, deren Frauen fähig sind, und es würde sie beruhigen, wenn wir dann wieder zusammen waren. Daß dieses Wiedersehen stattfinden würde, dessen war ich mir sicher, ich wußte nur noch nicht, wann.

Der vertraute Schein der vertrauten Lampe in diesem vertrauten Zimmer. India nahm zwei kleine braune Kämme aus ihrem Haar und hatte schon den Bund ihrer Jeans aufgeknöpft. Ich sah den oberen Rand ihres weißen Höschens. Ich stand in der Tür und versuchte, nicht hinzusehen und nicht auf die unschuldige Sinnlichkeit ihrer Handlungen zu reagieren. Einen Moment lang, als sie die Arme hoch über den Kopf erhoben hatte, hielt sie inne und sah mich mit einer Mischung aus Verlangen und Hoffnung an, und in diesem Augenblick wirkte sie wie eine Sechzehnjährige, der die ganze Welt offensteht. Wie unfair! Es war nicht recht von ihr, mir diese Seite ihres Wesens zu zeigen, wo ich ihr doch nur helfen wollte und nicht an Liebe dachte. Ich spürte meinen Pulsschlag im Hals und erschrak über die heftige Reaktion meines Herzens.

»Du siehst aus, als hättest du eine Muschelschale verschluckt. Ist was?«

»Nein, aber ich muß mal ins Bad.«

»Mhm.« Sie war schon wieder in die intimen Verrichtungen des Ausziehens versunken und hatte mir anscheinend nur mit halbem Ohr zugehört. Ich war dankbar dafür, denn ich brauchte Zeit, um den Bann der Ungewißheit zu brechen.

Ich hatte gerade das Licht im Bad angeknipst, als sie aufschrie. Sie stand nur mit ihrem weißen Höschen bekleidet da und starrte auf das Bett. Ihre Brüste waren viel älter als die von Karen. Sie hatte die Bettdecke aufgeschlagen. Darunter waren in säuberlicher Reihe viele der doppelseitigen Pin-ups aus dem *Playboy* ausgelegt. Die Schamgegend der Frauen war jeweils herausgeschnitten und durch aufgeklebte Gesichter ersetzt worden: alte Männer, Kinder, Hunde... Sie strahlten allesamt, was das Zeug hielt. Und irgendwo stand auf jedem der Bilder in großen, unbeholfenen Buchstaben: WILLKOMMEN ZU HAUSE, JOE! SCHÖN, DICH WIEDER BEI UNS ZU HABEN!

3

Die Wiener, die an den Schnee in den österreichischen Bergen gewöhnt sind, waren offenbar gar nicht davon erbaut, daß er sie diesmal in der Stadt überrascht hatte, noch dazu in solchen Mengen. Die Straßen gehörten den Kindern und ein paar vorsichtig dahinschleichenden Autos. Durchs Fenster sah ich einmal, wie ein Mann und sein Hund gleichzeitig ausrutschten und hinfielen. Alle paar Stunden versuchten Schneepflüge, die weiße Pracht aus dem Weg zu räumen, aber es nützte nichts.

India blieb diese Nacht bei mir, aber ich hielt sie nur in den Armen und versuchte sie zu beruhigen. Auf ihr Drängen nahm ich die Bilder vom Bett, verbrannte sie nacheinander im Ausguß und spülte die Asche hinunter.

Am nächsten Morgen schien ein paar Stunden eine bläßliche Sonne, aber noch vor Mittag war der Himmel wieder bedeckt, und es herrschte starkes Schneetreiben, als wir aus dem Haus gingen.

»Ich möchte ein Stück laufen. Können wir zu Fuß gehen?« Sie hatte sich bei mir eingehängt und paßte auf, wo wir hintraten. Bei jedem Schritt verschwanden ihre hohen Plastikstiefel bis zur Wade im Schnee.

»Ja, gerne, aber ich glaube, wir gehen besser auf der Fahrbahn.«

»Ich weiß nicht, warum, aber ich fühle mich heute viel besser. Vielleicht liegt es auch bloß daran, daß wir im Freien sind.« Sie sah mich an, und ihre Augen, die sich redlich Mühe gaben, glücklich und unbeschwert auszusehen, baten mich um Zustimmung. Die vollkommene Weiße der Welt trug tatsächlich dazu bei, die bösen Erinnerungen an die Nacht zurückzudrängen. Aber ich hatte das dumpfe Gefühl, daß wir, was wir auch taten und wohin wir auch gingen, ständig beobachtet wurden.

India bückte sich und nahm eine Handvoll Schnee. Sie versuchte, einen Ball daraus zu formen, aber der Schnee war zu frisch und zu pulverig dafür.

»Mit altem Schnee geht es besser.«

Wir standen mitten auf der Straße, und ich paßte auf, ob Autos kamen. »India, gehen wir irgendwann mal weiter oder nicht?«

»Ich tu’ so, als würde mich das interessieren, damit ich dich nicht zu fragen brauche, warum du heute nacht nicht mit mir geschlafen hast.«

»Heute nacht? Bist du verrückt?«

»Ich wollte es.«

»Trotz allem, was passiert ist?«

»*Wegen* allem, was passiert ist, Joe.«

»Aber, India, es hätte doch sein können... daß er da war.«

»Zu schade. Ich wollte dich.«

»Komm, gehen wir weiter.«

Sie ließ den Schnee fallen und sah mich an. »Weißt du was? Du hast mich gehalten, als ob ich die Pest hätte.«

»Hör auf damit!« Meine Verlegenheit schlug in Ärger um. Die Art von Ärger, wenn man weiß, daß man schuld ist, es aber nicht zugeben will.

»Du hast gesagt, es hätte sein können, daß er im Zimmer war. Aber weißt du was, Joe? Er ist seit Monaten in dem Zimmer. Kannst du dir vorstellen, wie das ist, ihn monatelang in der Nähe zu wissen? Es ist beschissen, Joe. Und weiß Gott, ich hab’ mir gewünscht, du wärst wieder da. Und wenn du wirklich zurückkämst, was machte es dann schon aus, daß er da war? Monatelang, Joe. Leb du mal monatelang so mit ihm und dann frag mich noch, warum ich dich heute nacht haben wollte. Er ist jetzt überall; wir können uns nirgendwo vor ihm verstecken. Also nimm mich und *laß* ihn in Gottes Namen zuschauen. Mir ist das egal.«

Was konnte ich darauf noch sagen? Sollte ich ihr alles erklären, ihr von Karen erzählen, damit sie wußte, woran sie war? Es gibt so viele verschiedene Arten, jemanden im Stich zu lassen. Sollte ich diese Frage ehrlich beantworten und ihr damit noch einen Schlag versetzen, nachdem sie schon so viele Schläge hatte einstecken müssen? Sollte ich den Mund halten und dazu beitragen, daß ihre Konfusion noch schlimmer wurde, ihre verständliche Angst, daß sie jetzt völlig allein stand im Kampf mit ihrem toten Mann? In meiner Hilflosigkeit spürte ich fast körperlich das Gewicht ihres Verlangens und war nahe daran, sie dafür zu hassen.

Mein Herz pochte wie das eines wütenden Hundes, und ich hatte mich viel zu warm angezogen wegen des Schnees und fühlte mich unbehaglich und eingezwängt. Hätte ich drei Wünsche frei gehabt, ich hätte sie zu einem einzigen zusammengepackt und mir gewünscht, irgendwo in New York in einer Kneipe mit lauter Ausgeflippten zu sitzen und mit Karen Kaffee zu trinken und Doughnuts zu essen. Das war die Vorstellung, die mich in diesem Augenblick beschäftigte – Doughnuts und Kaffee mit Karen.

In dem Jahr, bevor er starb, hatte Ross eine Freundin namens Mary Poe. Sie war ein zähes Luder, rauchte zwei Päckchen am Tag und hatte die längsten Fingernägel, die ich je gesehen habe. Sie war eine Zeitlang Bobbys Freundin gewesen, aber es war nicht gutgegangen, und so hatte Ross sie geerbt. Sie lachte viel und hing an Ross wie Lametta an einem Weihnachtsbaum. Als sie aber ein paar Monate miteinander gegangen waren, hatte Ross sie satt und versuchte, Schluß zu machen. Es war eine der wenigen Gelegenheiten, bei denen ich meinen Bruder völlig verwirrt erlebt habe, denn er konnte machen, was er wollte, er wurde sie einfach nicht los. Er rief sie nicht mehr an, machte einen Bogen um ihre Schule und bändelte ihr zum Trotz mit ihrer besten Freundin an. Nichts davon konnte Mary bremsen. Je grausamer er wurde, desto hartnäckiger lief sie ihm nach. Sie strickte ihm zwei Pullover und ein Paar Handschuhe (die er eines Tages feierlich vor ihrer Schule verbrannte), rief jeden Abend mindestens einmal an und schrieb ihm Briefe, die so in Kölnisch Wasser getränkt waren, daß unser Briefkasten wie das Taschentuch einer Nutte stank. In seiner Verzweiflung drohte er sogar einmal halb im Scherz, sie umzubringen, aber sie zuckte nur die Achseln und meinte, sie sei ohne ihn sowieso schon tot. Zum Glück fand sie dann doch einen anderen, und Ross schwor, nie wieder etwas mit einem Mädchen anzufangen.

Ich erzähle das alles, weil ich noch weiß, wie verängstigt und in die Enge getrieben er immer wirkte, wenn in der Zeit abends das Telefon läutete. Während India und ich an diesem Morgen die stille, menschenleere Straße entlangstiefelten, hatte ich das gleiche Gefühl der Ausweglosigkeit, nur hundertmal schlimmer wegen Pauls bedrohlicher Gegenwart.

»Komm, gehn wir da rein und trinken einen Kaffee, Joe. Mir frieren schon fast die Zehen ab.«

Es ging schon gegen Mittag, aber wegen des Schnees war das Café fast leer. Ein müde aussehender alter Mann saß vor einem Glas Wein in einer Ecke, zu seinen Füßen schlief ein Chow-Chow unter dem Tisch.

Wir bestellten, und der Kellner, der froh war, Arbeit zu bekommen, verfügte sich eilfertig hinter die Theke.

Es herrschte unbehagliche Stille; ich hatte plötzlich ein so starkes Bedürfnis nach Lärm, daß ich drauf und dran war, India einen blöden Witz zu erzählen, als die Tür aufging und ein großer dicker Mann mit einem Dackel hereinkam. Der Chow-Chow sah nur einmal zu den beiden hin und sprang sofort auf und bellte. Der Dackel lief schnurstracks zu dem Chow-Chow und biß ihn ins Bein. India schrie erschrocken auf, aber dem Chow-Chow gefiel das. Er sprang hin und her und bellte unaufhörlich. Der Dackel machte zwei Schritte vorwärts und biß ihn noch einmal. Die beiden Hundehalter sahen ihren Lieblingen breit grinsend zu.

India verschränkte die Arme und schüttelte den Kopf. »Wo sind wir hier eigentlich, im Zoo?«

»Mir ist gerade aufgefallen, daß der Dackel eine Dame ist.«

India mußte lachen. »Das erklärt alles. Vielleicht sollte ich Paul beißen, vielleicht läßt er mich dann in Ruhe.«

»Oder bellt dich wenigstens an.«

»Ja.« Sie hob beide Arme über den Kopf und lächelte mich an. »Joe, ich bin wirklich blöd. Entschuldige. Vielleicht ist es meine Art, dir Komplimente zu machen.«

»Versteh' ich nicht.«

»Na, vielleicht habe ich mir soviel davon versprochen, daß du zurückkommst, daß ich dachte, alles würde auf einen Schlag wieder in Ordnung sein, wie ich es heute nacht gesagt habe. Hast du das noch nie von jemandem geglaubt? Daß er einfach alles in Ordnung bringen kann, was er in die Hand nimmt? Ja, das muß es wohl gewesen sein. Ich dachte, mit deiner Rückkehr würden diese Gespenster zum Teufel gehen.«

»Dieses *Gespenst*.«

»Ja, Singular. Immer nur einer, hm? Komm, gehn wir. Der Laden hier wird mir langsam unheimlich.«

Den Rest des Tages waren wir ganz fidel; wir streunten durch die Stadt und genossen das Gefühl, daß ganz Wien nur uns und dem Schnee gehörte. Wir gingen im Ersten Bezirk einkaufen, und sie kaufte mir ein schreiend buntes T-Shirt in dem Fiorucci-Laden.

»Wann soll ich das denn anziehen?«

»Nicht ›wann‹, Joe, ›wo‹ ist die Frage. Es ist das häßlichste Hemd, das ich seit Pauls Hawaii-Desaster gesehen habe.« Sie sagte es, als sei er nur ein paar Schritte von uns entfernt, und ich dachte einen Moment lang an die schönen Zeiten, die wir im Herbst miteinander verlebt hatten.

Im Laufe der Zeit fiel mir auf, wie oft wir beide liebevoll und wehmütig von ihm sprachen. India wollte nicht darüber reden, was er ihr angetan hatte, als ich in New York war, aber die Tage, da Paul noch gelebt hatte, waren ihr immer nahe und in frischer Erinnerung, und ich hatte aufrichtige Freude daran, mich in die Tage unseres gemeinsamen Glücks zurückzuversetzen.

Der Schnee blieb noch ein paar Tage liegen, und dann kam einer dieser unnatürlichen Wärmeeinbrüche und tilgte fast alle Spuren des Winters. Ich bin wahrscheinlich einer der wenigen Menschen, die solches Wetter nicht mögen. Es ist falsch; man schaut andauernd mißtrauisch zum Himmel und erwartet, daß jeden Moment das Schneechaos wieder losbricht. Aber die Leute trugen schon leichte Mäntel und hielten auf den noch feuchten Bänken im Park die Gesichter in die Sonne. Die Fiaker waren voller lächelnder Touristen, und ich konnte mir vorstellen, wie sie zu Hause von dem herrlichen Winterwetter in Wien schwärmen würden.

Das einzige, was mir daran gefiel, war die Veränderung, die es bei India bewirkte. Sie war plötzlich wieder guter Dinge und voller Lebenslust. Obwohl meine Sehnsucht nach Karen mit jedem Tag stärker wurde, erinnerte mich der Umgang mit India, warum ich mich von Anfang an so zu ihr hingezogen gefühlt hatte. Wenn sie in bester Verfassung war, strahlte sie eine überaus intelligente und interessante Auffassung vom Leben aus, die einen wünschen ließ, ihre Meinung zu allem und jedem in Erfahrung zu bringen. Ob es nun um ein Bild von Schiele oder um den Unterschied zwischen amerikanischen und österreichischen Zigaretten ging, wenn sie ihre Meinung dazu äußerte, hörte man entweder mit gespitzten Ohren zu oder ärgerte sich grün und blau, daß man nicht so intelligent oder phantasievoll war, daß man längst selber zu derselben Erkenntnis gekommen wäre. Oft und oft fragte ich mich, was aus uns beiden wohl geworden wäre, wenn ich Karen nicht kennengelernt hätte. Aber es war eben so gekommen, und jetzt beanspruchte Karen meine ganze Liebesfähigkeit.

Ich dachte ständig an sie, und eines Samstagabends nahm ich allen Mut zusammen und rief sie in New York an. Während das Telefon klingelte, ging ich in Gedanken durch ihre Wohnung wie eine liebevoll geführte Kamera und blieb bald hier, bald dort stehen, um die Dinge ins Auge zu fassen, die ich mochte und am meisten vermißte. Sie war nicht da. Fieberhaft errechnete ich den Zeitunterschied und atmete erleichtert auf, als mir klar wurde, daß ich mich vertan hatte – drüben war es erst kurz nach ein Uhr nachmittags. Ich versuchte es später noch einmal, aber sie meldete sich wieder nicht. Zweifel und Eifersucht quälten mich; ich wußte, mir würde das Herz brechen, wenn ich noch einmal anrief und sie wieder nicht zu Hause war. So rief ich statt dessen India an und fragte sie traurig, ob sie mit mir ins Kino gehen wolle.

Als wir hinkamen, stellten wir fest, daß der Hauptfilm erst in einer Viertelstunde anfing; ich plädierte für einen gemächlichen Spaziergang einmal um den Block, um die Zeit totzuschlagen. Aber als ich losgehen wollte, hielt India mich am Ärmel fest.

»Was ist denn?«

»Ich will heute abend nicht ins Kino.«

»Was? Warum denn nicht?«

»Frag mich nicht, ich hab' einfach keine Lust, ja? Ich hab's mir anders überlegt.«

»India –«

»Weil mich das Kino an Paul erinnert, verstehst du? Es erinnert mich an den Abend, an dem wir uns kennengelernt haben; das war nämlich hier. Es erinnert mich –« Sie wirbelte herum und ging weg. Sie stolperte einmal und schritt dann kräftig aus, so daß sich der Abstand zwischen uns mit jedem Schritt vergrößerte.

»India, so warte doch! Was hast du denn vor?«

Sie ging weiter. Während ich aufzuholen versuchte, sah ich aus dem Augenwinkel ein Plakat für eine Reise nach New York im Schaufenster eines Reisebüros.

»India, bleib doch endlich stehen, verdammt noch mal!«

Sie gehorchte, und ich wäre beinahe mit ihr zusammengestoßen. Als sie sich umdrehte, glänzten die Tränen auf ihrem Gesicht im Licht der weißen Lampen in einem Schaufenster. Mir wurde klar, daß ich nicht wissen wollte, warum sie weinte. Ich wollte nicht wissen, womit ich sie schon wieder gekränkt, in welcher Hinsicht ich sie schon wieder enttäuscht hatte.

»Kapierst du nicht, daß er überall in der Stadt ist? Wo ich auch hingehe, was ich auch sehe... Sogar *du* erinnerst mich an ihn.«

Sie lief wieder los, ich wieder hinterher wie ein Leibwächter.

Sie überquerte ein, zwei Straßen und ging in einen kleinen Park. Er war schwach beleuchtet; eine Bronzefigur in der Mitte war unsere einzige Gesellschaft. Sie blieb stehen, und ich näherte mich bis auf ein paar Schritte. Eine Zeitlang rührten wir uns beide nicht vom Fleck. Dann sah ich den Hund.

Es war ein weißer Boxer. Irgend jemand hat mir einmal erzählt, daß Züchter weiße Boxer oft gleich nach der Geburt einschläfern lassen, weil sie Mißgeburten sind, Launen der Natur. Ich mochte sie irgendwie und freute mich über diese lustigen und doch brutalen Gesichter in der Farbe von Wolken.

Der Hund war aus dem Nichts aufgetaucht und glomm förmlich, ein beweglicher Schneefleck in der Nacht. Er war allein und hatte weder Halsband noch Maulkorb. India hatte sich nicht bewegt. Er kam schnüffelnd auf uns zu, und ich ließ ihn nicht aus den Augen. Als er nur noch zwei, drei Meter von uns weg war, blieb er stehen und sah uns direkt an.

»Matty!« Sie atmete tief, packte mich am Arm. »Es ist Matty!«

»*Wer?* Wovon redest du?« Der Ton ihrer Stimme machte mir Angst, aber ich mußte wissen, was sie meinte.

»Es ist Matty. Matterhorn! Pauls Hund in London. Wir haben ihn weggegeben, als wir hierher gezogen sind. Wir mußten es tun, weil – Matty! Matty, komm her!«

Er lief wieder herum: im Gebüsch, auf dem Weg, über das Blumenbeet. Er glomm im Dunkeln und bewegte sich lebhaft, hündischen Interessen nachgehend. Er war riesig. Er mußte gut vierzig Kilo wiegen.

»Matty! Komm!« Sie bückte sich. Er kam geradewegs auf sie zu, wedelte mit dem Schwanz und japste wie ein Welpe.

»India, paß auf, du weißt doch gar nicht, ob –«

»Sei still. Und wenn schon?« Sie sah mich mit wild lodernden Augen an.

Der Hund nahm die Änderung in ihrem Tonfall wahr und blieb, keinen Meter entfernt, stocksteif stehen. Er sah India an, dann mich.

»Matty!«

Er senkte den Kopf und knurrte.

»Geh weg, Joe, du machst ihm Angst.«

Er knurrte wieder, nur länger und tiefer diesmal, viel wilder und bedrohlicher. Er fletschte die Zähne und wedelte zu schnell mit dem Schwanz.

»O mein Gott. *Joe?*«

»*Geh zurück.*«

»Joe —«

Ich sprach ruhig und monoton. »Wenn du zu schnell gehst, kommt er. Geh langsam. Nein, *noch langsamer.*«

Sie war in der Hocke, so daß es ihr fast unmöglich war, sich rückwärts zu bewegen. Ich sah mich nach einem Ast oder einem Stein um, der sich als Waffe geeignet hätte, aber es war nichts da. Wenn er auf mich losging, hatte ich nur meine Hände und Füße, idiotische, lächerliche Waffen gegen diesen riesigen Boxer.

Es gelang India, sich etwa einen Meter zurückzuziehen. Ich nahm allen Mut zusammen und glitt ein Stück zur Seite, so daß ich zwischen India und dem Hund stand. Er knurrte jetzt ständig; ich fragte mich, ob er womöglich die Tollwut hatte. Ich war ratlos. Wie lange würde er so stehenbleiben? Wie lange würde er noch warten? Was hatte er vor? Das Knurren wurde immer bösartiger, es hörte sich an, als ob ihm irgend etwas in seinem Körper Qualen bereitete. Er drehte den Kopf nach links und rechts, seine Augen weiteten sich, verengten sich zu Schlitzen. Wenn er nun tollwütig war und mich biß…

Jetzt erst fiel mir auf, daß ich ganz leise »mein Gott, mein Gott…« vor mich hinmurmelte. Ich wagte nicht, mich zu bewegen. Die Hände hatte ich flach an die Hosennähte gelegt. Meine Angst verwandelte sich in einen widerlich bitteren Geschmack im Mund.

Irgend jemand pfiff, und der Hund schnappte wie wahnsinnig in meine Richtung, blieb aber, wo er war, und bewegte sich erst, als der Pfiff zum zweitenmal kam.

»Bravo, Joey! Du hast den Matty-Test bestanden! Er hat bestanden, India!«

Paul stand am Rande des Parks. Er trug seinen Little-Boy-Zylinder, weiße Handschuhe und den schönsten schwarzen Mantel, den ich je gesehen hatte.

Der Hund hetzte zu ihm hinüber und sprang nach der Hand, die Paul hoch über seinen Kopf hielt. Die beiden verschwanden in der Dunkelheit.

»Joseph?«

»Karen!«

»Hallo, Liebster. Kannst du reden?«

»Ja, sicher. Moment, ich muß mich nur hinsetzen.«

Karen. Am anderen Ende war Karen, und Karen war der Himmel, der alles gut werden ließ.

»Also, schieß los, was gibt's Neues? Erzähl mir alles. Ich hab' schon versucht, dich anzurufen.«

»Du, Joseph, geht's dir gut? Du klingst, als hätte man dir gerade sämtliche Zähne gerissen.«

»Die Verbindung ist schlecht. Wie geht's *dir?*«

»Mir... ach, ganz gut.«

»Was heißt das, ganz gut? Jetzt hörst du dich an, als hätte man dir die Zähne gezogen.«

Sie mußte lachen; ich hätte ewig zuhören können.

»Nein, nein, Joseph, mir geht's gut. Was gibt's bei dir Neues? Was tut sich mit dieser Miß India und dir?«

»Nichts. Ich meine, es tut sich nichts. Es geht ihr gut.«

»Und dir?«

Wie gerne hätte ich es ihr gesagt. Wie gerne hätte ich sie bei mir gehabt. Wie sehr wünschte ich mir, das alles wäre endlich vorbei.

»Karen, ich liebe dich. Ich liebe nicht India, ich liebe dich. Ich möchte zu dir zurück. Ich brauche dich.«

»Mhm.«

Ich machte die Augen zu. Ich spürte, daß gleich etwas Schreckliches kommen würde. »Was ist mit Miles, Karen?«

»Willst du die Wahrheit wissen?«

»Ja.« Mein Herz raste wie das eines zum Tode Verurteilten unmittelbar vor der Hinrichtung.

»Ich wohne bei ihm. Er hat mich gefragt, ob ich ihn heiraten will.«

»O Gott.«

»Ja, ich weiß.«

»*Und.*« Sag jetzt nicht ja. Sag um Himmels willen nicht, daß du ja gesagt hast.

»Ich hab' ihm gesagt, ich möchte vorher mit dir reden.«

»Er weiß also von mir?«

»Ja.«

»Willst du ihn heiraten?«

»Die Wahrheit?«

»Ja, verdammt noch mal, sag mir die Wahrheit!«

Ihre Stimme wurde kalt, und ich hätte mich dafür ohrfeigen können, daß ich sie so angefahren hatte. »Manchmal glaube ich, daß ich es will, Joseph. Manchmal glaube ich es wirklich. Und du?«

Ich setzte mich anders hin, stieß mit dem Schienbein am Stuhl an und wäre vor Schmerz fast in Ohnmacht gefallen. Ich war wie benommen und suchte verzweifelt nach etwas Klarem, Richtigem, was ich hätte sagen können, um zu verhindern, daß das Beste in meinem Leben den Bach runterging.

»Karen, kannst du noch ein bißchen warten, bevor du ihm eine Antwort gibst? Kannst du nur noch ein kleines Weilchen warten?«

Eine Pause trat ein, die ungefähr hundert Jahre dauerte.

»Ich weiß nicht, Joseph.«

»Liebst du mich, Karen?«

»Ja, Joseph, aber es könnte sein, daß ich Miles noch mehr liebe. Und ich schwör' dir, ich hab' auch nicht vor, ein keusches Leben zu führen. Ich weiß nicht.«

Ich saß in meinem Zimmer und rauchte. Das Radio war an, und ich lächelte bitter, als Indias Song aus unserer Nacht in den Bergen gespielt wurde – »Sundays in the Sky«. Wie lange war das her? Wie lange war es her, daß ich Karen in den Armen gehalten und mir geschworen hatte, nicht mehr nach Wien zurückzukehren? Nie mehr. Alles war in New York. Alles. Aber wie dicht stand ich jetzt davor, es zu verlieren?

Wie schon mehrmals in den vergangenen Tagen stand mir plötzlich das Gesicht eines weißen Boxerhundes vor Augen, und im nächsten Moment hörte ich Indias Schrei. Irgendwo im Hinterkopf wußte ich, daß ich eigentlich hätte stolz sein müssen, weil ich sie an dem Abend gerettet hatte, aber das Erlebnis ließ alles nur noch sinnloser erscheinen. Wie kann man einen Toten besiegen? Indem man ihm sagt, er solle fair kämpfen, ohne Tricks und doppelten Boden? Was nützten einem seine zwei Fäuste, wenn der Gegner deren hundert und nochmal hundert hatte, die er alle einsetzen konnte, wenn die ersten beiden müde waren? Ich fragte mich, ob ich India haßte, aber das war nicht der Fall. Ich haßte noch nicht einmal Paul. Es war unmöglich, einen Wahnsinnigen

zu hassen – das wäre genauso kindisch gewesen, wie einem Gegenstand böse zu sein, an dem man sich gestoßen hat.

Aus der Küche hörte ich das Klicken des Kühlschranks, der sich
einschaltete. Auf der Straße hupte ein Auto. Kinder kreischten und
lachten irgendwo im Haus und schlugen Türen zu. Ich wußte, es
war Zeit, mit India zu sprechen. Ich würde bleiben und ihr nach
Kräften helfen, aber dafür mußte sie sich damit abfinden, daß ich,
falls Pauls Belagerung endete, keinen Moment länger als nötig bei
ihr bleiben würde. Ich wußte, das würde sie kränken und verwir-
ren, aber letztlich wollte ich Karen die Treue halten, und von ihr
konnte ich ja beim besten Willen nicht verlangen, so lange auf
mich zu warten, bis ich India endlich die Wahrheit zu sagen wagte.
Bevor wir an dem Abend auflegten, fragte mich Karen, ob ich in
Wien bleibe, weil ich Indias Freund sei, oder weil ich ihr Liebhaber
sei. Als ich »Freund« antwortete, wußte ich, daß es Zeit war, endlich nach allen Seiten aufrichtig zu sein.

Ich bat India, ins Landtmann zu kommen. Sie trug einen moos-
grünen Lodenmantel, der ihr bis zu den Knöcheln reichte, und
schwarze Wollhandschuhe, die sie vorzüglich kleideten. Was für
eine attraktive Frau. Was für ein heilloses Durcheinander.

»Sollen wir lieber woanders hingehen, India?«

»Nein, laß nur. Die haben hier den besten Kuchen in ganz Wien,
und ich bin dir nach dem Schreck neulich mindestens zwei Stück
schuldig.«

»Erinnerst du dich noch an den Abend, als wir uns kennengelernt haben? Wie wir hier draußen gesessen haben und ich mich
über die Hitze beklagt habe?«

Wir standen mit dem Rücken zur Tür des Cafés. Die Bäume waren kahl; man konnte sie sich nur schwer in voller Blüte vorstellen.
Wie konnte die Natur ihre Haut so vollständig abwerfen und sie
dann schon ein paar Monate danach so genau rekonstruieren?

»Woran denkst du, Joey?«

»An Bäume im Winter.«

»Sehr poetisch. Ich hab' an unseren ersten Abend gedacht.
Weißt du was? Irgendwie warst du da ein bißchen fies.«

»Vielen Dank.«

»Ein gutaussehender Fiesling, aber ein Fiesling.«

»Meinst du so ganz allgemein, oder wegen irgendwas Bestimm-
tem?«

»Ach, ich weiß nicht, aber ich hab' dir verziehen, weil du so gut aussahst. Du bist ein toller Mann, weißt du.«

Wenn Sie möchten, daß Wien Ihre romantischen Erwartungen erfüllt, sollten Sie vom Flughafen direkt ins Café Landtmann fahren. Es hat Marmortische, samtbezogene Stühle, Fenster vom Boden bis zur Decke und Zeitungen aus allen interessanten Teilen der Welt. Sicher, es ist eines der Lokale, in die man geht, um gesehen zu werden, aber es ist ein so großes Café, daß nicht einmal das stört.

Wir suchten uns einen Tisch an einem Fenster und sahen uns um, bevor einer von beiden etwas sagte. Dann fingen wir beide zugleich an.

»In —«

»Wer war —«

»Du zuerst.«

»Nein, sag du, Joe. Ich wollte sowieso nur eine Belanglosigkeit von mir geben.«

»Na gut. Ist dir nach Reden zumute? Ich möchte dir etwas Wichtiges sagen.«

Sie neigte bejahend den Kopf, erteilte mir das Wort. Ich hatte keine Ahnung, ob das der richtige Moment war, Karen Mack aufs Tapet zu bringen, aber ich mußte es tun, ob ich wollte oder nicht.

»India, ich war in New York mit jemandem zusammen.«

»Das hab' ich mir fast schon gedacht, so wie du dich benimmst, seit du wieder da bist. Jemand von früher oder jemand Neues?«

»Jemand Neues.«

»Aha. Das sind die gefährlichsten, stimmt's? Sagst du mir, wie sie heißt, bevor du weitererzählst?«

»Karen.«

Der Kuchen kam, und wir verglichen, welcher der bessere war und wer von uns beiden das größere Stück erwischt hatte.

»Erzähl mir von Karen, Joe. Sie ist also was Neues.«

»Warum wolltest du ihren Namen wissen?«

»Weil ich gerne weiß, wie der Feind heißt, bevor ich angreife.«

Ich erzählte ihr die Geschichte, ohne in Details zu gehen, und sie sagte kein Wort, bis ich geendet hatte.

»Und du hast mit ihr geschlafen?«

»Nein, noch nicht.«

»Platonisch.« Sie nahm ihre Gabel und drückte die Hälfte ihres Kuchens auf dem Teller platt.

Sie sah mich nicht an, als sie weitersprach. Sie verging sich weiter an ihrem Kuchen. »Warum bist du zurückgekommen?«

»Weil du meine Freundin bist, und weil ich an der ganzen Misere alles andere als unschuldig bin.«

»Ist auch Liebe dabei, Joey?«

»Wie meinst du das?«

»Ich meine, hat dein Entschluß, zu mir zurückzukommen, irgendwas damit zu tun, daß du mich liebst?«

Sie hielt den Kopf gesenkt, und ich sah ihren tadellos gezogenen Scheitel.

»Natürlich hat auch Liebe mitgespielt, India. Ich bin kein…«

Sie blickte auf. »Du bist kein…?«

»Ich bin kein so guter Mesch, daß ich zurückgekommen wäre, wenn ich dich nicht liebte. Findest du das nicht logisch?«

»Doch, sicher. Welche Chancen habe ich gegen sie?«

Ich schloß die Augen und rieb mir mit den Händen das Gesicht. Dann sah ich sie wieder an. Sie schaute völlig entgeistert über meine Schulter, und ihre Hände lagen auf dem Tisch und zitterten. Ich drehte mich um, weil ich wissen wollte, was sich hinter mir so Erstaunliches abspielte. Paul Tate kam in seinem schönen schwarzen Mantel durch das Café auf unseren Tisch zu.

»Hallo, Kinder, darf ich mich zu euch setzen?« Er setzte sich neben seine Frau und küßte ihr die Hand. Dann streckte er die Hand über den Tisch aus und berührte mich leicht an der Wange. Seine Finger waren warm wie Toast.

»Lange her, seit ich das letztemal hier war. Es war unmittelbar vor deiner Fahrt nach Frankfurt, Joey.« Er sah sich wohlgefällig um.

Es war Paul. Paul Tate. Er war tot. Er saß mir am Tisch gegenüber, und er war tot.

»›Ihr fragt euch vielleicht, warum ich euch heute alle hier zusammengerufen habe…‹ Nein, ich will jetzt keine dummen Witze machen.«

»Paul?« Indias Stimme klang wie das Schlagen einer kleinen Uhr in einem meilenweit entfernten Zimmer.

»Laß mich sagen, was ich zu sagen habe, Liebste, und ihr werdet alles verstehen.« Er strich sich mit einer seiner raschen Gesten das Haar nach hinten. »Du hattest übrigens recht, India. Die ganze Zeit. Als ich starb, wußte ich nicht, ob es wegen meinem Herzen war oder wegen dem, was ihr ihm angetan hattet. Aber das ist gleichgültig. Jetzt habe ich alles getan, was zu tun war. Der Boy, die Vögel, die weißen Mattys... sie alle haben ausgedient. Ihr zwei habt mich einmal verraten, und das ist unverzeihlich, aber es war, weil ihr euch geliebt habt. Jetzt endlich bin ich davon überzeugt. Ich weiß jetzt, daß es wahr ist.«

Trotz seiner Gegenwart tauschten India und ich heimlich Blicke über den Tisch hinweg, um zu sehen, wie der andere *darauf* reagierte. Vor allem im Licht dessen, was wir vorher gesagt hatten.

»Ich habe India geliebt und konnte nicht glauben, daß sie es getan hatte. Weißt du, Joe, sie ist eigentlich ein sehr aufrichtiger Mensch, ganz gleich, wie es im Moment ausehen mag. Vergiß das nicht. Wenn sie dich liebt, gehört sie dir. Als mir klar wurde, was geschehen war, wollte ich euch alle beide umbringen. Ironie des Schicksals... *ich* starb statt dessen. Der Tod war anders, als ich ihn mir vorgestellt hatte; man gab mir die Chance, zurückzukommen und es euch beiden heimzuzahlen, und ich nutzte sie. Und *wie* ich sie genutzt habe! Anfangs war es spaßig, wie ihr beiden Herzchen gekreischt habt und kopflos rumgerannt seid, vor Angst ganz von Sinnen. Dann hast du, Joe, sie immer wieder beschützt. Du hast deinen Hals so weit rausgestreckt, daß er dir zehnmal hätte abgeschnitten werden müssen. Du hast alles richtig und liebevoll gemacht, und nach einer gewissen Zeit und großen Schmerzen hab' ich endlich kapiert, wie sehr du sie geliebt hast. Du hättest nicht aus New York zurückzukommen brauchen, aber du hast es getan. Wie du sie neulich abends vor dem Hund beschützt hast... Das hat mir gezeigt, daß du sie von ganzem Herzen liebst, und ich habe gestaunt. Du hast den Test bestanden, Joey, wenn man es so nennen kann, mit fliegenden Fahnen. Du hast sogar mich überzeugt. Also kein Little Boy mehr. Die Toten ziehen sich zurück. Ade.«

Er stand auf, knöpfte seinen Mantel bis zum Hals zu, winkte uns beiden noch einmal rasch zu und ging aus unserem Leben.

5

Eine der berühmten Anekdoten der Familie Lennox geht so: Unmittelbar nachdem die Mutter meines Vaters gestorben war, fuhr meine Mutter mit uns allen zum Picknick zum Bear Mountain. Sie wollte meinen Vater auf andere Gedanken bringen, und für Picknicks hatte er viel übrig. Ross wollte sich im letzten Moment drükken, aber nach einer Ohrfeige und ein paar unterdrückten Flüchen vom Boß benahm er sich und vertilgte schließlich mehr Brathuhn und Kartoffelsalat als jeder andere. Als wir fertig waren, gingen mein Vater und ich ein Stück spazieren. Ich machte mir schreckliche Sorgen um ihn und zerbrach mir den Kopf, was ich ihm sagen könnte, um seinen Schmerz zu lindern. Ich war damals fünf und konnte vieles überhaupt noch nicht sagen, geschweige denn richtig ausdrücken, und als ich dann den richtigen Einfall hatte, war ich furchtbar aufgeregt und stolz, weil ich ganz allein darauf gekommen war.

Wir setzten uns auf zwei Baumstümpfe, und ich nahm ihn bei der Hand. Ich hatte ihm so etwas Schönes zu sagen!

»Daddy? Weißt du, du solltest nicht so traurig sein, daß Großmama gestorben ist. Weißt du, warum? Weil sie jetzt bei unserem Lieben Vater ist, der sich um *jeden einzelnen* von uns kümmert. Weißt du, wer das ist, Daddy? Er wohnt im Himmel, und sein Name ist D-O-G.«

In den Tagen nach Pauls Erscheinung im Café fragte ich mich, wo er jetzt war. Wenn er die Wahrheit gesagt hatte, wohin kamen dann die Menschen, wenn sie tot waren? Eines wußte ich allerdings sicher – man konnte sich auch auf der anderen Seite noch entscheiden; dort war alles viel komplizierter, als wir es uns jemals vorstellen können. Als er an unserem Tisch saß, war ich nicht auf den Gedanken gekommen, ihn danach zu fragen, aber hinterher wurde mir klar, daß er es uns wahrscheinlich sowieso nicht gesagt hätte. Ich war mir sogar ganz sicher. Es war Pauls Art.

D-O-G. Es tat mir leid, daß sich nie eine Gelegenheit ergeben hatte, ihm diese Geschichte zu erzählen.

6

»Wo ist Pauls Füller?«

Sie stand in meiner Wohnungstür und war außer sich vor Wut.

»Willst du nicht reinkommen?«

»Du hast ihn genommen, stimmt's?«

»Ja.«

»Ich hab's gewußt, du mieser kleiner Dieb. Wo ist er?«

»Auf meinem Schreibtisch.«

»Hol ihn gefälligst.«

»Ja, gut, India. Reg dich nicht auf.«

»Ich will mich aber aufregen.«

Sie folgte mir in die Wohnung. Ich kam mir blöd vor und hatte ein schlechtes Gewissen. Wie ein zehnjähriger Junge. Mir dröhnte der Kopf von den widersprüchlichsten Gedanken und Gefühlen. Paul war nicht mehr da, aber was bedeutete das eigentlich? Ich konnte jetzt gehen; ich hatte India gegenüber meine Pflicht erfüllt. Wann war jemals etwas so einfach gewesen? Ich hatte ihre Frage, ob sie gegen Karen eine »Chance« habe, nicht beantwortet. Wenn Paul ein Faktor in unserem Leben geblieben wäre, hätte ich diese Frage lange nicht zu beantworten brauchen. Jetzt kam ich nicht mehr darum herum.

»Gib ihn her. Warum hast du ihn überhaupt weggenommen?«

Sie steckte ihn in die Tasche und klopfte ein paarmal darauf, wie um sich zu überzeugen, daß er auch wirklich da war.

»Wahrscheinlich, weil er Paul gehört hat. Ich habe ihn gleich nach seinem Tod genommen, bevor noch irgend etwas passiert war, falls das einen Unterschied macht.«

»Du hättest fragen können.«

»Du hast recht – ich hätte fragen können. Möchtest du dich setzen?«

»Ich weiß nicht. Ich glaube nicht, daß ich dich heute sonderlich leiden kann. Was hast du jetzt vor? Was steht auf deiner Tagesordnung? Du hättest mal anrufen können, weißt du das?«

»Nun mach mal halblang, India, komm.«

Karen in New York; eine fifty-fifty Chance, sie zurückzugewinnen, wenn ich sofort hinüberflog. India in Wien; frei, alleinstehend, wütend. Wütend, weil sie glaubte, ich sei aus den besten Beweggründen zu ihr zurückgekommen, nur um im denkbar ungünstigsten Augenblick zu erfahren, daß ich es zu neunzig Prozent aus Pflichtgefühl und nur zu zehn Prozent aus Liebe getan hatte. Wütend, weil ihr Betrug Tod und Schmerz und Angst verursacht hatte und ihr letztlich nur eine Zukunft blieb, die kaum mehr als dauernde Schuldgefühle und Selbsthaß versprach.

Das alles sah ich ihr nach, und in einem Augenblick schier unglaublicher Hellsichtigkeit beschloß ich, unter allen Umständen so lange bei India zu bleiben, wie sie mich brauchte. Eine Montage aus Karen im Bett, am Altar, als liebevolle Mutter *seiner* Kinder, über *seine* Scherze lachend, trat mir vor Augen und verschwand wieder, und ich sagte mir, daß ich mir einreden müsse, es sei nicht

162

mehr wichtig. India brauchte mich, und der Rest meines Lebens würde falsch und egoistisch sein, wenn ich sie jetzt enttäuschte.

Es war nicht Märtyrertum oder Altruismus oder irgend etwas ähnlich Schmeichelhaftes. Ich würde einfach zum dritten- oder viertenmal in meinem Leben das Richtige tun, und das war gut. Mir wurde klar, wie naiv und unrealistisch Menschen sind, die meinen, sie könnten tun, was recht ist, und trotzdem glücklich sein.

Wenn einem das widerfährt, ist man wahrhaftig vom Schicksal begünstigt. Das Rechte sollte jedoch gewinnen, wenn man wählen muß. Es ist viel geschehen, seit mir diese großartigen Gedanken durch den Kopf gingen, aber ich glaube immer noch, daß es die Wahrheit ist. Das ist eines der wenigen Dinge, an die ich überhaupt noch glaube.

»Joe, weil du wahrscheinlich bald abfahren wirst, will ich dir noch was sagen. Ich wollte es dir schon lange sagen, hab's aber dann doch nie getan. Ich glaube aber, du solltest es jetzt wissen, weil es wichtig ist und weil ich dich, ganz gleich, was mit uns geschieht, immer noch genug liebe, um den Wunsch zu haben, dir zu helfen.«

»India, darf ich vorher noch was sagen? Ich kann mir denken, es ist nicht ohne...«

»Nein, laß mich erst ausreden. Du kennst mich. Du könntest mir mit dem, was du sagst, den Wind aus den Segeln nehmen, und ich bin im Moment so sauer auf dich, daß ich kein Blatt vor den Mund nehmen werde, also bitte, laß mich reden, ja?«

»Okay.« Ich versuchte zu lächeln, aber sie runzelte die Stirn und schüttelte den Kopf. Lächeln unerwünscht. Ich lehnte mich zurück und fand mich damit ab, daß sie Dampf ablassen mußte, aber ich wußte, daß ich noch ein As im Ärmel hatte. Würde die sich wundern!

»Dieser Füller gehört auch dazu. Ich weiß, warum du ihn haben wolltest. Weil er Paul gehört hat, und du wolltest ihn haben, damit er dich an Pauls Magie erinnert. Stimmt's? Ich verstehe. Das ist typisch für dich, Joe. Du willst an jedermanns Magie teilhaben, aber du bist im Grunde genommen zu schwach, um es dir zu erarbeiten oder zu erkämpfen, und deshalb klaust du Pauls Füller, gehst mit mir ins Bett —«

»Um Gottes willen, India!«

»Halt den Mund. Du gehst mit mir ins Bett... Du stiehlst sogar deinem Bruder das Leben, schreibst es auf und verdienst mit der Story eine Million Dollar. Okay, keine Million, aber genug, um für den Rest deines Lebens aus dem Schneider zu sein. Hab' ich recht? Du bist talentiert, Joe, das bestreitet keiner, aber ist dir jemals in den Sinn gekommen, daß es dein größtes Talent ist, anderen ihre Magie zu stehlen und sie für deine Zwecke einzusetzen? Da, ich möchte, daß du das liest.«

Ich traute meinen Ohren nicht. Völlig benommen und tiefer gekränkt als je zuvor sah ich zu, wie sie einen Zettel aus der Gesäßtasche holte.

»Es ist von dem Romanschriftsteller Evan Connell. Du kennst ihn? Hör mal zu. ›Originale ziehen uns aus einem anderen Grund an, der bis auf den prähistorischen Glauben an magische Eigenschaften zurückgeht. Wenn wir ein Original besitzen, sei es ein Totenschädel oder eine Haarlocke, ein Autograph oder eine Zeichnung, glauben wir, daß wir dadurch ein wenig von der Kraft oder Substanz dessen erwerben, dem es gehört oder der es geschaffen hat.‹«

Sie warf das Blatt auf den Couchtisch und zeigte mit dem Finger auf mich. »Das bist du, wie du leibst und lebst, Joe, und tief drinnen weißt du das auch. Ich mußte lange nachdenken, um dahinterzukommen. Das einzige Wort, das mir dafür einfällt, ist Schmarotzer. Kein bösartiger Schmarotzer, aber ein Schmarotzer. Die beiden Menschen, die du in deinem Leben wirklich geliebt und bewundert hast – Ross und Paul – haben dich mit ihrer Magie so überwältigt, daß du nur den einen Gedanken hattest, dir etwas davon anzueignen. Deshalb hast du dir die Geschichte deines Bruders angeeignet, nachdem er gestorben war, und deine Rechnung ging auf! Als du Paul kennengelernt hattest, hast du ihm seine Frau weggenommen, seinen Füller geklaut... Verstehst du, worauf ich hinauswill, Joseph? Mein Gott, wieso nenne ich dich Joseph? Weißt du, was für dich der einzige Grund wäre, bei mir zu bleiben? Daß ich vielleicht immer noch etwas von der Magie habe und du es nicht erträgst, ohne jede Magie allein auf der Welt zu sein. Oder vielleicht verläßt du mich auch, weil deine Karen auch ihre Magie hat und du dich bei ihr auftanken kannst. Das ist ein häßlicher Ausdruck, Joe, aber du verstehst mich schon. Tut mir leid, daß ich dir das alles auf einmal hinknallen mußte, aber es ist die Wahrheit. Das ist alles. Ich bin fertig. Willst du jetzt darüber reden?«

»Nein. Ich glaube, es ist besser, du gehst jetzt.«

»Na gut. Denk darüber nach. Denk gründlich darüber nach. Bevor du kommst und mir die Hucke vollhaust, solltest du das Ganze auseinandernehmen und sorgfältig wieder zusammensetzen. Ich bin die nächsten Tage zu Hause.«

Sie stand auf und ging, ohne noch ein Wort zu sagen.

Ich blieb den Rest des Nachmittags auf dem Stuhl sitzen. Ich sah auf den Boden und aus dem Fenster. Wie konnte sie es wagen! Womit hatte ich solche Worte verdient? Ich war einfach nur aufrichtig gewesen, und sie schnitt mich zum Dank dafür mit einer stumpfen Rasierklinge in der Mitte auseinander. Und wenn ich ganz ehrlich zu ihr gewesen wäre? Ihr gesagt hätte, daß ich eine andere liebte, aber bei ihr bleiben würde, weil es meine Pflicht, nicht mein Verlangen sei? Das war der erste Teil meiner Überlegungen an diesem Nachmittag. Überschrift: Gekränkte Eitelkeit. Die Phase, in der ich ihr am liebsten ein paar geklebt hätte dafür, daß sie die Frechheit gehabt hatte, mir zu sagen...

Mir was zu sagen? Die Wahrheit? Hatte ich schon immer nach dieser Wahrheit gesucht, seit mein Bruder gestorben war, oder war ich ständig vor ihr davongelaufen? Ich nahm das Blatt mit dem Connell-Zitat vom Tisch und las es noch einmal und dann noch einmal.

Die Sonne wanderte über den Himmel, und die Schattenstreifen der Jalousien drehten sich mit. Ich würde ihr eines zugestehen – ich hatte aus Ross' Tod Nutzen gezogen, sicher, aber war das nicht für einen Schriftsteller etwas ganz Normales? Daß er seine Lebenserfahrung anzapfte und versuchte, sie irgendwie sinnvoll zu Papier zu bringen? Wie konnte sie mir daraus einen Vorwurf machen? Hätte sie mich auch verurteilt, wenn die Geschichte nicht am richtigen Ort zur rechten Zeit gespielt hätte? Was hätte sie gesagt, wenn es sich nur um eine Übung für einen Kurs in schöpferischem Schreiben an einem College gehandelt hätte? Wäre das in ihren Augen in Ordnung gewesen?

Sie war eifersüchtig. Ja, das war's! Mein leicht verdientes Geld und der Erfolg von »Hölzerne Pyjamas«; *daß* es mir gelungen war, sie Paul abspenstig zu machen, und daß ich ihr dann, als die Gefahr vorüber war, andeutete, daß ich sie nicht mehr wollte. Sie war ein Verlierer und ich war ein Sieger und... Sosehr ich mich bemühte, auch diesen Schuh konnte ich ihr nicht anziehen. Sie war nicht der eifersüchtige Typ und würde bestimmt nicht eingehen wie eine Primel, wenn ich aus ihrem Leben verschwand. Sie war zäh genug, um allen Stürmen zu trotzen, und ich war nicht so von mir eingenommen, daß ich geglaubt hätte, mit meinem Abgang würde der Vorhang über ihr Leben fallen. Schmerz und Schuldgefühle, das ja, aber nicht der letzte Vorhang.

Teil zwei der Enthüllungen an einem Winternachmittag über einen gewissen Joseph Lennox, Schriftsteller und Schmarotzer.

Als es draußen dunkel wurde, ging ich ganz automatisch in die Küche und machte eine Dosensuppe auf. Von diesem Punkt an weiß ich nichts mehr; meine Erinnerung setzt erst wieder beim Abwaschen nach dem Abendessen ein. Ich kehrte wie ein Schlafwandler zu meinem Stuhl zurück und setzte mich für die nächste Rate hin.

War mein Leben, so glücklich es war, von dem Moment an, als ich Ross auf das Gleis stieß, bis zum heutigen Tag auf Autopilot eingestellt gewesen? War das möglich? Konnte ein Mensch so lange in solch einem Vakuum existieren, ohne es zu merken? Es konnte nicht sein. Wenn man nur an all die Arbeit dachte, die ich geleistet hatte! All die Orte, die ich besucht hatte, all die... all die...

Eine Lampe ging an in einer Wohnung auf der anderen Seite des Hinterhofs, und ich wußte, daß India recht hatte. Nicht ganz zwar, denn ich wußte, es war nicht Magie, was ich aus anderen Menschen saugen wollte, sondern eine Freude am Leben, wie ich sie selbst nie aufbringen würde.

Freude am Leben. Das war es, was Ross und Paul Tate gemeinsam hatten, ebenso wie India und Karen. Wenn es um Magie ging, hatte India sich selbst zu gering eingestuft, indem sie ihre eigene Magie nicht berücksichtigt hatte. Ich wollte mir tatsächlich aneignen, was andere Menschen hatten: die Fähigkeit, auf der höchstmöglichen Stufe zu leben – auf Stufe zehn –, solange sie konnten. Und ich? Ich hatte mich immer mit Stufe drei oder vier begnügt, weil ich bei den höheren Zahlen Angst vor den Konsequenzen hatte.

Ross sah dem Leben mitten ins Gesicht und forderte es ständig zum Duell. Paul und India sprangen kopfüber hinein und verschwendeten keinen Gedanken daran, was ihnen passieren würde, weil die Resultate in jedem Fall interessant sein würden. Karen ging her und kaufte einem Cowboystiefel, weil sie einen mochte. Sie war fasziniert vom Licht, das durch ein Glas Rotwein fiel, und weinte in alten Filmen, weil man da weinen *mußte*.

Eine Freude am Leben. Ich schlug die Hände vors Gesicht und weinte. Ich konnte nicht aufhören. Ich hatte so viel falsch gemacht, von Tag eins an Entfernungen und Temperaturen und Herzen (mein eigenes eingeschlossen!) falsch eingeschätzt, und wußte jetzt, warum. Ich weinte, und es erleichterte mich nicht einmal, weil ich wußte, ich würde nie so viel Freude am Leben haben wie die anderen. Es war grauenhaft.

Was konnte ich tun? Ich mußte mit India sprechen. Ich mußte ihr das alles sagen. Ich wollte ihr auch von Ross erzählen, was ich ihm angetan hatte. Sie war ein guter Psychiater. (Sie hatte nicht ganz ins Schwarze getroffen, aber man konnte ihre Zielsicherheit nur bewundern, wenn man bedachte, was sie alles nicht *wußte!*) Vielleicht würde sie denken, ich wollte sie nur wieder benutzen, aber ich brauchte ihre Meinung dazu, was ich tun sollte, nun da die Katze aus dem Sack war, nun da ich den Rest meines Lebens vor mir hatte.

Ich rieb mir die Nase am Ärmel und mußte plötzlich lachen. Ich mußte an ein lächerliches Plakat denken, das ich vor Jahren einmal in einem Laden für Drogensüchtige gesehen hatte und das mir damals schon besonders banal und geschmacklos vorgekommen war: *Heute ist der erste Tag vom Rest Ihres Lebens.* Das konnte man laut sagen.

»India? Ich bin's, Joe. Kann ich rüberkommen und mit dir reden?«

»Bist du sicher, daß du das willst?«

»Ganz sicher.«

»Na gut. Muß ich meine Boxhandschuhe anziehen?«

»Nein. Bleib nur zu Hause.«

Ich duschte und überlegte mir genau, was ich anziehen sollte. Ich wollte gut aussehen, weil alles gut sein sollte. Ich band mir sogar eine Krawatte um, die ich jahrelang nicht getragen hatte, weil sie so teuer gewesen war. Als ich fertig war, sah ich mich noch einmal rasch in meiner Wohnung um. Alles war sauber und ordentlich, aufgeräumt. Vielleicht würde, wenn ich zurückkam, mein Leben auch wieder aufgeräumt sein. Ich hatte noch eine Chance, eine kämpferische Chance, alles ins Lot zu bringen, und ich war dankbar dafür.

Ich wäre zu Fuß gegangen, aber ich war so aufgeregt von allem, was ich ihr zu sagen hatte, daß ich ein Taxi nahm. Wie vorher mit der Suppe war ich auch jetzt so in Gedanken, daß ich nichts von der Taxifahrt merkte, bis wir vor ihrem Haus waren. Der Fahrer mußte mich zweimal um seine achtzig Schilling bitten. Ich nahm den Schlüssel, den sie mir gegeben hatte, und schloß die Haustür auf. Ein Geruch nach kaltem Stein und Staub erwartete mich, aber ich hatte keine Zeit für ihn und lief, immer zwei Stufen auf einmal nehmend, die Treppen zu Indias Wohnung hinauf.

»Zwei-auf-einmal, zwei-auf-einmal.« Damit skandierte ich meine Schritte auf den Stufen. Unbewußt zählte ich, wie viele es waren. Das hatte ich noch nie getan. Sechsunddreißig. Zwölf, dann ein Absatz; zwölf, dann ein Absatz...

»Zwölf-dann-ein-Absatz!« Ich war außer Atem, aber so überdreht, als ich oben angekommen war, daß ich Angst hatte, ich könnte ihre Wohnungstür aus den Angeln reißen.

Sie hatte mir einen Schlüssel gegeben, weil sie jedesmal, wenn ich klingelte, entweder im Bad war oder gerade ein Soufflé aus dem Ofen nahm. Es war immer dasselbe: Kaum hatte sie die Tür aufgemacht und mich begrüßt, machte sie kehrt und rannte zurück, um weiterzumachen, womit sie gerade beschäftigt gewesen war, als ich klingelte.

Ich schloß auf und war verblüfft, weil alle Lichter aus waren.

»India?« Ich ging ins Wohnzimmer, erkannte aber nur dunkle Formen in dem nachtgrauen Licht von den Fenstern. Sie war nicht da.

»India?« Auch in der Küche nichts.

Erschrocken über die Dunkelheit und die Stille, überlegte ich, ob etwas passiert sein könnte, während ich herübergefahren war. Es war gar nicht ihre Art. Was war los?

Ich wollte gerade das Licht anmachen, als mir das Schlafzimmer einfiel.

»India?« Das Licht von der Straße fiel in Streifen über das Bett. Von der Tür aus sah ich sie dort liegen, mit dem Rücken zu mir. Sie hatte am Oberkörper nichts an, und ihre nackte Haut war wie weicher, heller Ton.

»He, was ist denn los?« Ich ging bis zur Mitte des Zimmers und blieb stehen. Sie rührte sich nicht. »India?«

»Spiel mit Little Boy, Joey.«

Das kam von hinten. Eine vertraute, geliebte Stimme, die mir einen eisigen Schauer über den Rücken jagte. Ich hatte Angst, mich umzudrehen, aber ich mußte es tun. Er war da. Little Boy. Er stand hinter mir. Er war da.

Ich drehte mich um. Paul Tate stand in die Tür gelehnt, die Arme vor der Brust gekreuzt, so daß die Spitzen seiner weißen Handschuhe hinter den Achseln hervorschauten. Der Zylinder saß schräg auf seinem Kopf. Ein Tänzer in der Nacht.

Ich kauerte mich zusammen wie ein Kind. Es gab kein Entkommen. Tiefer. Wenn ich mich noch tiefer zusammenkauerte, würde er mich nicht sehen. Ich konnte mich verstecken.

»Spiel mit Little Boy, Joey!« Er nahm den Hut ab und zog, langsam wie im Traum, Paul Tates Gesicht nach unten von seinem eigenen ab: ein grinsender Bobby Hanley. »April, April, kleiner Scheißer.«

»Joey?« India rief mich vom Bett, und ich drehte mich um, wie eine Schlange auf die Flötentöne des Beschwörers.

Sie hatte sich zu mir umgedreht, und das Licht lag unnatürlich hell auf ihrer nackten Gestalt. Sie faßte sich hinter den Kopf und riß sich mit einem einzigen raschen Griff Haar und Gesicht herunter.

Ross.

Ich weiß nicht, woher ich die Kraft nahm, aber ich schnellte aus meiner Kauerstellung hoch, stieß Bobby zur Seite und rannte wie von Furien gehetzt aus der Wohnung.

Ich lief so schnell, daß ich auf den ersten Stufen stolperte und beinahe gestürzt wäre, aber ich hielt mich am Eisengeländer fest. Zur Haustür hinaus auf die Straße. Los, renn; lauf schon, los.

Was tun? Wohin gehen? Bobby, Ross, Paul, India. Meine Füße hämmerten mir diese Namen ein, während ich nirgendwohin rannte, überallhin. Nur weg. Schneller, als ich je im Leben gerannt war. Weiter! Ein Auto hupte, und ich streifte das kalte Metall mit der Hand. Ein Hund jaulte, weil ich ihn im Vorüberlaufen getreten hatte. Der empörte Schrei des Besitzers. Noch eine Autohupe. Wohin wollte ich? Ross. Er hatte es getan.

Karen! Du mußt zu Karen! Ein Gedankenblitz. Ein Geschenk des Himmels. Zu Karen! Nach New York! Lauf und versteck dich, und dann fahr zu Karen, dort findest du Liebe und Wahrheit und Licht. Karen. Sie würde mich retten. Ich blickte mich angstvoll um, zum ersten Mal, um zu sehen, ob sie mich verfolgten. Nichts zu sehen. Warum? Warum waren sie nicht hinter mir her? Egal. Ich dankte Gott dafür, ich dankte ihm für Karen. Ich rannte und betete und sah es alles – das ganze Ross-Spiel. Sah es alles mit so vollkommener Klarheit, daß ich mich nur mit letzter Kraft aufrecht halten konnte. Ich hätte mich mitten auf der Straße hinlegen und sterben wollen. Aber es gab noch Karen. Sie war meine Rettung.

Ich begann klarer zu sehen. Ich wußte, daß in der Nähe eine Hochbahnstation war, und der Zug fuhr in die Nähe des Hilton Hotels. Ich konnte zum Hilton fahren und von dort den Bus zum Flughafen nehmen. Immer noch im Laufschritt, tastete ich nach meiner Gesäßtasche, ob ich meine Brieftasche mit Geld und Kreditkarten bei mir hatte. Sie war da. Hilton, Flughafenbus, die erste Maschine – irgendeine – aus Wien hinaus und dann von irgendwo einen Flug nach New York. Zu Karen.

Schwer atmend erreichte ich den Bahnhof, und wieder nahm ich zwei Stufen auf einmal.

Der Bahnsteig war leer. Ich fluchte, denn das hieß wahrscheinlich, daß gerade ein Zug abgefahren war. Ich ballte die Fäuste – wegen meines Pechs mit dem Zug, wegen Ross, wegen meines Lebens. Ross war India. Die Frau, in die ich mich verliebt, mit der ich geschlafen hatte... war mein eigener Bruder. Wie raffiniert. Wie verdammt raffiniert.

Ich ging den Bahnsteig auf und ab, sah die Gleise entlang, ob schon ein Zug kam, wollte ihn mit Gewalt herbeiwünschen. Dann schaute ich zur Treppe zurück, um zu sehen, ob irgendwelche anderen Leute kamen. Niemand. Warum? Als diese Frage mir Angst zu machen begann, tauchte am Ende des Schienenstrangs der schmale Lichtstrich eines Zuges auf. Ich war gerettet. Als er größer wurde, hörte ich jemanden die Treppe heraufkommen. Die Schritte waren langsam und schwer, müde. Das Licht wurde immer größer, die Schritte kamen immer näher. Der Zug glitt lautlos in den Bahnhof und hielt an. Auch die Schritte hielten an. Die beiden Wagen, die vor mir standen, waren völlig leer. Ich griff nach der Tür und wollte sie gerade aufziehen, als sie mich von hinten ansprach.

»Joseph?«

Ich erkannte die Stimme. Es war Karen. Meine Karen.

Ich drehte mich um.

»Spiel mit Little Boy!«

Ross.

EPILOG

Formori, Griechenland

Auf der Insel leben hundert Menschen. Touristen kommen keine, weil es eine häßliche, steinige Insel ist, nicht das, was man sich vorstellt, wenn man an Griechenland denkt. Die nächste Nachbarinsel ist Kreta, aber das sind siebzehn Stunden Fahrt übers Meer. Mit Ausnahme eines Versorgungsschiffs, das ungefähr alle zwei Wochen anlegt, sehen wir hier nur selten fremde Gesichter. Das ist gut so.

Mein Haus ist aus Stein gebaut und einfach. Siebzig Meter weiter ist das Wasser. Ich habe eine hölzerne Bank vor der Tür, auf der ich stundenlang sitze. Es ist angenehm. Ich zahle gut, also bringen sie mir jeden Abend Lamm und Fisch zum Kochen. Kalamare, manchmal sogar einen großen roten Hummer, der für drei Leute reichen würde. Ich sitze draußen, wenn das Wetter schön ist, aber der Herbst ist da, und es gibt oft Stürme. Sie sind heftig und dauern sehr lange. Es macht mir nichts aus. Wenn es regnet, zünde ich in meinem Haus das Feuer an und koche und esse und höre dem Regen und dem Wind zu. Mein Haus, meine Bank, der Wind, der Regen, das Meer. Ihnen kann ich trauen. Sonst kann ich niemandem und nichts mehr trauen.

Amerikanische Literatur
in der edition suhrkamp
und den suhrkamp taschenbüchern

Walter Abish: Das ist kein Zufall. Erzählungen. Aus dem Amerikanischen von Friedrich Königsdorfer, Jürg Laederach und Carl Peter Maurenbrecher. st 1371
– Quer durch das große Nichts. Aus dem Amerikanischen von Jürg Laederach. es 1163
– Wie deutsch ist es. Roman. Aus dem Amerikanischen übersetzt von Renate Hampke. st 1135

Ambrose Bierce: Das Spukhaus. Gespenstergeschichten. Deutsch von Gisela Günther, Anneliese Strauß und K. B. Leder. PhB 6. st 365

Michael Brodsky: Der Tatbestand und seine Hülle. Erzählung. Aus dem Amerikanischen von Jürg Laederach. es 1114

James M. Cain: Serenade in Mexiko. Roman. Aus dem Amerikanischen von Ernst Weiß. st 1164

Jonathan Carroll: Das Land des Lachens. Phantastischer Roman. Deutsch von Rudolf Hermstein. PhB 170. st 1247
– Das Tal der Träume. Roman. Aus dem Amerikanischen von Rudolf Hermstein. PhB 197. st 1442

Philip K. Dick: LSD-Astronauten. Deutsch von Anneliese Strauß. PhB 60. st 732
– Mozart für Marsianer. Deutsch von Renate Laux. PhB 70. st 773
– UBIK. Science-fiction-Roman. Mit einem Nachwort von Stanisław Lem. Aus dem Amerikanischen von Renate Laux. PhB 15. st 440

Paul Goodman: Die Tatsachen des Lebens. Ausgewählte Schriften und Essays. es 1359

John Hawkes: Travestie. Aus dem Amerikanischen von Jürg Laederach. es 1326

Howard Phillips Lovecraft: Berge des Wahnsinns. Zwei Horrorgeschichten. Deutsch von Rudolf Hermstein. PhB 24. st 220
– Cthulhu. Geistergeschichten. Deutsch von H. C. Artmann. Vorwort von Giorgio Manganelli. Übersetzung des Vorworts von Gerald Bissinger. PhB 19. st 29
– Das Ding auf der Schwelle. Unheimliche Geschichten. Mit einem Nachwort von Kalju Kirde. Deutsch von Rudolf Hermstein. PhB 2. st 357
– Der Fall Charles Dexter Ward. Zwei Horrorgeschichten. Mit einem Nachwort von Marek Wydmuch. Deutsch von Rudolf Hermstein. PhB 8. st 391
– Das Grauen im Museum. Und andere Erzählungen. Ausgewählt von Kalju Kirde. Aus dem Amerikanischen von Rudolf Hermstein. PhB 136. st 1067

Amerikanische Literatur
in der edition suhrkamp
und den suhrkamp taschenbüchern

Howard Phillips Lovecraft: In der Gruft und andere makabre Erzählungen. Deutsch von Michael Walter. PhB 71. st 779

– Die Katzen von Ulthar. Und andere Erzählungen. Herausgegeben von Kalju Kirde. Deutsch von Michael Walter. PhB 43. st 625

– Lovecraft-Lesebuch. Herausgegeben von Franz Rottensteiner. Mit einem Essay von Barton Levi St. Armand. PhB 184. st 1306

– Stadt ohne Namen. Horrorgeschichten. Mit einem Nachwort von Dirk W. Mosig. Deutsch von Charlotte Gräfin von Klinckowstroem. PhB 52. st 694

Howard Phillips Lovecraft/August Derleth: Die dunkle Brüderschaft. Unheimliche Geschichten. Aus dem Amerikanischen von Franz Rottensteiner. PhB 173. st 1256

Über H. P. Lovecraft. Herausgegeben von Franz Rottensteiner. PhB 130. st 1027

Dan McCall: Jack der Bär. Roman. Aus dem Amerikanischen von Harry Rowohlt. st 699

Grace Paley: Die kleinen Störungen der Menschheit. Geschichten vom Lieben. Aus dem Amerikanischen von Hanna Muschg. st 1091

– Ungeheure Veränderungen in letzter Minute. Geschichten. Aus dem Amerikanischen von Marianne Frisch, Jürg Laederach, Hanna Muschg. es 1208

Walker Percy: Der Idiot des Südens. Roman. Deutsch von Peter Handke. st 1531

– Lancelot. Roman. Aus dem Amerikanischen von Gisela Stege. st 1391

– Liebe in Ruinen. Die Abenteuer eines schlechten Katholiken kurz vor dem Ende der Welt. Aus dem Amerikanischen von Hanna Muschg. st 614

Edgar Allan Poe: Der Fall des Hauses Ascher. Groteske Schauergeschichten. Deutsch von Arno Schmidt und Hans Wollschläger. PhB 27. st 517

Padgett Powell: Edisto. Roman. Aus dem Amerikanischen von Harry Rowohlt. es 1332

Clark Ashton Smith: Das Haupt der Medusa. Phantastische Erzählungen. Ausgewählt von Kalju Kirde. Aus dem Amerikanischen von Friedrich Polakovics. PhB 221. st 1575

Henry S. Whitehead: Der Zombie. Und andere westindische Geistergeschichten. Ausgewählt von Kalju Kirde. Deutsch von Friedrich Polakovics. PhB 172. st 1255

Amerikanische Literatur
in der edition suhrkamp
und den suhrkamp taschenbüchern

Who's sleeping in my brain? Interviews – Kurzgeschichten. Herausgegeben von Judith Ammann. es 1219